부탁해요
PLEASE MS.JEM

미스
젬

fio
ret

부탁해요, 미스 젬! 2

초판 1쇄 인쇄 2017년 10월 23일
초판 1쇄 발행 2017년 10월 30일

지은이 주회서
발행인 오영배
기획 박성인
책임편집 김수현
디자인 권지연
일러스트 laphet
제작 조하늬

펴낸곳 (주)삼양출판사 · 피오렛
주소 서울시 강북구 도봉로 173
대표 전화 02-980-2112 **팩스** / 02-983-0660
편집부 전화 02-980-2116 **팩스** / 02-983-8201
블로그 blog.naver.com/dan_gul
출판등록 1999년 3월 11일 제9-00046호

ISBN 979-11-283-9308-2 (04810) / 979-11-283-9306-8 (세트)

+ (주)삼양출판사 · 피오렛의 서면 허락 없이는 어떠한 형태나 수단으로도 이 책의 내용을 이용하지 못합니다.
+ 지은이와 협의하에 인지는 생략합니다. 잘못된 책은 구입한 곳에서 바꾸어 드립니다.
+ 이 도서의 국립중앙도서관 출판시도서목록(CIP)은 서지정보유통지원시스템홈페이지(http://seoji.nl.go.kr)와
  국가자료공동목록시스템(http://www.nl.go.kr/kolisnet)에서 이용하실 수 있습니다. (CIP제어번호: 2017026797)

fi ret 은 (주)삼양출판사의 로맨스 판타지 문학 브랜드입니다.

Contents

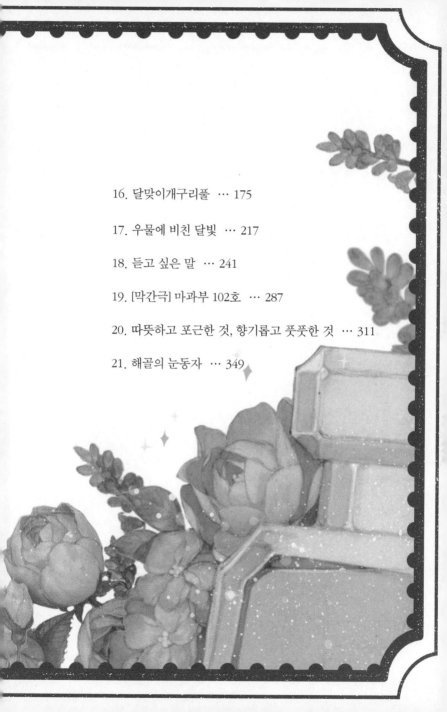

11.
사기극(2)

왕자는 가벼운 감기 몸살로 며칠째 앓고 있었다. 콜록콜록 기침하고 발그레한 얼굴로 관자놀이를 꾹꾹 눌렀다. 수시로 아, 하며 벽을 짚기도 했다. 가련미가 넘쳐흐르는 연기였다. 닥터 유리를 꼬시기 위한 밑밥의 첫 단추였다.

"약장수의 약을 먹어도 효험이 없고 골골대니까 코다가 유리의 약을 부탁하는 거지. 그걸 먹고 내가 맛이 가는 거고."

그에 비하면 코다의 연기 실력은 지지부진했다. 말 더듬기 일쑤에 시선이 한곳에 머무르는 법이 없었다. 누가 봐도 "나 거짓말하는 중입니다" 하고 광고하는 꼴이었다.

둘의 피나는 연기 수업을 몇 번 훔쳐본 결과, 젬은 코다만큼이나 카피레가 불쌍해졌다. 수업 내내 사제의 얼굴에는 비통함만이 가득했다.

피눈물이 흐를 만치 가혹한 수련 시간 끝에, 카피레는 현실과 타협하기로 했다.

"천만다행히 이 녀석 우는 연기만큼은 괜찮아."

"그렇군요. 울먹이는 중이라면 저 끔찍한 말 더듬기도 좀 덜 어색해 보이겠어요."

젬은 약에 취해 엉엉 울던 코다를 떠올리곤 고개를 끄덕였다. 눈물이 많단 게 참말이었구나 싶었다.

"엉엉엉, 선생님. 카피레가. 왕자님이."

"……한결 낫군."

카피레는 부러 우는 소리를 내기보다 표정이 중요하다며 시범을 보였다. 그 모습을 보며 젬은 뭐라 표현하기 어려운 찝찝함을 느꼈다. 꿀 묻은 손을 제대로 안 닦은 느낌이었다. 어쨌든 이 짓도 오늘로 마지막이었다.

헛기침 소리와 함께 본이 칸막이 뒤에서 모습을 드러냈다. 올백으로 넘긴 머리에 몸매가 적당히 드러나는 남성 예복이 모델처럼 잘 어울렸다. 본이 보타이를 고쳐 매며 거울 앞에 섰다. 젬은 저도 모르게 박수를 쳤다.

"세상에. 너무 멋져요, 본!"

"흠흠. 괜찮습니까?"

"사진! 우리 사진 찍어요! 제가 찍어 줄 테니까."

빨간 머리 푸파가 이 사진을 보면 넋이 쏙 빠질 것이다. 젬이 속으로 고소하며 본의 쪽방 문을 열려 할 때였다.

"야, 넌 눈이 발바닥에 달렸냐? 저게 뭐가 멋있어?"

왕자가 툴툴대며 본 옆에 섰다. 우주 제일 미남이 길쭉한 팔다리로 모델 포즈를 취했다. 긴 목이며 느슨한 셔츠 사이로 보이는 쇄골 선에 절로 시선이 꽂혔다. 본이 거울에서 슬금슬금 물러났다.

"이, 이야. 멋있다. 잘생겼다아."

젬이 영혼 없는 목소리로 짝짝 메트로놈 박수를 쳤다. 카피레가 콧대를 세우며 몇 가지 포즈를 더 취해 보였다. 평소엔 똑똑해 보이는 양반이 가끔 가다 왜 이러는지 당최 이유를 알 수가 없었다.

옆에서 찰칵찰칵 셔터 음이 연이어 터졌다. 본이 젬 대신 카메라를 가져온 것이었다. "좋아요, 멋지십니다, 뷰티풀!" 하며 손가락을 쉬지 않았다. 왕자 역시 어느새 자기 자랑을 잊고 예술 활동에 심취한 기색이었다.

한마디 던질 줄 알았던 코다는 아직 연기 수업의 여파에서 빠져나오지 못했는지 촉촉한 눈으로 둘을 바라보기만 할 뿐이었다. 젬이 한숨 쉬며 본의 어깨를 두드렸다.

"이렇게 된 거 같이 한 방 찍는 게 어때요? 제가 찍어 드릴게요."

왕자가 주인공 자리를 포기할 리 없으니 단체 사진을 찍는 척 본을 클로즈업할 심산이었다.

"그럼 너도 찍어."

왕자가 이마에 땀을 훔치며 다가왔다. 박쥐 같은 검은 후드에 마스크로 얼굴을 반이나 가린 젬이 "예?" 하고 반문했다.

왕자가 입 모양을 요상하게 오물거리며 거울을 살피는 척했다.

"다 같이라며. 너도 내 옆에서 찍어."

"아, 아니. 사진 찍을 사람이 필요하잖아요."

"제가 찍겠습니다."

귀를 의심하게 하는 소리에 젬이 천천히 뒤를 보았다. 눈도 코도 빨개진 코다가 본에게 억지로 카메라를 뺏었다. 본이 얼떨떨한 얼굴로 손만 꼼틀거렸다. 코다가 코를 훌쩍 삼키곤 "얼른 자리 잡아요" 하며 얼굴을 카메라로 가렸다.

"짜식. 연기 지도의 성과가 이제 빛을 발하는가 보군. 아직도 감정에서 헤어나오지 못하다니 말이야. 슬픈 얼굴이 제법 실감 나는걸? 실전도 지금처럼만 하라구."

카피레가 코밑을 쓱 문지르곤 젬을 제 옆으로 이끌었다. 얼결에 끌려간 젬이 속으로 피눈물을 흘리며 그의 옆에 섰다.

절대 오징어 영역으로 강제 연행이었다. 엘프 옆에 선 난쟁이 똥자루 꼴이 따로 없겠구나. 코다 이 인간이 이제 지능적으로 나를 골리는구나……!

왼편에 선 본이 작게 속삭였다.

"후드랑 마스크 벗어요, 젬."

"같이 죽자 그거죠? 절대 안 돼요."

코다는 카메라가 익숙지 않은지 몇 번 헛손질을 한 뒤에야 사진 찍는데 성공했다. 젬은 최후의 보루를 끝까지 지켰다. 은근슬쩍 젬에게 달라붙은 왕자가 해바라기처럼 환하게 웃었다.

사진기를 내려놓는 코다의 얼굴이 영 개운치 않았다. 그 얼굴을 보니 속이 불편해진 젬이 그에게 카메라를 강탈했다.

"이제 세 분이 서세요."

"예?"

"기왕 이렇게 된 거 코다도 기념사진 찍어야죠. 그죠?"

"코다 고집부리지 말고 이리 와. 특별히 내 왼쪽 자리를 하사하겠노라."

답지 않게 우물쭈물하던 코다가 결국 왕자의 생떼에 못 이겨 자리에 섰다. 옅게 미소 지은 본, 내일 일은 잊은 듯이 부러 활짝 웃는 카피레, 한없이 어색한 표정의 코다가 나란히 찍혔다.

이기적인 미모답게 몇 번을 찍어도 카피레만 잘 나오는 것 같았다. 젬은 적당히 포기하고 본에게 카메라를 넘겼다.

본은 사진을 현상하는 대로 나눠 주겠다고 했다. 젬은 왕자와 코다에게 약의 용법 용량과 주의점을 여러 번 당부하며 입에서 침을 튀겼다. 위험한 약이니 조심 또 조심해야 한다며 신신당부했다.

카피레는 귓등으로 넘겼으나 코다는 10초에 한 번씩 고개를 끄덕였다. 이 인간이 내 말을 이렇게 진지하게 들어 준 적이 있던가. 젬은 아주 조금 감동하기까지 했다.

내일 계획의 성공을 기원하며, 자리는 일찍 파했다.

젬은 두근대는 심장을 안고 침대에서 한참을 뒤척거리다 "앗!" 하고 소리 질렀다.

뭐예요?

"푸파 줄 사진을 까먹었어. 이런……."

아이가 어이없다는 듯 웃음을 흘렸다.

그 옷 한 번 입고 버릴 것도 아니잖아요. 나중에 또 입고 찍으면 되죠. 왕자 없는 곳에서.

"그래. 카메라 독점욕이 장난 아니더라. 얼굴이 그렇게 잘났으면 양보할 줄도 알아야지."

왕자님과 본이 같이 나온 사진은 보여 주지 말아요. 환상 깨질라.

어린 소녀에게 가혹한 현실을 들이밀 필요는 없으리라. 젬은 꼭 본과 단둘이 사진을 찍어야겠다고 다짐 또 다짐했다.

잠시 창을 흔드는 바람 소리가 지나갔다. 자꾸 헛생각이 났다. 푸른 실험관 남자. 왕자의 계획. 닥터 유리…….

젬이 "있잖아, 아이……" 하며 옆으로 누웠다.

"아이는 반쪽을 만나면 뭐부터 하고 싶어?"

한참 동안 대답이 돌아오지 않았다. 얘가 벌써 잠에 들었나, 할 때쯤 창에 걸린 수면 양말이 꿈틀거렸다.

고치에서 나비가 나오듯 아이가 양말에서 빠져나와 젬의 배게 옆으로 날아왔다. 푸르스름한 밤공기에 핑크색 빛 가루가 꿈결처럼 섞였다.

모르겠어요. 한 대 때려 주고 싶었는데…….

"안아 주고 싶은 게 아니라?"

넌 전투의 요정이 아니라 사랑의 요정이란다. 젬이 충고하자 따가운 요정 꿀밤이 날아왔다.

모르겠어요…….

아이가 그렇게 말하며 젬의 얼굴 가까이에 붙었다. 아이의 날 갯짓에 빛 가루가 날아 코를 간지럽혔다. 젬이 몇 번 기침하자 아이가 젬의 이마를 찰싹 쳤다.

조용히 좀 해요.

젬은 그저 헤헤 웃으며 아이를 보았다. 이제 제 것처럼 익숙해 진 아이의 체향에 폭 감싸여 눈을 감았다. 거짓말처럼 겁이 가셨 다.

실험관 남자든 유리든 나올 테면 나와 봐라, 하는 심정으로 잠 에 들었다. 각오한 보람 없이 꿈 한 자락 보이지 않는, 깊고 깊은 잠이었다.

*   *   *

코다가 아침부터 유난히 실수가 잦았다. 홍차가 쌍화탕처럼 진했고, 샐러드드레싱을 바닥에 흘리는가 하면, 신발도 짝짝이 였다. 카피레가 참다 참다 말했다.

"유리를 속이는 게 마음 불편한 건 이해해, 코다."

"왕자님……."

"내 부탁 어렵게 들어준 거 알고 있어. 믿기 힘들었을 텐데 선뜻 믿어 준 것도 그렇고……."

코다가 입술을 깨물며 손가락 거스러미를 뜯었다. 그 꼴을 보자니 천하의 카피레도 차마 잔소리가 안 나왔다. 코다가 유리를 보통 이상으로 따르는 걸 뻔히 아는 상황이었다.

카피레 역시 마음이 불편했다. 그렇기에 부탁할 이가 코다밖에 없었다.

유리와 가까우면서 카피레가 믿을 수 있는 사람은 코다가 유일했다. 이 계획의 핵심은 코다였다. 무려 유리를 속이는 동시에 정신 잃은 카피레를 무사히 인도해야 하는 중책이었다.

결국 카피레는 코다의 어깨만 두드리고 말았다. 대신 준비했던 말을 겨우 뱉었다.

"……고맙다."

"왕자님……."

코다가 믿을 수 없다는 얼굴로 카피레를 보았다. 카피레는 진심이었다.

아이에게 형이 좋냐, 누나가 좋냐를 묻는 철부지가 된 것 같았다. 카피레 때문에 코다는 오랜 은사인 유리 대신 주인을 선택한 것이나 다름없었다.

깊이 따르던 사람을 속이라 강요하는 일이 자신도 썩 반갑진 않았으나, 길게 봐선 서로가 좋고 좋은 일이라 봤다. 유리는 신의를 나눌 만한 상대가 아니었다. 언제가 됐건, 코다만 불쌍하게 될 게 뻔했다.

카피레가 마음의 소란함을 날려 버리려는 듯 활짝 웃었다.

"너도 말도 못 하게 바빠질걸? 모지리 그놈이 얼마나 콧물을 흘려대는지 알아? 손수건 들고 졸졸 쫓아다녀야 할 거라구. 가르칠 게 한둘이 아닐 거란 말씀이야."

코다의 얼굴이 웃는 듯 우는 듯 일그러졌다. 이 자식이 요즘 시도 때도 없이 이러네. 연기 수업의 부작용인가? 카피레가 살짝 당황한 사이, 노크 소리와 함께 본이 문 사이로 얼굴을 빼꼼 내밀었다.

"먼저 가 있겠습니다. 실수하지 마시고요."

"알았어."

"흥분해서 앞서가지도 마시고요."

"알았다니까!"

본이 어깨를 으쓱하곤 코다에게 눈인사했다. 코다는 잠깐 헛기침한 뒤 무표정으로 고개만 까딱했다. 살짝 붉어진 눈가를 빼면 평소와 다를 바 하나 없어 보였다.

멀리 정각을 알리는 종소리가 들렸다. 코다가 무릎을 꿇고 카피레의 바짓단을 정리하고, 신발에 묻은 먼지를 제거했다. 상의 단추를 꼼꼼히 점검한 뒤, 머리까지 한 번 만진 후에야 준비해 둔 약병을 꺼냈다.

카피레가 침대에 몸을 묻었다. 코다는 카피레를 반듯하게 눕히고 가슴팍까지 얇은 이불을 덮어 주었다. 아이보리색 레이스 이불에 폭 감싸인 카피레의 모습이 인형처럼 예뻤다.

코다가 저도 모르게 카피레의 가슴팍을 토닥여 주었다. 갓난쟁이를 돌보는 유모처럼 다정한 손길이었다. 카피레는 어이가 없어서 피식 웃었다.

코다가 약 뚜껑을 열었다. 코다와 카피레가 크게 심호흡했다. 코다가 뭐라 입을 달싹이며 말을 고를 때였다. 카피레가 씩 웃으며 말을 가로챘다.

"준비됐어?"

코다가 입술을 꾹 깨물더니 속삭이듯 말했다.

"걱정 마시고 한숨 주무세요."

"너만 믿는다."

걸쭉한 액체가 티스푼에 담겼다. 누워서 올려다본 코다의 얼굴이 너무나 비장해서 카피레는 기분이 이상해졌다.

그러나 혀에 닿는 역한 맛에 온갖 잡생각이 날아갔다. 천 년 묵은 하수구 물을 한데 응축한 듯 진한 맛이 퍼졌다. 콧구멍에 하수구 똥물이 가득 차오르는 듯했다. 진흙을 가득 삼킨 것처럼 입 안이 텁텁했다. 혀에서 보글보글 거품이 올라오는 것도 같았다.

간단하게 먹은 아침이 식도로 역류하기 직전, 다행인지 불행인지 의식이 멀어지기 시작했다. 빌어먹을 약장수! 맛 좀 어떻게 좀 해 보라니까! 생리적으로 눈물까지 찔끔 샜다.

카피레의 숨소리가 점차 느려지다가, 곧 죽은 듯이 멈췄다. 얼굴에 핏기가 가시고, 붉은 꽃잎 같던 입술이 시퍼렇게 변색되었다. 눈초리 아래로 흐른 눈물 자국에 떨리는 손가락이 닿았다.

코다는 차가운 감촉에 놀라 손을 움츠렸다가 조심스레 몸을 일으켰다. 후, 후 심호흡한 코다가 겨우 거울을 마주 보았다. 무표정하게 변한 얼굴에 눈물이 한줄기 흘러내렸다. 코다는 그것을 모른 척 닦아 내곤, 옷매무시를 점검했다.

닥터 유리를 부르러 가야 할 시간이었다.

*　　*　　*

연회장 한쪽에 무대가 마련되었다. 파스텔톤 풍선이 꽃다발처럼 주렁주렁 달렸다. 무대 가운데 놓인 흰 테이블 위에 번쩍번쩍한 책이 벽돌처럼 쌓여 있었다.

아침 이슬을 머금은 싱싱한 생화가 연회장 곳곳을 장식했다. 커튼이 모두 올라가 쏟아질 것처럼 선명한 푸른 하늘이 창을 통해 그대로 비쳤다. 솜털 같은 구름 몇 점만 제외하면 바다를 그대로 옮긴 듯 깨끗하기만한 하늘이었다.

연회장 곳곳에 놓인 원형 테이블에 각종 인사의 이름표가 놓여 있었다. 쳄은 무대에서 가장 가까운 테이블을 보았다. 왕세자 보르누와 낯선 이름이 나란히 놓여 있었다.

젬이 가죽 장갑을 낀 손으로 이름표를 집었다.

"누구지?"

"아, 일전에 말씀드렸던 사절이십니다. 어디라고 했더라."

"제가 이 자리에 안 앉는 게 천만다행이에요. 그런데 폐하께선?"

"그게, 오실지 안 오실지 모르겠습니다. 아침에 닥터 유리가 급히 불려 갔다더군요. 요즘 계속 건강이 안 좋으셨으니까……."

본이 헛기침하며 연신 머리를 뒤로 쓸었다. 젬이 목소리를 낮춰 물었다.

"마음안정약이라도 드릴까요? 혹시 몰라 챙겨 오긴 했는데……."

"그걸 마시면 떨림이 좀 가실까요?"

"두려운 게 없어지고 세상이 꽃밭으로 보일 겁니다."

본이 약을 한입에 들이켜곤 얼굴을 세게 흔들었다. 입을 오물거리다 코를 킁킁대더니 굳은 목소리로 말했다.

"양치를 다시 해야겠군요."

젬이 어깨를 으쓱했다. 시종, 시녀들이 연회장을 바쁘게 오갔다. 상큼하고 향기로운 향이 뿌려지고 무대 옆에 거대한 얼음 상까지 섰다.

젬이 시계를 확인했다. 조금 있으면 기념식 시작이었다. 계획대로라면 코다와 유리가 한창 정신없이 움직일 시간이기도 했다.

"아이, 손톱 물어뜯지 마. 나중에 진짜 아파 그거."

아이가 얌전히 있는가 싶더니 다시 오독오독 소리를 냈다. 젬이 혀를 찼다. 껌이라도 잘라 줄 것을 그랬나. 후회해 봤자 이미 늦은 일이었다. 시종 시녀가 하나, 둘 자리를 비웠다.

젬은 후드가 제대로 쓰였는지 다시 한 번 확인하며 슬금슬금 무대 뒤로 이동했다. 양치는 물론 향수까지 칙칙 뿌리고 온 본이 젬에게 눈짓했다. 젬이 고개를 끄덕였다.

*　　*　　*

이따금 뉴스에서 보던 얼굴들이 삼삼오오 모였다. 무슨 대신이니, 무슨 장군이니 하는 인사들이 왔다. 왕자 팬들의 모임이라는 게 거짓은 아닌지 화면에서처럼 근엄한 표정들은 아니었으나 어딘가 날카롭고 무거운 분위기가 있었다.

보르누 왕세자와 나란히 들어온 사람은 다른 귀족들과 복장이 조금 달랐다. 처음 보는 예복 위에 회색 로브를 걸친 남자였다. 머리가 무척 짧고 입매가 굳어 깐깐해 보이는 인상이었다.

본이 말했던 외교 사절이리라. 그의 목에 어디서 많이 보던 물건이 매여 있었다. 본이 들고 다니는 것보다 조금 옛날 모델인 카메라였다.

검고 투박한 카메라 생김새와 남자의 결벽한 표정이 어우러져 우스꽝스럽기까지 했다.

카메라를 두 손으로 꼭 쥔 채 보르누 왕세자의 말에 맞장구치는 꼴을 보니 본이 흘린 말이 사실인 모양이었다.

딴 나라까지 와서 왕자 사진집에 사인에 직접 사진까지 찍어 가야 한다니. 외교 사절이 아니라 원정 나온 팬 꼴이었다. 사절의 딱딱한 표정이 귀양 온 죄인처럼 보일 정도였다.

카피레가 등장할 때까지 젬의 역할은 없는 거나 마찬가지였다. 본이 밝은 얼굴로 무대 위에 섰다. 마이크 울림이 어찌나 좋은지 본의 허스키한 목소리가 멀리까지 쭉쭉 뻗었다.

본이 대본대로 '카피레 왕자는 컨디션 문제로 닥터 유리와 함께 오실 것'이란 밑밥을 깔았다.

주인공은 마지막에 등장한다는 이론에 따라 평소 5분 지각을 밥 먹듯하는 카피레였기에, 할아버지 팬들은 흐뭇한 얼굴로 본의 재롱을 감상하고 있었다.

젬, 장갑 물어뜯지 말아요.

젬이 깜짝 놀라 입에서 손을 뗐다. 내가 언제 손에 입을 댔담? 잊고 있던 가죽 냄새가 코에 콱 박혔다.

손끝이 달달 떨렸다. 아이도 그것을 눈치챘는지 목에 꽉 달라붙어 온기를 전해 주었다.

젬은 초 단위로 시간을 확인했다. 예상 시간을 막 넘긴 참이었다. 젬이 그림자 속에 쪼그리고 앉았다. 무대 앞이 훤히 보이는 자리였다. 왕세자가 옆에 앉은 사절과 뭐라 얘기하며 웃고 있었다.

아무것도 모른 채 마냥 온화한 얼굴. 왕이 부재한 지금, 만약 무슨 일이 생긴다면 카피레를 구해 줄 가장 큰 수가 바로 그였다.

젬은 시선을 시계에서 떼지 않은 채, 퉁퉁 불은 가죽 장갑을 잘근잘근 물었다. 되씹기 하는 소처럼 바지런히 움직였다. 손끝이 시리도록 차가웠다.

시간이 마지노선에 가까웠다. 초침이 12를 지나는 순간, 젬이 더 참지 못하고 일어서려던 참이었다. 연회장 문이 양쪽으로 갈렸다.

젬이 엉거주춤 무대 기둥을 짚었다. 흰 머리, 둥근 안경, 수염 한 올 없이 매끈한 얼굴. 언제나처럼 여유로운 미소의 닥터 유리와 어딘가 불안해 보이는 카피레가 나란히 등장했다.

아니, 젬이 눈을 가늘게 떴다. 계획대로라면, 그는 분명 카피레가 아닐 터였다.

젬이 빠르게 눈을 깜박였다. 닥터 유리와 비슷한 키에 꿀처럼 흐르는 금발, 도자기처럼 희고 매끄러운 피부, 어디를 봐도 카피레 왕자였으나 어딘가 달랐다.

어깨가 평소보다 약간 움츠러들었고, 철심을 댄 듯 꼿꼿하게 세운 허리는 어딘가 되레 어색했다. 카피레의 증언처럼 입을 헤벌린다거나 인중에 콧물이 고인 건 아니었으나 어딘가 느낌이 달랐다.

……실험관 남자?

계획대로 된 건가? 젬은 순간 목을 죄어 오는 힘에 저도 모르게 켁, 소릴 냈다. 짐승이 이를 갈 듯 으르렁대는 소리가 고막을 울렸다. 아이였다.

저게 뭐야…….

"늦어서 송구합니다. 여러분."

유리가 넉살 좋게 걸어왔다. 몇몇 인사들이 일어나 그를 맞았다.

본 역시 태연하게 그에게 인사했다. 마음안정약 효과가 생각보다 탁월한 듯했다. 젬과 본의 시선이 찰나간 마주쳤다.

보르누 왕세자와 사절 역시 유리와 웃는 낯으로 악수를 나누었다. 본이 마이크를 든 채 왕자 곁에서 서성이자 유리가 대신 마이크를 잡았다.

말인즉슨 카피레 왕자가 감기 몸살이 다 낫지 않아 목이 부어 말하기 어려우니 양해를 바란단 얘기였다.

왕세자를 비롯, 할아버지 팬들의 얼굴에 안타까움이 물결쳤다. 컨디션 난조에도 불구하고 자리에 참석한 게 기특하고 안된 모양이었다.

평소 카피레라면 형님께 애교 한 방으로 자리를 파투내고도 남을 일이었음을 모두 알기 때문이었다.

카피레, 아니, 실험관 남자가 자리에 앉아 미리 준비한 한정판 사진집 사인본을 한 권, 한 권 직접 나눠 주었다.

사절도 한 권 받아 갔다. 실험관 남자는 시종일관 어딘가 경직된 웃음을 띠고 있었는데, 모두 '우리 연약한 아가가 몸이 아픈 탓이려니' 하고 여기는 듯했다.

젬은 무대 기둥과 한 몸이 되어 입술만 씹고 있었다. 이제 슬슬 코다와 함께 카피레가 등장해야 할 때였다.

그런데 시간이, 시간이 안 맞았다!

설마 약 먹고 눈 못 뜬 건 아니겠지? 용량, 용법 모두 제대로 적은 건 분명했다. 확인만 열 번도 넘게 했다. 왕자면 몰라도 코다는 그런 데서 실수할 사람이 아니었다.

아니, 혹시 몰랐다. 그 울보 쫄보가 닥터 유리 때문에 긴장해서 손이 사시나무가 됐을지 어찌 아는가.

입 안에서 가죽 장갑이 물먹은 스펀지 같은 식감을 냈다. 역시 안 되겠다.

젬, 가만히 있어요.

젬이 막 문을 향하려던 순간이었다. 아이가 폐를 긁는 듯한 목소리로 속삭였다.

자꾸 이쪽 보는 거 안 보여요?

"뭐?"

젬이 모서리에 바짝 붙어 무대 쪽을 힐끔 보았다. 사인을 부탁받은 모양인지 한 손에 펜을 들고 앉은 실험관 남자가 보였다. 그는 영 집중을 못 하고 무대 옆을 연신 곁눈질하고 있었다.

그 곁에 사자처럼 버티고 선 유리는 그런 남자가 신경 쓰이는

지 주변에 신경을 곤두세우고 있었다. 하마터면 눈이 마주칠 뻔한 젬이 얼른 몸을 수그렸다.

"왜, 왜 저래……."

젬, 언젠가 꿈에서 본 적 있다고 했죠. 저 남자.

"저 남잔지, 왕잔지, 개꿈인지, 뭔지 나도 모른댔잖아."

젬은 숫제 울먹일 기세였다. 일부러 잊으려 했던 생각이 자꾸 튀어나왔다.

자신은 터무니없는 짓에 끼어든 게 아닐까. 왕자도 자신도 너무 쉽게 생각했던 게 아닐까. 뒤늦은 후회가 해일처럼 몰려왔다. 사고 회로에 먹구름만 잔뜩 끼었다.

"젬……" 하고 아이가 말을 이으려던 순간이었다. 굳게 닫혔던 문이 다시금 입을 벌렸다.

'개선장군처럼 당당하게! 하늘에서 강림하는 천사처럼 아름답게! 이렇게 등장해야지!' 하며 워킹을 연습하던 왕자의 모습이 머릿속을 스쳤다. 짧은 시간 만감이 교차했다. 먼저 모습을 드러낸 것은 코다였다.

그리고 문이 닫혔다.

어?

젬이 눈을 깜박였다. 양쪽으로 벌어졌던 문이 거짓말처럼 입을 다물었다. 펑퍼짐한 시종복이 일정한 박자로 흔들렸다.

코다가 평소와 다를 바 없는 무표정으로 걸어오고 있었다. 시종 하나 등장에 주의를 기울이는 귀빈은 없었다.

본의 목소리가 살짝 떨렸으나 곧 원래대로 돌아왔다. 젬은 차마 본이 있는 무대 쪽을 쳐다볼 수 없었다. 무대 위에 선 실험관 남자와 유리가 젬의 뒤통수를 뚫어져라 보고 있는 것처럼 느껴졌다. 그게 실젠지 착각인지 확인할 용기도 없었다.

코다가 젬에게 가까워졌다. 무대 옆, 그림자가 드리운 기둥 근처였다. 젬이 그가 문을 열고 들어온 때부터 눈을 떼지 않은 것처럼, 그는 연회장에 발 디딘 때부터 무대 위만 응시하고 있었다.

"왕자님은요?"

젬이 바짝 붙어 속삭였다. 답이 없었다. 혹시 안 들리나, 싶어 젬이 서둘러 마스크를 벗었다.

"어, 어떻게 된 거예요. 왕자님은요? 혹시 눈을 안 떠요? 실수했어요?"

코다가 시선을 내려 젬을 흘깃 보고는 다시 무대를 보았다. 이 인간이 지금 무엇을 보고 있는 걸까.

"십 미리에 한 시간이랬잖아요. 내가 눈금까지 표시해 줬잖아요."

대꾸가 돌아오지 않았다. 젬의 숨만 거칠어졌다. 젬이 그의 팔뚝을 움켜쥐었다. 마네킹처럼 꿈쩍 않던 그가 날카롭게 손을 쳐 냈다.

젬이 기가 막혀 입만 뻐끔거리자 코다가 "아직 무대가 진행 중입니다. 시선을 끌고 싶지 않다면 조용히 하시지요"라고 말했다. 말투가 어찌나 태연한지 젬은 여기가 어디고 자신은 누군지 까먹을 뻔했다.

본의 진행 사이로 유리가 끼어들었다. 카피레의 몸 상태를 고려해 예상보다 식을 빨리 끝마칠 모양이었다. 젬은 애써 자신을 눌렀다.

그래. 워낙 스포트라이트 욕심이 많은 양반이니 혼자 등장하고 싶을 수도 있겠다. 금방이라도 문 열고 나타나겠지…… 는 개뿔! 그럴 리가 없었다!

왕자의 계획은 코다가 중심이었다.

카피레가 목숨을 잃은 것처럼 위장하는 것도, 유리가 실험관 남자를 데려오도록 교란하는 것도, 정신 차린 카피레를 유리와 마주치지 않게 연회장에 등장시키는 것도 모두 코다의 역할이었다. 코다야말로 카피레 자신을 증명할 첫 계단이었다. 아무리 카피레가 관심병 환자라 해도 이건 아니었다!

젬이 무대 뒤 그림자로 코다를 끌어 멱살을 잡아챘다. 상대는 눈 하나 깜짝 않는데, 젬만 절로 까치발이 들렸다. 그가 무표정한 얼굴로 젬을 보았다.

"말 돌리지 말고 빨리 대답해요. 왕자 어디다 두고 왔어요?"

"……당신이 왕자님에 대해 뭘 압니까?"

"갑자기 그게 무슨 귀신 씻나락 까먹는 소리예요?"

"전에도 말했죠. 난 왕자님의 시종이고, 당신은……."

코다가 젬의 손을 거칠게 쳤다. 젬이 화끈한 손등을 다른 손으로 감쌌다.

"그저 중매쟁이 약장수지. 그 이상도 그 이하도 아닙니다."

"……지금 이 상황에 그게 중요해요? 이러다 식 끝난다고요!"

코다의 얼굴에 처음으로 어떤 표정이 감돌았다. 뒤에서 의례적인 박수 소리가 터졌다.

어물어물 식을 늘리려는 본의 노력이 듣기만 해도 안쓰러울 정도였다.

유리가 자연스레 마이크를 빼앗았다. 자리에 앉은 귀빈들 면면이 퍽 만족스러워 보였다. 하나같이 품에 하드커버 사진집 한 권씩을 소중히 품고 있었다. 키 큰 사절은 사진집 한 권을 무릎 위에 놓은 채 사진 촬영에 여념이 없었다.

닥터 유리의 정체를 까발리자고? 귀빈들의 눈에 닥터 유리 콩깍지가 실시간으로 두께를 더해 가고 있었다. '자기 시간을 아껴 왕자의 취미 생활까지 동참해 주는 친절한 닥터 유리 님'의 등장이었다.

실험관 남자가 유리의 가운을 잡아당기는 것이 보였다. 아무래도 낌새가 수상했다. 유리가 후후 웃으며 왕자님과 함께 퇴장할 뜻을 밝혔다.

예상보다 훨씬 빠른 파장이었다. 누구 하나 왕자를 의심하는 사람이 없었다. 본과 쟴만 이상한 세계에 똑 떨어진 듯했다.

카피레 왕자는? 이 자린 어떻게 되는 거지? 나는, 여기서 뭘 어떻게 해야 하는 거지?

더 생각하기도 전에 몸이 저절로 움직였다. 알려 주지 않는다면, 직접 찾는 수밖에 없었다. 밖으로 뛰쳐나가려는 젬을 코다가 잡아 세웠다.

유리와 실험관 남자가 계단 쪽으로 몸을 돌리는 것이 보였다. 까딱하면 마주칠 기세였다. 인사하고 자리를 정리하는 사람들로 테이블 주위가 소란해졌다.

"얼른 놓지 못해요?"

"어딜 가려는 겁니까?"

젬이 "놓으라니까!" 하며 코다의 손을 떼어 내려 몸을 비틀었다. 유리와 실험관 남자가 계단에 우뚝 섰다.

오늘의 주인공을 따라 움직이던 시선이 난데없는 드잡이질에 고정되었다.

낭패다. 젬이 어깨를 움츠렸다. 일이고 뭐고 서둘러 무대 뒤 그림자로 숨으려던 젬을 코다가 확 잡아당겼다. 그 반동으로 후드가 뒤로 확 벗겨졌다.

젬이 소리도 못 지르고 굳었다. 얼굴에 찬 바람이 확 끼쳤다. 동시에 경악한 시선들이 화살처럼 꽂혔다.

왕성 한복판에 난데없는 개구리 괴인 등장이었다. 아이가 번개 같은 속도로 옷 속으로 쏙 숨은 것이 그나마 다행이었다.

"저게 대체……."

"설마, 소문의 개구리 키메라……?"

"마과부에 돌던 소문이 진짜였단 말이오?"

웅성임이 파문처럼 퍼졌다. 허리 부근에 뜨끈뜨끈한 요정의 숨결이 느껴졌다. 숨 가쁘리만치 정신없는 심장 고동도 함께했다.

안 그래도 사무처를 중심으로 개구리 키메라 소문이 한차례 유행처럼 쓸고 간 마당이었다. 갑작스레 등장한 녹즙 인간에 장내 충격이 이만저만이 아니었다.

몇몇 심약한 귀빈이 사진집을 떨어뜨리는 바람에 발등에 금 간 환자까지 나왔다. 시종이 급히 출동해 들것에 환자를 태웠다.

코다가 당황한 낯으로 손에서 힘을 뺐다. 젬은 서둘러 후드부터 고쳐 썼다. 그래 봐야 이미 다 늦은 마당이었다. 시종일관 띠꺼운 표정을 고수하던 사절마저 반쯤 넋이 나간 듯했다.

젬은 머릿속이 하얗게 비었다. 온몸이 소금물에 푹 담갔다 나온 듯 무거웠다. 그때, 부드러운 온기가 한쪽 어깨를 감쌌다. 코에 익숙한 향기가 확 끼쳤다.

기다렸다!

젬이 얼떨떨하여 옆을 보았다. 아이의 체향에 시큼한 약품 냄새가 섞인 듯한 향기, 따뜻한 체온, 실험관 남자가 젬을 보고 있었다.

어깨를 쥔 손에 힘이 더해졌다. 남자가 무슨 말을 하려다 얼른 입을 닫았다. 분명 입이 다물렸는데 젬의 귀엔 자꾸 환청이 울렸다. "많이 기다렸다! 많이, 많이 보고 싶었다!" 하며 맹한 소리가 호들갑을 떨었다.

"이런, 코다 군. 실례지 않습니까. 연약한 레이디께."

유리가 계단에서 한 발 내려서며 부드럽게 코다를 제쳤다. 젬이 후드를 쥔 손에 힘을 꼭 쥐었다.

째지는 마이크 소리가 정적을 갈랐다. 긴장이 깨지며 시선이 무대 위 본에게 쏠렸다. 본이 허리를 꾸벅하며 마이크 전원을 껐다. 그 얼굴에 서린 낭패를 젬은 놓치지 않았다.

"아니, 닥터 유리. 그건 대체……."

"희귀 피부병 환자십니다. 치료 겸 저와 함께 지내는 중이신데……."

"세상에, 참 별난 희귀병도 다 있구려. 난 또 소문의 개구리 키메란 줄 알고……."

닥터 유리의 변명에도 불구하고 의심의 눈초리는 사라지지 않았다. 사방에 헛기침이 연발했다. 왕세자가 서둘러 소란을 진정시켰다.

"쳐다보지 마시오, 눈 마주칠라."

"아이고, 숭해라. 어쩜 좋아."

젬은 수치심으로 손등까지 붉게 익었다. 왕자의 일과 지금 이 상황, 실험관 남자가 섞여 머릿속이 팽이가 가속하듯 혼란스러웠다.

거기에 정체불명의 환청이 멈출 줄 모르고 계속되고 있었다.

왜 대답을 안 한다? 나 모른다?

젬은 그저 눈만 깜박였다.

유리가 "왕자님" 하며 손짓했다. 어깨를 쥐었던 손이 아쉬운 듯 천천히 떨어져 나갔다. 몸이 찰흙으로 변한 것처럼 어깨에 남자의 손자국이 남아 있는 것 같았다.

"많이 안 좋은 겁니까?"

보르누가 실험관 남자의 어깨를 살짝 감쌌다. 젬이 슬그머니 몸을 뒤로 뺐다. 유리가 대신 대답했다.

"언제나처럼 가벼운 감기 몸살이십니다."

"닥터가 계셔서 제가 얼마나 다행인지 모릅니다. 아침에 큰일이 있었다 들었는데, 아버지께선?"

"걱정 마십시오."

걱정스러운 표정의 보르누와 달리, 유리는 꼬리 흔드는 여우처럼 여유 만만이었다. 웃는 모양으로 휘어진 눈초리가 깊이 패였다.

보르누가 실험관 남자의 등을 부드럽게 쓸어 주었다. 편식하지 말고 골고루 잘 먹으라느니, 그게 적당한 운동이 필요하다느니 하는 다정한 잔소리가 몇 자 이어졌다.

젬은 후드 자락을 꾹 쥔 채 그 장면을 보고만 있었다. 남자는 계속 이쪽을 신경 쓰는 눈치였다. 환청은 더 이상 들리지 않았다.

정말 환청이었을까? 고막이 아니라 정신에 직접 울리는 목소리였다. 꼭 아이처럼.

아이처럼?

젬은 고개를 번쩍 들었다. 본이 왕세자 뒤를 얼쩡거리며 어떻게든 대화에 끼려 애쓰는 중이었다.

왕세자는 아무것도 모르는 것처럼 보였다. 지금 그를 붙잡고 말한다면, 그가 젬과 왕자를 도와줄 수 있을까?

그라면, 진정 동생을 아끼는 그라면…….

젬은 카피레를 부르며 어화둥둥 꿀 떨어지는 왕세자의 표정을 보았다. 결심이 섰다. 젬이 발바닥에 힘을 주었다. 막 한 걸음 내디딜 찰나였다.

"잠깐."

억센 힘이 젬의 손목을 붙잡았다. 코다였다.

"놔요."

코다가 말없이 버텼다. 왕세자가 실험관 남자의 머리를 한번 쓰다듬고는 사절을 이끌고 먼저 연회장을 나섰다.

젬이 낑낑대는 사이, 동그란 뒤통수가 서서히 멀어져 갔다. 뒤따르는 할아버지 팬들이 실험관 남자에게 작은 과자 상자나 보약 따위를 건넸다.

그 와중에도 몇몇 의심스러운 시선이 희귀 피부병 환자와 유리를 한 번씩 훑고 지나갔다.

이 인간이 진짜!

젬은 더 높은 굽을 신고 오지 않은 걸 후회하며 발에 힘을 주었다. 젬의 혼이 실린 공격에 코다가 온몸을 뻣뻣하게 굳혔으나,

외려 손에 힘만 더 들어갔다. 손목뼈가 산산이 조각나기 일보 직전이었다.

왕세자의 뒤통수가 문 너머로 사라져 버렸다. 젬은 입술을 세게 깨물었다.

자리가 끝나는 게 아쉬운지 엉덩이를 꼬는 소수의 할아버지 팬들에게 뭐라 웃는 얼굴로 속닥이는 유리가 보였다.

본 역시 극성 팬무리에 붙잡힌 듯했다. 실험관 남자는 영 집중을 못 하고 이쪽을 보며 발만 동동 굴렀다.

젬이 뒤를 보고 속삭였다.

"대체 지금 뭐하는 거예요?! 왕자님의 시종 어쩌구 잘난 척 말하더니, 다 거짓말이었어요?"

"……당신이 뭘 안다고 함부로 지껄이십니까."

코다가 손에 힘을 주었다. 젬은 하나도 아프지 않은 척 그를 돌아보았다. 어둡고 진득한 눈동자와 시선이 마주쳤다.

이쪽으로 오려던 본이 유리에게 붙잡혀 끈질긴 할아버지 상대를 대신 맡았다. 본이 두 손 들고 쩔쩔매는 것을 보니 서로 익히 알던 사이로 보였다. 유리가 이쪽을 보았다. 젬이 빠르게 속삭였다.

"그럼 왜 말을 못 해요? 당신이 그렇게 싸고돌던 왕자는 어쩌고 여기에 혼자 왔냐구?"

"아까부터 당최 무슨 말씀이신지 모르겠군요."

코다가 느리게 중얼거렸다. 그가 천천히 손에서 힘을 풀었다.

손목에 찌르는 듯한 통증이 달렸다. 징징 열이 울렸다. 젬은 눈에서 힘을 풀지 않고 코다를 노려보았다.

"……왕자님께선 바로 여기 계시지 않습니까."

코다의 목소리가 꼭 기계음처럼 들렸다. 혹은 한없이 어색한 연기처럼도 들렸다. 높낮이 없이 무미건조한 음성이 곧게 앞을 향했다.

유리가 이쪽을 향해 걸어왔다. 그의 등에 딱 달라붙은 실험관 남자와 얼결에 눈이 마주쳤다.

남자가 꽃이 피듯 활짝 웃었다. 분명 카피레와 똑같은 생김새건만, 그라곤 상상할 수 없는 표정이었다. 젬은 얼른 시선을 피했다.

처음 보는 얼굴이었다. "헤헤" 하는 멍청한 웃음소리가 귀에 직접 끼치는 듯했다.

아, 젬은 속으로 신음했다. 온몸에 솜털이 곤두섰다. 기이한 느낌이 전신에 끼쳤다.

이게 카피레 왕자라고?

"코다. 수고 많았어요."

"닥터. 본 경은?"

"글쎄요. 꽤나 곤란한 분들이시라……."

유리가 본 쪽을 보며 키득거렸다. 젬은 눈앞이 깜깜했다. 뒤에는 코다, 앞에는 유리와 실험관 남자였다.

넓디넓은 연회장이 겹겹이 싸인 미로 감옥처럼 느껴졌다. 사람이 빠져나간 홀에 성난 할아버지 음성이 쩌렁쩌렁 울려 퍼졌다.

'고얀 놈이 사람에게 말도 없이 번호를 바꾸느냐!', '매번 공짜로 밥 얻어먹고, 장소 빌릴 때는 언제고 자신을 이리 홀대하느냐!' 삿대질까지 곁들여 노기를 뿜었다.

천장에 목매인 크리스털 샹들리에가 한들한들 빛을 뿌렸다. 젬은 애가 타 본과 시선을 마주치려 안간힘을 썼다. 어깨를 요리조리 비틀며 지렁이 몸부림을 쳤다. 유리가 입을 가리고 쿡쿡 웃었다.

"그만두세요. 아무리 용써도 눈치채지 못할 테니까요. 제가 성 밖으로 나가기 전까지는요."

"어, 언제부터……."

"무엇을 말씀하시는 걸까요?"

되묻는 유리의 표정이 귀여운 것을 보듯 다정해서 젬은 목구멍이 꽉 막혔다.

대체 언제부터 알고 있던 거지? 어떻게? 얼마나?

등을 타고 올라온 아이가 목깃에 숨어 젬에게 뭐라 속삭였다. 젬이 눈을 크게 떴다.

홀린 듯 실험관 남자를 보았다. 그가 자신을 보고 웃고 있었다. 젬은 들은 대로 되뇌었다.

아이의 반쪽.

유리가 어깨를 으쓱하며 말했다.

"그럼 같이 가실까요. 꼭 보여 드리고 싶은 게 있습니다."

"저, 전……."

"후후. 사양하지 마세요. 후회하지 않으실 겁니다."

유리의 미소가 짙어졌다. 쩌렁쩌렁한 노인의 고성이 홀 전체에 배경음악처럼 깔렸다.

젬은 유리 뒤에서 연신 뭔가 어필하려는 듯한 실험관 남자를 보았다.

아이의 떨리는 목소리가 아직도 귓전에 맴돌았다. 젬으로선 실감도 안 나고 믿기도 어려웠지만, 마음 한구석 그에 동조하는 자신이 있었다.

설마, 만약 진짜로 실험관 남자가 아이의 반쪽이라면?

아니, 그렇지만 아무리 봐도 저건 인간의 몸이 아닌가.

그때 반쯤 닫힌 연회장 문을 열고 회색 인영이 나타났다. 어찌나 힘이 좋은지 문이 벽에 탕탕 부딪치며 우렁찬 소리를 냈다.

유리가 천천히 고개를 돌렸다.

"본 잉겔 경 계십니까?"

깐깐한 목소리가 연회장을 깨끗하게 갈랐다. 전신을 감싸던 긴장감에 일순 금이 갔다.

정신이 번쩍 깰 만큼 존재감 있는 울림이었다.

＊　　＊　　＊

서럽게 흐느끼는 소리가 들렸다. 훌쩍훌쩍 콧소리에, 꺽꺽 숨 넘어가는 소리에, 엉엉 통곡 소리까지 아주 골고루 했다.

눈꺼풀에 딱풀이라도 붙인 양 영 눈이 안 떠졌다. 그에 반해 몸은 퍽 개운하고 시원했다. 카피레가 슬쩍 몸을 움직여 보았다.

어디선가 뽀글뽀글 방울 터지는 소리가 들렸다. 서러운 울음이 먼 듯 가까운 듯 고막에 파도쳤다.

대체 누가 저렇게 우는 거지?

낯선 듯 귀에 익은 울림이었다. 카피레는 미간에 잔뜩 힘을 줬다. 천근만근 같은 눈꺼풀을 겨우 열었다. 누가 눈알에 계란 흰자라도 묻혀 놓은 듯 시야가 흐리고 뿌옜다.

푸르스름한 빛이 가장 먼저 눈에 들어왔다. 작은 물방울들이 물고기 떼처럼 눈앞을 스치고 지나갔다. 푸른빛 너머는 시꺼멨다. 투명한 무엇인가가 앞을 가로막고 있었다. 차가운 물결, 혹은 바람 같은 것이 몸을 간질이고 있었다.

멀리 어둠 너머로 시꺼먼 덩어리 같은 것이 꿈틀거렸다. 미간에 힘을 줬다 풀었다 한참을 용쓴 끝에야 시야가 조금 밝아졌다.

카피레는 그제야 자신이 어떤 꼴인지 자각했다. 투명한 유리벽이 사방을 가로막고 있었다.

좁디좁은 공간, 푸르스름한 용액이 가득 찬 유리관 속, 카피레는 벌거벗은 채 갇혀 있었다.

불순물이 가라앉은 것인지 몸 아래쪽은 해파리 떼에 휩싸인 것처럼 몽글몽글하고 불투명한 것에 푹 빠져 있었다.

카피레는 정신이 확 깨었다. 시꺼먼 천장과 바닥, 크고 푸른 실험관, 기억에 있는 장소였다.

순간 숨이 콱 막히며 무언가가 식도로 역류했다. 입에서 나온 건 공기 방울뿐이었다. 생리적인 눈물로 눈알이 뜨겁게 부풀었다.

유리관 내부는 버튼 하나, 틈 하나 없이 매끈하기만 했다. 카피레는 일단 유리 벽에 달라붙었다.

내부에서 안 된다면 밖에서 꺼내 주길 바라는 수밖에 없었다. 마침 꺽꺽 훌쩍이는 모지리가 저기 있지 않은가.

카피레가 유리 벽을 두드렸다. 벽이 어찌나 두꺼운지 탁탁, 손바닥 두드리는 소리밖에 안 났다. 애초에 걸쭉한 액체 탓에 몸이 잘 움직이지도 않았다.

카피레는 소리 높여 외치고 싶었으나 시고 쓰고 비린 용액만 꿀떡꿀떡 삼켰다. 끔찍하리만치 맛이 없어서 눈물까지 샐 정도였다.

어두컴컴한 배경 가운데 유난히 짙은 그림자가 보였다. 맞은 편 길쭉한 상자에 껌처럼 붙은 인영이 있었다.

카피레의 희미한 발악을 들었는지, 그림자가 멈칫하며 몸을 일으켰다. 카피레가 얼굴을 유리에 가까이 댔다.

짜샤, 이 둔탱이 모지리야! 형님이 너 구하려다 이 꼴이 됐단 말씀이다. 그만 훌쩍대고 나부터 꺼내지 못할꼬!

전에 썼던 쩐인지, 짠인지, 뭔지 또 해 보란 말이다!

카피레의 간절한 마음속 외침을 들었는지 인영이 몸을 완전히 세웠다. 그가 천천히 카피레를 향해 뒤돌아섰다.

카피레는 그제야 뭔가 이상하다는 생각을 했다. 전에 봤던 환자복 같은 원피스 차림이 아니었다.

인영은 흰 셔츠와 바지 차림에 흰 로브를 걸치고 있었다. 카피레보다 키가 조금 작았고, 어깨가 좁았으며, 허리가 살짝 굽어 있었다. 자리에 못 박힌 듯 가만히 선 그가 물끄러미 카피레를 보았다.

카피레는 저도 모르게 유리 벽에서 떨어졌다. 지독한 약품 냄새가 눈코입은 물론 뇌수까지 꽉 채운 듯했다.

그럼에도 그는 눈을 뗄 수 없었다.

얼굴이 어슴푸레 보였다. 정돈되지 않은 머리카락이 힘없이 늘어져 눈을 살짝 덮었다. 어두컴컴한 조명 탓에 얼굴의 반이 그림자에 먹힌 것처럼 보였다.

아득한 실험실 내부, 그러나 어둠에 익숙해진 시야는 보고 싶지 않은 정보까지 전해 주고 있었다.

카피레는 그제야 인영이 끌어안고 있던 상자에 무엇이 들어 있는지 알아보았다.

그것은 잘 만든 실물 크기 인형처럼 보였다. 잠자듯 편안한 얼굴. 희미한 미소. 밀랍처럼 창백한 낯이 어디서 많이 본 미인이었다.

특히 꿀처럼 흐르는 금발은 꼭 방금 세팅한 것처럼 옅은 빛에도 윤기가 흘렀다. 쉽게 볼 수 없는, 자신의 것과 똑 닮은 금발이었다.

카피레는 눈을 깜박였다.

그것은 초상화로만 봤던 어미의 얼굴을 하고 있었다. 크고 작은, 각양각색의 꽃에 둘러싸여 가슴에 두 손을 포갠 자세였다. 진주처럼 뽀얀 낯이 망막에 선명히 박혔다.

어머니?

카피레가 입술을 달싹였다.

잠시 자리에 섰던 인영이 별안간 성큼성큼 걸어왔다. 박제만큼이나 딱딱하게 굳은 얼굴에 푸르스름한 빛이 그림자를 내렸다.

깊게 팬 미간, 아래로 굳게 다문 입술에 듬성듬성 성글어진 수염 가닥까지.

그가 알던 사람과 기이하리만치 어울리지 않는 조합에도, 카피레는 그가 누군지 한눈에 알아볼 수 있었다.

눈 한 번 깜박이지 않고 다가오는 왕의 얼굴이 죽은 자의 것처럼 시꺼멨다.

왕이 주먹을 들어 유리 벽을 내리쳤다. 두꺼운 벽 탓에 진동조차 희미했다.

카피레가 채 입술을 다물기도 전, 왕이 표정을 일그러트리며 실험관에 붙은 기계판을 마구 두들겼다.

생각할 틈도 없이 어둠이 덮쳤다. 숨이 콱 막히며 심장이 빠르게 고동쳤다. 온 숨구멍에 날카로운 고드름이 박히는 듯했다.

　암전이었다.

＊　　＊　　＊

　문을 박차고 등장한 이는 왕세자와 함께 나갔던 키 큰 사절이었다.

　국경을 마주한 어느 작은 나라 출신이라 했던가. 짧게 깎은 머리는 작 잘 익은 볏짚 색이었고, 어깨가 넓은 데에 비해 전체적으로 깡마른 인상이었다. 깐깐해 보이는 얼굴에 빗자루처럼 키가 컸다.

　그가 위풍당당하게 본에게 걸어갔다. 독특한 체향이 젬의 코끝을 스쳤다. 삿대질하던 할아버지 둘이 헛기침하며 물러났다.

　사절은 본과 실험관 남자를 번갈아 보며 폭탄처럼 거대한 자신의 사진기를 들어 보였다.

　본이 사진집을 촬영한 장본인이란 것을 어디서 들은 모양이었다. 유리의 표정에 살짝 금이 갔다.

　그는 당당히 카피레 왕자와 유리, 그리고 자신을 한 앵글에 담아 줄 것을 요구했다.

　자기네 왕자님께서 만족하실만한 증거물이 필요하다고 덧붙였다. 본은 자다가 날벼락 맞은 사람처럼 얼떨떨해 보였으나 눈치 좋게 카메라를 받아 들었다.

의외인 것은 유리의 태도였다. 평소처럼 사특한 술수를 써 돌려보낼 줄 알았건만 살풋 웃으며 실험관 남자와 나란히 서는 게 아닌가. 본 역시 되레 당황하여 엉거주춤 카메라를 잡았다.

그 한없이 어색한 공기 속에 젬이 잠시 어안이 벙벙했을 때였다. 작은 손가락이 젬의 머리카락을 잡아당겼다.

젬, 뛰어요.

"지, 지금?"

지금!

젬은 더 생각하기를 포기하고 냅다 문을 향해 뛰었다. 제 옷자락을 잡으려다 놓치는 코다의 손길을 느낄 수 있었다.

젬은 무작정 복도를 달렸다. 다급한 구두 소리가 복도를 울리다 이내 사라졌다.

본성 뒷문으로 나와 한참을 뛰었다. 후드를 구명줄처럼 꾹 눌러쓰고 쥐약 먹은 말처럼 달렸다. 넘어지지 않은 게 천만다행이었다.

아이는 어디든 상관없으니 일단 사람 없는 곳을 찾자고 했다. 젬은 상앗빛 돔 지붕을 피해 최대한 외진 길을 골랐다.

얼마나 뛰었을까. 심장이 쭉 조이며 목에서 쌕쌕 소리가 났다. 목구멍과 입 안이 따가울 정도로 말라 왔다.

평생 운동이라곤 숨쉬기 외길만 걸어온 인생이었다. 갑작스러운 뜀박질에 두 다리가 갓 태어난 기린처럼 휘청거렸다.

이쯤이면 됐어요.

고장 난 펌프 기계처럼 씩씩 소리만 샜다. 젬은 길에서 벗어나 조경된 나무숲 사이로 들어갔다.

차마 고개도 못 들고 허공을 헛손질하다 겨우 나무 기둥에 몸을 기댔다. 박쥐 코트가 땀으로 흠뻑 젖었다. 아이가 후드 밖으로 날아올랐다.

"여, 여기가 어디야……."

눈앞이 빙빙 돌아 한 치 앞도 분간할 수 없었다. 젬은 겨우 안쪽에서 약을 몇 병 꺼내 연거푸 들이켰다.

피로회복약, 마음안정약, 영양드링크. 하도 손이 떨려 입으로 들어온 게 반, 옷이 먹은 게 반이었다.

곧장 눈앞이 꽃밭으로 변하진 않았으나 머리와 가슴이 빠르게 식었다. 갈비뼈를 부술 기세로 두드리던 심장 고동 역시 제 박자를 찾았다. 젬이 침을 꼴깍 삼키며 나무를 짚고 섰다.

한꺼번에 너무 많은 일이 일어나 아직도 뭐가 뭔지 뒤죽박죽이었다.

한 가지만은 확실했다. 계획은 실패였다. 왕자를 찾아야 했다.

정신 차렸어요?

"……내가 내 정신이 아니야."

젬이 웅얼거렸다. 우거진 나뭇잎 너머로 흰 직사각형 건물이 보였다. 마과부가 위치한 사무처였다. 젬은 헐떡이는 숨을 애써 가다듬었다.

지금도 믿기 어렵지만, 정말, 정말 코다가 배신한 거라면 왕자는 지금 어디에 있는 걸까?

왕자궁? 마과부? 닥터 유리의 개인 실험실?

"아, 여깄다! 갑자기 뛰쳐나가서 깜짝 놀랐다!"

젬이 소스라치게 놀라 제자리에서 펄쩍 뛰었다. 아이는 예상했던 것처럼 천천히 젬의 어깨에 앉았다.

실험실 남자, 아니, 아이의 반쪽이 주변을 두리번거리며 나무 사이로 폴짝 들어왔다.

우거진 나뭇잎 그림자가 꿀색 머리카락에 무늬를 그렸다. 온화한 표정을 제외하면 손톱 모양까지 카피레와 판박이었다.

젬이 뒷걸음질 치려다 나무 기둥에 막혀 등만 바짝 붙였다. 바닥에 있던 나무 열매가 바삭 소릴 내며 깨졌다.

껍데기 깨지는 소리에 남자의 시선이 젬에게 딱 꽂혔다. 젬의 손톱이 나무껍질에 단단히 박혔다. 순간, 남자가 헤, 하고 웃었다.

긴장감 하나 없는 얼굴에 한 줄기 맑은 물이 인중에 스르르 고였다.

"기다렸다, 예쁜이!"

12.
참과 거짓

……젬은 예쁜이란 단어에 자신이 모르는 뜻이 숨어 있었나, 잠시 고민에 빠졌다. 그에 아랑곳하지 않고 놈은 척척 나뭇가지를 넘었다. 중간에 킁, 하며 콧물 먹는 소리도 냈다.

젬은 그제야 왕자의 헛소리를 되새겼다. 인중에 물이 고였으면 그놈이고, 맹하면 그놈이고, 멍청하면 그놈이라던. 자기 자랑도 참 둘러서 잘한다고만 생각했는데…….

어느새 눈앞까지 온 남자가 "예쁜이?" 하며 손가락을 살며시 젬의 뺨에 대려 했다. 손끝을 막은 건 아이였다. 남자가 "어?" 하고 굳었다.

아이가 남자의 검지 끝을 두 손으로 쥔 채 살짝 입 맞췄다.

아이와 남자가 잠시 서로를 마주 보았다.

젬은 숨죽인 채 침만 삼켰다. 드디어 둘이서 하나, 완전한 사랑의 요정, 완전한 금서로 다시 태어나는 순간이었다!

……아이의 표정이 빠르게 식었다. 남자 역시 고개를 갸웃했다.

이거 왜 이래?

"예쁜이가 두 명?"

뭐?

아이가 손가락을 팽개치듯 놓고 젬의 어깨 위에 섰다. 남자가 버려진 손가락을 어설프게 들어 두 사람을 가리켰다.

"내가 둘이 돼서 예쁜이도 둘이 됐다?"

"뭐?"

젬과 아이는 서로를 한 번 보고 다시 남자를 보았다. 새 한 마리가 태평하게 노래하며 나뭇가지를 흔들고 날아갔다.

세 사람 사이에 흰 물감 같은 새똥이 뚝 떨어졌다. 잠시 정적이 흘렀다.

* * *

몇 마디 나누던 아이가 소리를 빽 지르며 사방에 빛 가루를 흩뿌렸다.

이 우주 제일 모지리 같으니! 똑바로 말 못 해!

남자가 우우웅, 하며 우는 소릴 냈다. 카피레와 똑같은 눈매가 귀엽게 처지며 눈물이 글썽글썽 고였다.

정신을 차렸을 때, 젬은 저도 모르는 새 모지리의 등을 다정히 쓸어 주고 있었다.

젬은 쉬지 않고 손을 움직이면서도 소리 없이 경악했다. 왕자 미모의 위력이 이렇게도 발휘될 수 있다니. 그저 무시무시할 따름이었다.

아이가 머리를 감싼 채 끙끙댔다. 분통 터트리는 반응을 보아 하니, 원래 이토록 모자란 친구가 아니었던 듯했다. 아이는 닥터 유리의 이름을 득득 갈아 먹을 듯이 중얼거렸다.

말을 종합해 본 결과는 이러했다. 둘은 현재 하나가 될 수 없었다.

남자는 아이의 반쪽이 맞았다. 그 역시 자신의 반쪽을 찾고 있었다고 했다. 모지리 왈, 기척을 느끼자마자 부지런히 신호를 보냈는데 영 답이 없더라는 것이었다.

아이는 자신은 그런 거 받은 기억이 없다며 의심의 눈초리를 쏘다가 "앗!" 하고 젬을 보았다. 젬 역시 짐작 가는 바가 있었다. 일명 '푸른 실험관 남자의 악몽'이었다.

나와 젬의 기운이 섞였을지도 모른단 거지?

"내가 둘이니까 예쁜이도 둘이 됐다!"

어쩌면 반쪽짜리 금서와 계약한 거 자체가 문제였는지도 몰라요, 젬……

"그, 그래서 둘이란 건 뭐예요? 카피레 왕자님을 말하는 거죠?

그 사람 지금 어딨어요?"

"우우우웅? 난 왕자다."

젬, 얘한테 말 높일 필요 없어요.

아이가 한숨 섞어 말했다. 젬은 아무 말도 귀에 들리지 않았다. 젬의 표정을 빤히 보던 모지리가 코를 삼키더니 "나랑 똑같은 사람 있어" 하고 말했다.

"그, 그래서요. 그 사람 어딨는데요!"

"내 방에 있다?"

"당신 방이 어딘데요!"

젬이 참지 못하고 모지리의 어깨를 잡고 흔들었다. 모지리가 와아아, 하며 까르르 웃음을 터트렸다.

복장이 터져 돌연사하기 직전, "왕자니이이이임!" 하는 외침이 가까워졌다. 젬이 석상처럼 굳었다.

"아, 친구다!" 하며 모지리가 어깨를 잡힌 채 고개만 뒤로 돌렸다.

"왕자님!"

부리나케 나무 사이를 헤치고 들어오는 남자가 보였다. 펑퍼짐한 시종복에 나뭇잎과 흙먼지가 잔뜩 묻어 있었다.

어디서 흘렸는지 피오줌이라도 싼 것처럼 가랑이 사이가 포도주 얼룩으로 축축했고, 신발도 뒤축이 접혀 벗겨질락 말락 했다.

젬은 본능적으로 모지리를 등 뒤로 숨겼다. 상대가 바짝 긴장하며 눈에 날을 세웠다. 젬은 입술을 질끈 물었다.

코다가 항복을 표시하듯 두 손을 들고 한 발짝 다가섰다. 차갑게 굳은 표정과 달리 두 눈은 불씨를 심은 듯 이글이글했다.

"……왕자님을 놔줘."

젬이 헛웃음을 터트렸다.

왕자? 잠시 잊고 있던 열이 속에서부터 부글부글 끓어올랐다. 열 오르는 기세가 터지기 직전의 활화산과 같았다.

"……내가 아까 왕자님 어딨냐고 물었죠."

"당신 뒤에 있잖습니까."

"지 잘난 맛에 사는 카피레 왕자 어딨냐고!"

"예, 예쁜아. 친구는 내 친군데……."

넌 그 입 좀 다물어!

옆에서 작지만 매서운 바람 소리가 들렸다. 코다의 눈썹이 사납게 꿈틀거렸다.

"……당신 요정이 방금 왕자님께 주먹을 휘둘렀는데요."

젬이 이를 뿌득뿌득 갈며 되는 대로 뱉었다.

"대답하지 않으면 너고 저 왕자고 개구리 인간으로 만들어 주는 수가 있어."

홧김에 후드도 확 벗어 버렸다. 백 마디 말보다 강력한 시각 효과였다.

코다가 뭐라 말을 하려다 삼키곤 하하, 헛웃음을 흘렸다. 웃어? 젬이 눈에 힘을 주었다.

"농담으로 들려요?"

"……카피레 님은 원래 있어야 할 곳으로 가셨습니다."

"그게 어디냐고!"

"……닥터의 실험실. 데자르 부인 저택입니다."

젬이 진의를 확인하려 코다의 낯을 꼼꼼히 뜯었다. 코다가 몇 시간 만에 연기 천재가 된 게 아닌 이상, 그 말은 진실처럼 들렸다.

아니, 어쩌면 그는 타고난 연기 천재인지도 몰랐다. 스스로까지 속일 정도니 말이다.

젬은 비몽사몽 취중진담 사건을 떠올렸다. 저도 모르게 비아냥이 나갔다.

"……연기가 아주 수준급이시네요. 남우 주연상도 아깝지 않은 솜씨예요."

"멋대로 지껄이십시오."

"당신이 지금 무슨 짓을 저질렀는지 알기나 하는 거예요?!"

"카피레는 원래 몸이 약해! 닥터 유리는 카피레를 도와주겠다고 했어! 모든 게 원래 그랬어야 할 방향으로 돌아가는 것뿐이야!"

코다의 외침과 맞물려 세찬 바람이 가지를 흔들고 지나갔다. 잎이 서로 몸을 부대끼며 소란한 소리를 냈다.

코다의 두 눈엔 여전히 심지가 불타고 있었다. 그 눈에 서린 물기 어린 막도 진짜였다.

젬은 어깨에 힘이 빠졌다. 일이 어쩌다 이 지경이 됐는지 도무지 영문을 알 수가 없었다.

젬의 기운이 빠진 걸 귀신같이 알아챈 모지리가 "친구우!" 하며 쏙 빠져나갔다. 십 년 만에 상봉하는 엄마와 아들처럼 부둥켜안고 쓰다듬고 난리가 났다.

아이가 말없이 젬의 어깨를 두드렸다. 모지리를 안고 주저앉은 코다를 젬이 내려다보았다.

"데려다줘요, 거기."

"일개 중매쟁이 약장수가 왜 이렇게까지 참견하는 겁니까?"

젬이 헝클어진 머리를 하나로 고쳐 묶으며 조용히 답했다.

"아까 한 말 그대로 돌려줄게요. 나 약장수 중매쟁이 맞아요. 그리고 내 계약자는 카피레 왕자죠. 당신이 아니라."

"말 한번 잘했습니다, 젬."

코다가 흠칫 놀라 뒤를 돌아보았다. 소리 없이 다가온 본이 그의 목에 단도를 들이댔다. 젬이 무릎을 털고 옷매무시를 정리했다.

"……저와 얘기 좀 할까요, 코다."

코다의 목울대가 크게 오르내렸다. 그때, "흥!" 하고 코 먹는 소리가 났다. 잠시 숲에 정적이 깔렸다.

공기 읽을 줄 모르는 모지리가 "반짝반짝해!" 하며 칼날에 손을 대려 했다. 본이 얼른 칼을 거두며 눈을 깜박였다.

"인중에 콧물……!"

그의 감탄사에서 젬은 동병상련을 느꼈다. 코다가 불쾌한 낯으로 모지리의 인중을 소매로 벅벅 닦아 주었다.

*　　*　　*

온몸이 늪에 잠긴 듯 무거웠다. 쓰고 비린, 걸쭉한 액체가 코와 입으로 자꾸 들어와 위장이 잔뜩 팽창했다. 분명 숨을 쉴 수 없는데, 호흡에 어려움을 느끼진 않았다. 감각이 이상하게 돌아가는 걸까.

차갑고 캄캄한 어둠이 사방에 가득했다. 깊이 없는 그림자 속에 내동댕이쳐진 것처럼, 한없이 어지럽고 슬펐다.

슬퍼? 무엇이?

카피레는 기억을 반추하려 애썼다. 유리를 엿 먹이려 계획을 세웠고, 약장수의 천 년 묵은 하수구 똥물 응축액을 먹고 정신을 잃었다. 그리고 정신을 차렸을 때…….

저도 모르게 몸이 경련했다. 카피레는 연신 꿈틀대는 손끝을 진정시키려 했으나, 자신을 통제할 수 없었다. 뽀글뽀글 공기 방울 터지는 소리가 희미하게 멀어졌다.

그 소리에 다른 소음이 섞이기 시작했다. 물에 푸른 잉크가 퍼지듯 점차 선명해졌다. 산꼭대기에 오른 것처럼 멍멍한 청각에 카피레는 애써 정신을 집중했다.

"다짜고짜 전원을 내려 버리시다니요. 정말 이러시면 곤란합니다.”

“그, 그것이 날 노려봤다네, 유리. 나와 내 돌리를······!”

“아들이 부모님을 본 게 뭐 어때서 그러십니까.”

“그건 내 아들이 아니잖은가!”

후후후, 의뭉스러운 웃음소리가 바닥에 깔렸다.

닥터 유리였다.

카피레는 정신을 잃기 전 목도했던 장면이 거짓이 아님을 깨달았다. 다시금 손가락이 경련했다. 목소리는 귀에 꽂히는데 당최 내용이 이해가 가질 않았다.

훌쩍이는 왕을 달래듯 유리가 쉬이, 쉬이, 소리를 냈다. 주파수 안 맞는 라디오를 틀어 놓은 양 지지직거리는 노이즈가 섞였다.

“약속대로 얼른 돌리를 원래대로 돌려주게. 지금 돌리는 너무 차갑고······ 딱딱해.”

왕의 목소리가 이빨 빠진 노인처럼 힘이 없고 불분명했다. 유리가 떠보듯 물었다.

“정말 괜찮으시겠습니까? 그래도 십 년 넘게 아들로 대했던 분이 아니십니까.”

“유리. 지금 나를 놀리는 건가? 난 처음부터 아이 따윈 필요 없었네. 그럴 거면 왕세자를 입양하지도 않았어.”

어리광 깔린 왕의 목소리에 약간의 노기가 섞였다. 그래 봐야 엄마에게 떼쓰는 일곱 살 아이의 투정으로밖에 들리지 않았다.

"게다가 저건 돌리의 배로 낳은 것도 아니지 않은가! 자네가 나서지 않았더라면 애초 태어날 일조차 없던 그냥 씨가 아닌가 말이야!"

"쉬이, 진정하세요. 정말 어쩔 수 없는 분이시라니까. 이렇게 아이처럼……. 돌리가 보면 실망하겠습니다."

왕이 코 먹은 목소리로 "말하면 안 되네. 약속이야" 하고 중얼거렸다. 코미디가 따로 없었다. 유리의 다정한 목소리로 왕을 다독였다.

"그래요. 오래 참으셨습니다. 곧 상을 드릴게요. 말씀대로 하겠습니다."

"참말인가!"

유리가 "그럼요" 하며 왕에게 뭐라 속닥였다. 소리가 점점 멀어지다가 차가운 기계음과 함께 툭 끊겼다.

뭐, 뭐야 이거. 카피레는 몸을 움찔거리며 어떻게든 눈을 뜨려 끙끙댔다.

찰칵이는 소리가 크고 높게 달렸다. 눈부신 빛이 사방을 채웠다. 거짓말처럼 눈이 번쩍 뜨였다.

카피레가 이리저리 눈알을 굴렸다.

위이잉, 소리와 함께 실험관에도 불이 들어왔다. 밑에서 올라오는 공기 방울에 하체가 근질근질했다. 푸르스름한 용액 너머로 오디오를 조작하는 유리가 보였다.

유리 헤이트잉겔.

카피레가 저도 모르게 유리 벽에 달라붙어 주먹을 내리쳤다. 톡 소리조차 안 났다. 갓난쟁이 발길질만도 못한 일격이었다. 오늘만큼 빈약한 몸뚱이가 원망스러웠던 적이 없었다.

카피레가 다시 한 번 유리 벽을 쳤다. 그제야 그의 발악을 알아챘는지 유리가 뒤돌았다.

손자 재롱 보는 할아버지처럼 흐뭇한 미소와 함께였다.

유리이이이이!

마음만은 사자후인데, 입에선 비눗방울 같은 거품만 샜다. 쌕쌕거리는 불쾌한 소음이 고막을 긁었다. 다름 아닌 카피레의 목에서 나는 소리였다.

유리가 그제야 깨달았다는 듯 눈을 동그랗게 뜨고 다가섰다.

"맞아. 거기선 말을 못 하시죠. 리스페랑은 항상 대화가 되던 터라 깜박했네요. 나오고 싶으십니까?"

그걸 말이라고 하냐, 이 새끼야.

카피레가 눈을 사납게 부라리자 유리가 고개를 끄덕이며 웃었다.

"제가 얼마나 놀랐다고요. 눈썹 휘날리게 달려왔건만 전원은 꺼져 있지. 폐하는 징징거리시지…… 별 탈 없어 보여서 그나마 다행입니다."

카피레는 방금 들은 내용을 머릿속 지우개로 벅벅 문지르며 유리를 노려보았다. 오디오로 전한 수작만 봐도 뒤가 뻔했다.

카피레를 또 속이려는 것이었다. 국왕을 이용하고, 모지리와 카피레로 왕가의 단물을 쪽쪽 빨아먹을 생각이 분명했다. 흥, 내가 넘어갈 줄 알고?

"신기하네요. 목소리가 들리지 않아도 무슨 말을 하는지 다 알 것 같아요. 좀 더 있다 나오셔도 될 것 같습니다."

이 자식이 지금 사람 놀려?

"깜짝 놀란 표정을 기대했는데, 생각보다 안 놀라시네요."

카피레는 눈꺼풀에 자꾸 힘이 풀리려는 걸 억지로 부릅떴다. 유리가 데스크에 펼쳐진 두꺼운 책을 성의 없이 몇 장 넘겼다. 환하게 밝힌 조명 아래 실험실 풍경이 한눈에 들어왔다.

뱀 소굴처럼 위아래로 똬리를 튼 파이프 미로 하며 정체 모를 크고 작은 기계 장치들이 빽빽이 늘어선 공간이었다.

그날 밤, 파이프 곳곳에 꽂혔던 알록달록한 솜 인형들은 어디로 갔는지 보이지 않았다.

이상하리만치 현실감이 없었다. 아까 본 장면도, 유리가 들려준 오디오도, 눈앞의 박제도 마찬가지였다.

카피레는 다시 한 번 눈앞을 확인했다. 맞은편에 관이 세로로 서 있었다. 꽃이 잔뜩 갈린 배경에 아름다운 박제가 누워 있었다.

카피레는 저도 모르게 고개를 흔들었다. 죄 사기극이 분명했다. 그것도 아주 잘 만든 사기극이었다. 유리 앞에 붙는 수식어 중에 천재 연출자도 붙여 줘야 할 듯했다.

"당신은 어렸을 때부터 그랬죠. 아무튼 애답지가 않았어요.

그래도 좀 의외네요. 폐하께서 당신께 그렇게 정성을 다하셨는데 말이에요. 눈물 한 방울이라도 보이실 줄 알았습니다."

국왕은 과거야 어쨌든 아비로 제 역할을 다하려던 사람이었다. 카피레가 비록 살갑게 굴진 못했어도 아버지로 따르던 사람이었다.

분명, 어딘가 불안한 구석이 있긴 했다. 카피레의 얼굴에서 아내를 찾는 속내 역시 뻔히 보였다. 카피레는 불쾌하기보다 안된 마음이 컸다. 그저 왕비를 잃은 충격 탓으로만 생각했다.

카피레는 생각을 털어 냈다. 이를 아득 물었다. 천 년 묵은 여우 놈이 사특한 혀로 왕을 꾄 게 틀림없었다. 다 거짓말인 게 틀림없었다.

자신이 왕과 왕비의 핏줄을 잇지 않았다면, 왕비와 똑 닮은 외모는 어디서 왔겠는가 말이다. 그럴 리 없었다.

"그렇게 이를 갈다간 잇몸 상하십니다."

약 올리냐 지금! 카피레가 다시금 유리 벽을 쳤다.

"보아하니 믿지 못하는 모양이에요. 그럴 만도 하지요. 거참 신기합니다. 같은 피를 타고났는데 하나는 의심병 환자에, 하나는 제 말이라면 물고기가 나무에서 난다고 해도 믿을 기세니 말입니다. 후후."

카피레는 눈도 깜박이지 않고 유리를 노려보았다. 그것밖에 할 수 있는 것이 없었다.

"어디 보자."

그가 부드러운 손길로 검은 관을 어루만졌다. 카피레는 저도 모르게 몸을 움찔했다. 유리가 비뚤어진 조화를 똑바로 고치더니 박제의 손등을 가볍게 쓸었다.

꽃다발 사이로 작은 빛이 반짝였다. 왼쪽 손가락에 화려한 다이아몬드 반지가 끼워져 있었다. 초상화에 있던 것과 똑같은 물건이었다.

"오랜만에 뵙는 어머니 아닌가요? 참 사랑스럽고도 가여운 여인이었지요. 사랑의 결실을 원한다며 애를 무진 쓰셨어요. 하하. 데자르 백작 부인을 보셨다면 아시겠지만, 사랑의 묘약은 사실 몸에 별로 좋은 편이 아니라서요. 장기 복용 시 좀 문제가 있어요. 임신은 말도 안 되죠."

유리가 뭔가 생각난 것처럼 데스크에 펼쳐진 두꺼운 책에 빠르게 몇 자를 휘갈겼다. 온갖 기계 장치가 늘어선 실험실 풍경과 어울리지 않게도 잉크에 찍어 쓰는 깃털 펜이었다.

유리가 깃펜 끝을 입에 문 채 몸을 돌렸다. 빛이 반사해 안경알이 반짝여 눈이 제대로 보이지 않았다.

"양자로 들인 아들이 귀엽긴 했지만, 자격지심이 컸던 모양이었지요. 석녀란 별명도 꽤 모욕적이었고요. 사실 제 고객은 폐하니까요. 왕비의 부탁을 꼭 들어줄 필요는 없었어요. 그런데 왕비께서 이렇게 말씀하시지 뭐겠어요. 그이와의 아이를 낳을 수 있다면 죽어도 좋다고, 영혼이라도 팔겠다고 말이에요. 그 말을 듣고 저는……."

유리의 입꼬리가 길게 찢어졌다. 그가 펜을 놓고 가운 주머니에 두 손을 꽂았다.

"소원을 들어주는 것도 나쁘지 않겠다고 생각했어요. 영혼이라도 팔고 싶은 기분을, 저는 아주 잘 알고 있거든요."

그딴 거 알게 뭐냐.

카피레의 생각을 읽은 것처럼 유리가 두 손을 주머니에 꽂은 채, 느긋한 걸음으로 다가왔다.

"그거 아세요? 아기를 만들 때 사랑이 필요 없는 것처럼, 인간을 만드는데 거창한 건 필요 없어요. 적절한 조건만 갖춰 준다면, 육체를 만드는 것 자체는 어렵지 않죠."

유리가 휴대폰을 열어 뭔가를 확인했다.

카피레는 만약에 실험관에서 나간다면 어떻게 도망갈 수 있을까 동선을 짰다. 전과 달리 불이 훤한 상태였다. 어딘가 출구가 숨어 있을 터였다. 유리가 말을 이었다.

"겨우겨우 아기를 만드는 데 성공하자, 왕비는 뛸 듯이 기뻐했죠. 석녀 소문도 쏙 들어갔고요. 그런데 사실 그 환경이, 음, 연약한 아기가 버티긴 힘들었거든요."

유리가 휴대폰을 주머니에 대충 찔러 넣었다.

"딱 봐도 알 수 있었죠. 아이는 살아서 나오지 못할 게 뻔했어요. 그렇다면? 저는 쓸모없어진 금서를 한번 실험에 써 보기로 했죠. 살아 있는 요정의 영혼을 죽어 가는 아기 몸에 넣으면 어떻게 될까?"

이 인간이 무슨 소릴 지껄이는 거야. 카피레가 똥 씹은 듯 표정을 굳히든 말든, 유리는 독백처럼 말을 이었다.

"별 기대도 안 했는데 용케도 버티더군요. 꼬박 10개월을요. 실험은 성공이었어요. 요정에게 약간 문제가 생기긴 했지만, 딴엔 인간 몸에 잘 정착한 듯 보였죠."

카피레는 유리의 말을 도통 이해할 수 없었다. 귀에 잘 들어오지도 않았다. 그러나 유리는 그저 말하는 자체에 심취한 듯 즐거운 표정이었다.

카피레가 유리 벽에 댄 주먹 위로, 유리가 손바닥을 펼쳐 맞대었다. 두꺼운 유리 벽을 사이에 두고 있음에도 징그러운 벌레와 마주친 양 소름이 올라왔다.

카피레는 졸은 티를 내기 싫어 부러 눈에 힘을 주었다. 유리가 싱긋 웃었다.

"왕비가 죽고 폐하께선 살짝 정신을 놓으셨죠. 어린 왕자는 그대로 제 몫이 되었고요. 저는 궁금해졌어요. 죽은 인간의 껍데기에 요정의 영혼을 정착시키는 게 가능하다면, 살아 있는 인간을, 새 영혼을 만드는 것도 가능하지 않을까? 그러던 중 폐하께서 제게 새 의뢰를 하셨어요. 그게 뭔지 짐작이 가십니까?"

카피레는 콧김만 뿜었다. 바람 대신 걸쭉한 방울이 줄줄이 터졌다. 유리가 키득키득 웃었다.

"세상에나. 왕비를 되살려 달라지 뭐예요. 죽은 지 한참이라 뇌며 눈알이며 내장이 몽땅 제거돼 인형이 되어 버린 그 여자를 말이에요. 하지만 흥미가 동한 것도 사실이에요. 죽은 사람을 살릴 수 없다면 같은 인간을 만들어 내면 될 일이었죠. 무엇보다 제겐 마음대로 실험할 수 있는 샘플이 있었으니까요."

그걸 하라는 아버지나, 하란다고 신나서 한 유리나 똑같은 미치광이었다. 카피레는 주먹에 힘을 주었다.

"실험은 반은 성공, 반은 실패였어요. 왕비의 더미들은 뇌가 있어도 기능하지 않는 것처럼 보였어요. 살아 있는 인형이나 다름없었죠. 박제보다 나을 것도 없었어요. 이미 죽은 인간이라 샘플에도 한계가 있었고요. 아마, 살아 있을 당시 몸이 망가진 게 문제였겠죠. 그래서 저는 다른 샘플로 실험에 도전해 봤답니다. 결과가 어땠게요, 왕자님?"

유리가 말하는 대상이 모지리임을, 그리고 자신임을 카피레는 어렵지 않게 짐작했다. 눈에 저절로 열이 모이는 동시에, 머리가 빙빙 돌았다. 쇠망치로 해골을 땅땅 두드리는 듯했다.

유리의 얼굴이 가까워졌다. 호호백발 머리에도 주름 하나 없이 팽팽한 피부가 전설에 나오는 여우 귀신과 다를 바 없었다.

유리가 카피레의 주먹에 숨결을 불어넣듯 속삭였다.

"후후, 대성공이었답니다."

나를, 카피레는 목소리가 안 나온단 걸 잊고 입을 열었다가 더럽지 맛없는 약물로 다시금 식도를 채웠다.

'……나를 어떻게 할 생각이지?'

"이런이런, 왕자님."

유리의 웃음소리가 꼭 고막을 깃털로 간질이듯 소름 끼쳤다.

"아까 말씀드렸잖아요. 폐하께선 당신이 죽어야 왕비가 살아 온다고 생각하셔요."

'거짓말이잖아. 못 살리잖아.'

"그래요. 저는 왕비를 되살릴 수 없어요. 살릴 생각도 없고요. 그런데 굳이 사실을 다 알고 있는 당신을 풀어놓기도 좀 그래요. 쓸데없는 위험 부담은 피하고 싶거든요."

유리의 언동 하나하나가 뾰족한 포크처럼 심장을 쿡쿡 쑤셨다. 카피레의 심장은 평소의 고무 타이어가 아니라 무스 케이크가 되어 버렸고 말이다.

그 표정을 본 유리가 "어쩜. 가여워라" 하며 입을 가렸다. 저입을 생바늘로 꿰맬 수만 있다면 분이 좀 풀릴 텐데.

목소리도 안 나오는 마당에 숨까지 턱턱 막혔다. 카피레가 유리 벽을 긁듯이 손가락을 세웠다.

"저로서도 참 안타까워요. 하지만 리스페와 당신 중 하나를 고르라고 한다면 전 리스페를 고를 수밖에 없어서요. 아무래도 오리지널이기도 하고……."

복제.

실험.

오리지널.

배로 낳지 않은 아이.

아니야.

카피레는 아무 생각도 하지 않으려 애썼다.

"어쨌든 깜찍한 시도였어요. 그럴듯한 약까지 먹고 말이에요. 미리 듣지 않았더라면 깜박 속았을지도 몰라요. 참고로 제가 뵈러 갔을 때 보니까 살짝 토하셨더라고요. 세상에, 그렇게 끔찍한 토사물 냄새는 제 인생에서 처음이었어요."

빌어먹을 약장수!

카피레는 호흡을 조절하기 위해 안간힘을 썼다. 흥분은 금물이었다. 생각의 끈을 붙잡아야 했다. 대체 어떻게 알아낸 거지? 어디서 들킨 거지?

"후후, 제가 어떻게 왕자님을 데려왔는지 궁금한 모양이에요. 그렇죠?"

'이 자식 이거 사람 마음도 읽는 거 아냐?'

"안타깝게도 독심술은 아니랍니다. 그저 시간에게 배운 눈치지요. 풋내 나는 어린 것들은 생각하는 게 눈에 훤히 보여서 귀여워요."

유리가 실험관 아래 어느 버튼을 누르곤 몇 걸음 뒤로 물러섰다. 위잉, 하는 소리가 실험관 내부를 진동시켰다.

실험관 뚜껑이 반으로 갈라지며 빛이 쏟아졌다. 걸쭉한 용액이 출렁이며 점차 아래로 빠져나갔다.

공기와 만난 액체가 불투명한 하늘색 고체로 뭉치기 시작했다. 바닥에서 꽉 막힌 하수구가 꼴깍대는 소리가 났다. 온몸을 덮친 한기에 카피레가 반사적으로 몸을 움츠렸다. 갑자기 들이

켠 공기에 사레들린 듯 격한 기침이 터졌다.

코와 입에서 해파리 시체 조각 같은 것이 줄줄이 쏟아졌다. 심지어 눈과 귀에서도 따가운 게 흘러나왔다. 끔찍했다.

멀리 튄 그것이 유리의 구두에 닿으려는 순간, 유리가 "아이쿠" 하며 잽싸게 뒷걸음질 쳤다.

저 빌어먹을 여우 자식! 카피레는 기침을 참으려다 결국 바닥에 잔뜩 토하고 말았다. 시퍼런 고형물이 연거푸 터졌다. 내장을 수세미로 박박 긁는 듯한 통증이 달렸다.

바닥을 짚은 손목이 태풍 맞은 가시나무처럼 부들부들 떨렸다. 갑자기 오른 열로 눈앞이 핑핑 돌았다.

카피레가 간신히 상체를 세웠다. 눈앞에 유리의 잘 닦인 구두코가 보였다. 왜인지 위를 올려다볼 수 없었다.

"당신은 자기가 대체 뭐냐고 제게 따지지 않는군요."

시고 비리고 텁텁한 맛이 입 안을 쓰리게 했다. 카피레는 코와 입에서 뚝뚝 떨어지는 더러운 액체를 멍하니 볼 수밖에 없었다. 몸이 움직이지 않았다.

"배신자가 누구냐고 성내지도 않고요."

배신자라니. 그런 게 있을 리 없었다. 아는 사람은 카피레를 포함해 단 넷뿐이었다. 본, 약장수, 코다. 여우 요괴 자식이 그중 한 사람에게 도청기라도 달아 놓은 게 분명했다.

"모른 척하고 싶은 마음도 이해합니다."

얍삽한 말로 마음을 흔들려는 수작일 뿐이었다. 카피레는 고개를 흔들었다.

휘황찬란한 빛이 알록달록 돌아갔다. 말로만 듣던 디스코 장에 온 것 같았다. 아까까지만 해도 무채색 일색이던 실험실에 누가 반짝이를 달아 놨나.

바닥에 고였던 고체가 천천히 증발하기 시작했다. 연기로 화하며 치약처럼 화한 냄새가 풍겼다. 콧속을 간질이는 그 향기에 잠시 시야가 돌아왔다.

카피레는 그제야 저 불쾌한 실험관이 일종의 약통이었을지도 모른단 사실을 깨달았다. 코웃음이 터졌다. 아무리 몸에 좋다고 해도 시퍼런 젓갈 꼴은 사양이었다.

카피레는 고개 숙인 채 눈만 굴려 좌우를 살폈다. 출구, 출구를 찾아야 한다는 생각만이 간절했다. 본능에 가까운 행위였다.

차가운 회색 눈과 마주쳤다. 카피레는 숨을 들이켰다.

유리가 어느새 자리에 쪼그리고 앉아 그를 들여다보고 있었다. 흰 가운이 더러운 바닥을 덮었다. 부드러운 목소리가 카피레에게 물었다.

"나가서 뭘 어쩌시려고요."

뭐라 쏴 주고 싶었으나 켈록거리는 기침만 다시 터졌다. 푸른색이 섞인 침이 구두코에 튀었다. 유리는 이번엔 피하지 않았다.

"폐하는 당신을 제 아내를 살릴 제물로 봐요. 단지 그걸 위해 만들어 낸 복제품으로요. 당신을 죽이면 아내가 지옥에서 돌아오리라 믿는 거죠. 폐하는 내가 무슨 전설에 나오는 흑마법사라도 되는 줄 알거든요."

카피레 역시 내심 유리라면 흑마법도 사용할 것 같다고 생각해 왔더랬다. 그 생각도 읽은 것일까. 유리가 웃음을 흘렸다.

"정신 차리세요. 제 아내 배를 빌어 태어난 자식보다, 아내를 살리기 위한 제물에 더 관심 많은 사람이 바로 당신 아비예요."

카피레가 큭큭 웃었다. 믿지 않는다. 죄 여우의 헛소리였다.

카피레가 간신히 고개를 들어 유리를 보았다. 카피레를 내려다보는 그의 눈동자가 꼭 지렁이를 보는 새처럼 보였다. 시릴 만치 깨끗한 회색 바탕에 신기루처럼 흩뿌린 금가루가 보였다.

살아 있는 인간의 눈이 아니라 잘 만든 인형의 것처럼 아름다웠다. 아름다운 동시에 징그러웠다.

카피레가 입 안 가득한 비리고 쓴맛을 모아 퉤 뱉었다. 놈의 얼굴이 아니면 가슴팍에라도 튀길 바랐건만 침은 힘없이 카피레의 턱을 타고 뚝뚝 떨어졌다. 졸지에 제 얼굴에 힘을 뱉은 격이었다.

유리가 어쩔 수 없다는 듯 웃으며 소매로 카피레의 입가를 닦아 주었다. 카피레는 있는 힘껏 고개를 돌렸다. 달군 숯처럼 얼굴에 열이 올랐다.

위를 올려다보며 침을 뱉어 봤자 자연의 법칙에 따라 아래로 떨어질 게 자명하거늘, 나는 왜 부러 창피를 샀단 말이냐. 이것도 저것도, 다 열 때문, 부실한 몸뚱이 탓이었다.

"아, 혹시 친구들이 궁금하신 겁니까?"

유리가 카피레의 어깨를 부축해 몸을 일으켰다. 카피레는 죄 뿌리치고 싶었으나 사지에 힘이 들어가지 않았다. 물먹은 걸레처럼 축 늘어져 꿈틀대는 게 고작이었다.

유리가 카피레를 실험관 기둥에 기대게 했다. 맥없이 늘어져 간신히 고개만 가누는 카피레에게 유리가 조용히 속삭였다.

"걱정 마세요. 모두 사지 멀쩡히 잘 있답니다. 아까부터 구석에 숨어선 언제 나와야 할지 시간만 가늠하는 사람도 한 분 계시고요. 워낙 배려심이 깊은 친구라서요. 그렇죠, 코다?"

카피레가 저도 모르게 목에 힘을 주었다. 벽과 마주한 커다란 기계 그림자에서 마른 인영이 주저하며 한 걸음, 한 걸음 걸어 나왔다.

"......닥터?"

길 잃은 아이가 어미를 부르듯 한없이 불안한 목소리였다.

*　　*　　*

본은 모지리를 볼 때마다 흠칫흠칫 놀랐다. '분명 카피레와 똑같은 얼굴이건만 어찌 이리 순하고 멍청할 수 있단 말인가' 하는 속내가 표정에 여실히 드러났다. 얼굴을 볼 때마다 기가 막힌 모양이었다.

젬도 사돈 남 말 할 때는 아니었다. 오직 아이만이 모지리를 주먹으로 치고 발길질하며 소리를 빽빽 질렀다. 모지리는 우리 예쁜이이, 하며 헤헤 웃기만 했다.

젬과 본은 소름이 끼쳐 팔뚝만 문질렀다. 코다는 울화통이 터지기 직전으로 보였으나 어디 하소연할 곳이 없어 표정만 울그락불그락 했다.

본은 코다에게 경계를 늦추지 않았다. 그 시선이 잘 벼린 식칼처럼 날카로워 이따금 코다를 생으로 회 쳐 먹을 듯 번뜩이곤 했다.

젬은 방금 지나간 검은 차량이 망막에 붙어 떨어지지 않았다. 번호로 보아 왕실 전용 차량이 분명했다. 문제는 그게 아니라 창에 비친 남자의 모습이 제 소꿉친구와 똑 닮았단 사실이었다.

그는 딴사람처럼 얼굴을 잔뜩 굳힌 채였다. 그의 뒷자리에 고개 숙인 인영이 하나 있었다.

급히 수풀 속으로 숨은 덕에 들키진 않았다. 코다는 번호판을 보더니 국왕이 타고 있었을 것이라 중얼거렸다.

유난히 젬이 성을 떠나길 바라던 킨이었다. 방금 그가 나온 곳은 다름 아닌 마담 D의 저택, 유리의 실험실이 있다는 곳이었다. 젬은 설마, 하면서도 마음이 무거웠다.

킨은 분명 젬에게 뭔가를 말하려고 했었다. 진작 더 깊게 물어보지 못한 것이 마음에 걸렸다.

"왜 이리 숨어 가야 하는 겁니까? 대체 유리 선생님을 뭐라고 생각하시는 겁니까?"

"카피레에게 무슨 일이라도 생겼다간 당신부터 처리할 겁니다. 코다."

"말이 되는 소리를 하십시오."

코다가 걷다 말고 몸을 파르르 떨었다. 그의 말에 따르면, 닥터 유리는 몸 약한 왕자님을 지금껏 연명시킨 천재 의사님이셨다.

불행한 사고로 태어난 복제가 지금껏 몸 약한 왕자 대신 자리를 지켰으나, 왕자가 회복한 지금, 둘의 자리를 바꿔야 한다는 것이었다. 부실한 카피레의 몸도 천재 명의 닥터 유리가 깔끔하게 치유해 줄 거라 큰소리를 땅땅 쳤다.

이게 말이야, 방구야. 천재 명의 닥터 유리 레퍼토리는 이제 신물이 났다.

침묵하던 본이 옆에 선 고목을 주먹으로 후려쳤다.

소름 끼치는 파공성 뒤에 쾅, 하고 폭탄 터지는 소리가 났다. 일대에 있던 새 무리가 일제히 피난길에 올랐다. 파도를 닮은 날갯짓 소리가 하늘을 때렸다.

나뭇잎과 열매가 우박처럼 우수수 떨어지더니 이내 쩌저적, 하고 나무 갈라지는 소리가 났다.

침 튀겨 가며 열변하던 코다의 입이 싹 다물렸다. 모두의 시선이 한곳에 꽂혔다. 장정 셋이 둘러도 다 감싸지 못할 나무 기둥 한가운데에 있어선 안 될 구멍이 뚫려 있었다.

나무는 단말마와 같은 소리를 마지막으로 뒤로 넘어갔다. 쿵, 쿵 하는 이차 피해 소리가 도미노처럼 줄을 이었다. 젬의 등줄기를 따라 식은땀이 줄줄 흘렀다.

모지리가 "와아!" 하며 손바닥을 짝짝 치다가 아이에게 꿀밤을 맞았다. 주먹을 내지른 채 멈췄던 본이 후우, 하며 자세를 가다듬었다. 나무들의 비명이 메아리처럼 아련히 멀어지고 있었다.

"누가 가짜고 누가 진짠지 어떻게 압니까?"

"……저는, 복제가 태어나기 전부터 왕자님을 알았습니다. 틀림없습니다."

코다는 덜덜 떨며 개다리 춤을 추면서도 모지리를 제 등 뒤로 가리려 했다. 본은 잠시 말없이 코다를 보다가 하늘을 보고 긴 한숨을 쉬었다.

"제 친구는 그쪽이 아닌 것 같으니, 나머진 가 보면 알겠지요."

본이 아무 일도 없던 것처럼 무너진 나무를 넘어 앞장섰다. 코다가 "그쪽이 아닙니다!" 하며 그의 뒤를 따랐다. 잔뜩 기가 죽었으면서도 애써 목을 꼿꼿이 세우는 꼴이 언제나와 비슷했다.

젬은 얼떨떨한 심정으로 그 뒤를 따르며 중얼거렸다.

"……이미 몰래 잠입하는 거 다 그른 거 아냐?"

그러게 말이에요.

모지리가 옆에 있던 나무에 어설픈 정권 찌르기를 날리다가 주먹을 쥐고 주저앉았다. 코다가 보면 또 눈에서 불을 뿜을 게 뻔했기에 젬은 얼른 모지리를 달래 앞사람의 뒤를 따랐다.

멀리 나무 사이로 회색 저택 외벽이 보였다. 높고 투박한 생김새가 꼭 감옥처럼 보였다. 축축하고 비린 숲 냄새가 콧구멍 깊숙이 들어찼다.

숲 깊숙이 들어갈수록 빠른 속도로 사방이 어두워졌다. 아직 해가 지지 않은 것이 분명한데도 공기가 습하고 선뜩했다. 우거진 나무 탓에 사방이 동굴처럼 캄캄했다.

어디선가 벌레들이 합창 대회라도 하는 모양이었다. 찌르르 간지러운 소리가 잔잔히 깔린 숲길에 이따금 가지 부러지는 소리가 섞였다.

지옥문을 제 발로 찾아가는 기분이었으나 젬은 그 말을 부러 입에 담진 않았다.

앞장서던 코다가 혼잣말처럼 중얼거렸다.

"당신이 이 길을 모를 줄은 몰랐군요."

"양자라 해도 삼시 세끼 따로 먹고 자는 사이니까요. 난 댁이 더 신기합니다."

둘은 계속되는 도돌이표에 지쳤는지 동시에 입을 다물었다. 카피레와 닥터 유리를 사이에 둔 건널 수 없는 강이었다.

모지리가 죽은 나뭇가지에 걸려 넘어질 뻔하자 본이 잽싸게 부축했다. 순식간에 일어난 일이었다. 모지리가 "멋지다! 고맙다!" 하며 바로 섰다.

모지리의 뒤통수에 가려 본의 표정이 보이지 않았다. 코다가 놀란 표정을 수습하곤 턱짓했다.

"도착했습니다."

젬의 시선이 까마득히 올라갔다. 높디높은 회색 벽이 우뚝 서 있었다. 문 같은 것은 보이지 않았다. 혹시 개구멍이 숨어 있나, 하고 젬이 바닥을 살필 때였다.

코다가 벽 어딘가를 더듬었다. 찰칵 소리와 함께 벽돌로 쌓은 것처럼 보이던 벽에 네모반듯한 문이 양쪽으로 열렸다.

"와!" 하고 뛰어들려는 모지리를 본이 한 손으로 잡아 올렸다. 자기 키보다 큰 남자건만 어린아이 잡아채듯 가벼워 보였다. 모지리의 발이 허공에서 헤엄쳤다.

"뭐하시는 겁니까!"

"실험실과 바로 이어져 있는 겁니까?"

"왕자님을 내려놓으세요. 위험합니다."

"대답은."

코다는 "그래요!" 하고 대답하면서도 모지리에게서 시선을 떼지 않았다. 모지리는 "난다! 난다!" 하며 두 팔을 허공에 휘젓고 있었다. 놀이기구라도 탄 듯 해맑은 표정이었다.

본은 철 기둥처럼 단단히 서선 모지리를 위아래로 흔들어 주기까지 했다. 까르르 숨넘어가는 웃음소리가 터졌다.

"실험실과 연결된 다른 통로는 없습니까? 개구멍 같은……."

"환기 팬이 달려 있긴 하지만 너무 작아요. 쪽문이 있다고 들은 적은 있는데 저도 본 일은 없고요."

"그 정도면 됐습니다. 여기서 찢어지지요."

본이 모지리를 잡은 손에 힘을 풀었다. 얼결에 활짝 핀 나비 자세에서 정면으로 떨어진 모지리가 바닥에 얼굴을 박았다. 꿱,

하고 개구리 터지는 소리가 났다. 코다가 "왕자님!" 하며 대경실
색해 뛰었다.

성벽 근처라 바닥이 곱게 정리된 게 천만다행이었다. 모지리
가 입에 들어간 흙을 반은 먹고 반은 뱉었다. 코다가 본을 노려
보았다.

"이게 무슨 짓입니까!"

"카피레가 여기 있는 건 확실하겠지요."

"맞아요, 맞다고요! 몇 번을 더 말해야 합니까!"

"길 안내 고마웠습니다, 코다. 젬?"

젬이 모지리 얼굴에 흙을 털어 주다 말고 엉거주춤 일어섰다.
모지리 정수리에 앉아 있던 아이가 포르르 날아 젬의 어깨에 앉
았다. 본이 코다에게 턱짓했다.

"먼저 가시지요."

"본 경……."

"당신이 닥터 유리를 믿고 안 믿고는 당신 자유예요. 하지만
카피레 문제는 별개야. 아까 내가 한 말 잊지 마십쇼."

코다는 입술을 질끈 물고 모지리를 부축해 문 안으로 사라졌
다. 모지리가 연신 뒤돌아보며 "예쁜이, 예쁜아……" 중얼거렸
다. 울먹임이 복도 저편으로 멀어졌다.

본과 젬이 벽 가까이 섰다. 본이 나지막이 말했다.

"여기부터는 위험하니 먼저 돌아가는 게 좋겠습니다. 영 예감
이 좋지 않아요."

"돌아가라고 해도……."

젬이 중얼거렸다. 보통 숲이 아니라 망망대해였다. 젬의 황망한 표정을 눈치챈 본이 특유의 부드러운 미소를 지었다.

"젬에겐 요정님이 있잖습니까. 걱정하지 않아도 될 겁니다."

본이 젬의 어깨에 손을 올리려다 장갑을 툭툭 털었다. 아까 부서진 나뭇조각이 자잘하게 떨어졌다. 무시무시한 장면에 젬은 뒷목에 솜털이 곤두섰다.

"성에 도착하면 왕세자님께 얘기 좀 전해 주세요. 아까부터 계속 전화 연결이 안 돼서……."

"같이 가요."

본이 "위험하다니까요?" 하며 젬의 어깨를 가볍게 두드렸다. 젬이 고개 저었다.

"왕자님 발견했는데 몸 상태가 정상이 아니면 혼자 어쩌시려고요. 가뜩이나 골골대는 양반 저승 구경 약까지 먹었잖아요. 십중팔구 끙끙 앓고 있을 거라구요."

"그, 그럼 피로회복약이라도 좀 나눠 주십쇼."

본의 떨떠름한 대꾸에 젬이 "흥!" 하며 코트를 활짝 열어젖혔다. 코트 안쪽 빼곡하게 들어찬 작은 약병들이 알록달록 제 색깔을 뽐냈다.

"알아서 찾아 보시던가요!"

"젬……."

본이 고개를 절레절레 흔들며 젬의 왼쪽 가슴에 가장 가까운 자리에서 오렌지색 약병을 쏙 빼냈다.

젬의 낯이 대낮에 유령 본 사람처럼 꽁꽁 얼었다. 본이 약병을 좌우로 흔들었다.

"제가 가장 많은 받아먹은 게 이건데 설마 못 알아볼 거라고 생각했어요?"

"이럴 수가……."

"정말이지, 젬은……."

본이 바람 빠지는 듯한 웃음소릴 내더니 약병을 들어 병 한꺼번에 비웠다. 젬이 두 눈을 동그랗게 떴다. 본이 찡그린 얼굴로 입맛을 쩝쩝 다시며 "그럼 내 뒤만 잘 따라오는 겁니다. 여차할 땐 잘 부탁드립니다" 했다.

아이가 콧바람을 뿜으며 힘차게 날갯짓했다. 젬은 처음으로 금화 주머니를 받은 날처럼 활짝 웃었다.

＊　　＊　　＊

"……닥터."

"코다. 조금 기다렸지요? 왕자는요? 같이 오지 않았습니까?"

'왕자'라는 단어에 코다가 흠칫 놀라 카피레를 보았다. 도둑질하다 들킨 아이처럼 불안한 눈빛이었다.

카피레는 신기할 정도로 아무 생각도 나지 않았다. 그저 머리가 멍하고 뜨거웠다. 이게 열 때문인지 울화통이 터져 정신이 나가 버렸기 때문인지 스스로도 도통 분간이 안 갔다. 코다가 떠듬떠듬 입을 열었다.

"와, 왕자님께선 분명 같이 오셨습니다. 다만 요 근처에서 잠시……."

"오랜만에 바깥 공기를 마시니 바람이 든 모양이군요. 평소 산책을 자주 시켜 줬어야 했는데 말이에요. 츳츳."

누가 들으면 애완견 얘긴 줄 착각할 법했다. 카피레는 힘없이 실험관에 이마를 기댔다. 고개가 바닥으로 자꾸 까무러졌다.

코다에게 뭔가 할 말이 있었던 것도 같은데, 둘이 얘기하는 꼴을 보니 머릿속이 하얗게 표백되었다. 사람이 너무 기가 막히면 뇌가 마비되는 모양이었다.

코다가 머뭇거리는 기색으로 카피레에게 다가갔다.

"다, 닥터. 왜 왕, 카피레 님을 이렇게 두셨어요. 안 그래도 추위 많이 타시는 분인데……."

"아, 실례. 깜박했군요."

코다는 벌거벗은 채 널브러진 카피레 앞에서 어쩔 줄 모르더니 제 겉옷을 벗어 카피레의 몸에 둘러 주었다. 습관적으로 이마를 맞댄 코다가 화들짝 놀라 외쳤다.

"불덩이세요!"

"음. 그래 보이네요."

"뭘 그렇게 태연하게 말씀하세요! 얼른 주사라도 놔 주시지 않고요! 주사라면 질색을 하시니까, 정신 못 차리는 사이에 빨리······."

"굳이 필요 없을 것 같은데요."

"······닥터. 아까부터 대체."

코다가 시종복으로 카피레를 꼼꼼히 감싸며 유리를 올려다보았다. 유리가 태연히 안경을 고쳐 썼다.

"마침 잘 됐어요. 리스페가 없는 동안에 일을 마칩시다. 녀석이 오면 또 한참 시끄러울지도 모르니까요."

"······무슨 일 말씀이십니까?"

"아까 숨어서 다 들으셨잖습니까?"

코다가 카피레의 어깨를 쥔 채로 "예?" 하고 물었다. 정신이 쏙 빠진 목소리에 유리가 어깨를 으쓱하며 주머니에서 리모컨을 꺼냈다.

실험관 옆, 강철로 만든 박스 같이 생긴 기계가 벌컥 열렸다. 두꺼운 뚜껑이 뒤로 넘어가며 요란한 소리가 났다.

바닥에 깔린 파이프가 공명하듯 웅웅 따라 울었다. 코다는 무의식중에 카피레를 감싼 손에 힘을 주었다.

카피레가 미간을 찡그린 채 신음했다. 창백한 피부, 바짝 마른 입술, 관자놀이에 식은땀이 송송 맺혀 있었다. 아침에 봤을 때만 해도 멀쩡했던 양반이 지금은 영락없는 병자 꼴이었다.

"나중에 귀찮지 않으려면 아무것도 남기지 않는 편이 좋으니까요. 아, 머리카락 한 올 정도는 괜찮을 테니 간직하셔도 좋습니다. 물론 원한다면 말이지만요."

"와, 왕자님을 고쳐 주시려는 거지요? 저건 무슨 치료 장치인 거죠?"

톡 쏘는 화학 약품 냄새에 코다는 자꾸 불길한 기분이 들었다. 기계 장치가 꼭 쇠로 만든 관처럼 보였다 품에 안은 카피레는 꼭 시체처럼 보였고 말이다. 유리가 고개를 살짝 기울였다.

"아까부터 왜 딴소리만 하는지 모르겠군요, 코다. 당신의 왕자는 그쪽이 아니잖아요?"

"닥터, 그치만……."

"아까 다 듣지 않았나요? 왜 모르는 척하는지 영문을 모르겠네요."

코다가 카피레의 고개를 제 어깨에 뉘었다. 시고 비린 약품 냄새가 머리카락에 짙게 배여 있었다. 그의 왕자님과 비슷한 냄새였다. 코다가 주먹을 움켜쥐었다.

"그, 그건 왕자님 자리를 포기시키려고, 꾸며 낸 말이시잖습니까. 이제 왕자님이, 왕자님이 되셔야 하니까……."

"으음, 코다?"

"원래대로 돌려놓을 뿐이라고 하셨잖아요. 왕자님은 왕자님 자리에, 왕자님, 이분은……."

코다는 자꾸 혀가 꼬였다. 카피레가 8살의 몸으로 태어났을 때부터, 코다는 그의 성장을 지켜봐 왔다. 유독 몸이 약한 탓에 신경질쟁이에 투정도 많았지만, 근본은 선한 아이였다. 왕자가 아니어도 너무나 사랑스러운 아이였다.

왕자는 왕자고, 왕자는 카피레고, 왕자의 비밀 이름은 리스페고, 코다의 주인이고, 그리고…….

자꾸 말을 더듬는 코다의 어깨를 유리가 툭 건드렸다. 코다가 전기라도 통한 듯 놀라 카피레를 세게 품었다. 유리가 쪼그려 앉은 자세로 고개를 설레설레 저었다.

"불쌍한 코다. 정이 많이 들었군요. 하지만 이건 더 쓸 수가 없어요. 그대로 두면 왕자님이 위험하다고요."

코다의 눈동자에 공포가 가득 찼다. 유리의 차갑고 하얀 손바닥이 코다의 손등을 덮었다.

코다는 거대한 흰 거미에게 물린 것처럼 온몸에 털이 곤두섰다. 얼음장처럼 시리고 축축한 감촉에 유리가 빙긋이 웃었다.

"코다가 주인으로 모신 건 누구지요?"

"저는…….."

"그렇게 아쉽다면 나중에 코다를 위해 다른 걸 만들어 줄게요. 똑같은 걸로요. 물론 이번처럼 왕자님으로 모실 순 없겠지만……."

유리가 코다의 품에서 카피레를 안아 들었다. 솜 인형을 옮기듯 가벼운 움직임이었다.

코다가 움찔하며 카피레의 옷자락을 쥐려 했으나, 아까 덮었던 코다의 겉옷만 맥없이 떨어졌다. 카피레는 정신을 잃은 듯 고개를 축 늘어트렸다.

유리가 카피레를 고쳐 안고는, 검은 기계 앞에 섰다. 약품 냄새 지독한 카피레의 정수리에 가벼운 입맞춤이 내렸다. 유리가 코를 콩콩대더니 뒤를 보고 물었다.

"아, 머리카락이라도 간직하겠어요, 코다? 몇 올 빼 둘까요? 냄새는 조금 나지만⋯⋯."

코다는 쥐색 시종복을 양손에 쥔 채 카피레에게 시선을 못 박고 있었다. 유리는 어깨를 으쓱하곤 카피레를 한쪽 어깨에 짐처럼 멨다. 그가 차례대로 버튼을 눌렀다. 관을 닮은 기계 내부에 걸쭉한 액체가 가득 찼다.

코끼리를 넣어도 뼈까지 녹여 줄 물건이었다. 유리가 카피레를 공주님처럼 고쳐 안고, 아기를 침대에 누이듯 몸을 숙이려 할 때였다.

"쿵, 쿵!" 하는 진동이 사방을 울렸다. 지진이라도 난 듯 벽이 흔들렸다.

유리가 카피레를 든 채 뒤를 돌았다. 돌가루 부서지는 소리가 요란했다. 위쪽 파이프 사이로 보이는 천장과, 그에 접한 벽에 천둥처럼 금이 가고 있었다.

코다가 반사적으로 주위를 둘러보았다. 그때 "뻥!" 하는 소리와 함께 천장에 달린 실내 환풍기 창살이 허공을 날았다.

절묘하게 대각선으로 날아간 그것이 아슬아슬하게 유리를 스치고 떨어졌다.

창살이 풍당 소리도 없이 활짝 열린 기계 속으로 빠졌다. 소리 없이 녹아들며 시큼한 연기가 솟았다. 걸쭉한 용액이 바닥과 유리의 뺨에 몇 방울 튀었다. 치이익 소리가 나며 순식간에 바닥에 구멍이 패였다.

유리가 뺨을 실룩였다. 희디흰 피부가 순식간에 녹아 가며 붉은 근육 조직과 흰 뼈가 드러났다.

"……위험해라."

유리가 중얼거리며 소란의 근원지를 보았다. 야생 동물처럼 바닥에 착지해 튕기듯 달려오는 한 마리 짐승이 보였다. 유리가 그를 향해 가슴을 돌렸다.

"본, 내 아들!"

그는 웃음 지을 생각이었으나 보는 사람도 그리 생각할지는 의문이었다.

왼쪽 볼이 거의 녹아 반쯤 남은 치아와 시뻘건 근육이 그대로 드러났다. 늘어 붙은 피부 조직에서 매캐한 누린내가 풍겼다.

본은 망설임 없이 날붙이를 휘둘렀다. 유리가 아슬아슬하게 피하며 하하 웃었다. 그새 혀와 입이 녹은 바람에 불분명한 소리가 샜다.

유리가 카피레를 방패처럼 끌어안았다. 본의 움직임이 거짓말처럼 굳었다.

*   *   *

"날았다!"

"진정해요!"

모지리는 본을 따라 점프하고 싶은 모양이었다. 말도 안 되는 일이었다.

젬은 눈도 깜빡 못 하고 울퉁불퉁한 구멍에 몸을 기울였다. 아직도 돌가루 부서지는 소리가 났다. 당장 천장이 통째로 떨어진다고 해도 놀라지 않을 것 같았다.

얼결에 같이 추락하지 않은 게 천만다행이었다. 젬은 죽었다 다시 태어난다 해도 본에겐 절대로 대들지 않겠다고 다짐, 또 다짐했다.

위에서 내려다본 닥터 유리의 실험실은 거대한 뱀 소굴처럼 보였다. 시꺼먼 파이프가 이리저리 꼬인 데다 무채색 일색의 기계 또한 음산함을 더했다. 높이 솟은 실험관은 전원이 꺼진 데다 속이 비어 있었으나, 한눈에 꿈에 나왔던 그것임을 알 수 있었다.

샛길을 찾아 무작정 주먹을 휘두르던 본과 젬에게, 모지리가 달려왔을 때는 깜짝 놀랐다. 코다는 어디 두고 왔냐고 묻자 먼저 갔다 답하는 게 아닌가.

도망가면 어쩌려고 널 이렇게 풀어놓는다니?

"응? 나 도망 안 간다."

멍청아. 너 나랑 같이 안 갈 거야?

아이가 허리에 손을 올리고 묻자 모지리가 우우웅, 하고 기어 들어 가는 소리를 냈다.

"예쁜이랑 있을래……."

근데 도망을 안 간다고?

"나 도망 안 가. 헤이트랑 있는다."

"세뇌라도 당한 걸까요?"

본이 중얼거렸고, 젬이 왜냐고 물었다. 모지리는 코를 삼키곤 멍하니 답했다.

"헤이트 죽는 거 봐야 한다!"

젬과 본, 아이는 잠시 말없이 시선을 나누었다. 눈빛만으로도 서로의 생각이 훤히 읽혔다.

'원한이 어마어마한가 봐요.'

'임종을 지키고 싶단 의미일 리는 절대 없습니다.'

그럼 놈을 죽이고 데려갑시다.

"아무리 그래도 사람을 죽이는 건 좀……."

젬이 중얼거렸다. 본은 주먹에 감은 붕대와 옆구리에 찬 검, 발목에 찬 단도 등을 하나하나 점검하며 여상히 대꾸했다.

"카피레에게 무슨 일이라도 생겼다면 저도 모르게 주먹이 나갈지도 모르겠습니다."

쫙 깔린 목소리에 박력이 남달랐다. 평소 유리에게 불만이 많아도 대놓고 티 내지 않던 사람이었거늘. 그러나 기분이 이상한 건 젬도 마찬가지였다.

젬은 곁눈질로 모지리를 보았다. 분명 카피레와 같은 얼굴에 같은 체구. 그에겐 잘못이 없었다. 그렇지만…….

본과 젬은 예의상 모지리에게 물어보았다. 실험실에 몰래 잠입할 만한 통로가 없겠느냐고. 모지리는 아무렇지도 않게 답을 내놓았다. 너무 오래되어 쓰지 않는 환풍기가 천장에 달려 있는데, 거기로 가끔 벌레나 쥐가 떨어진다는 거였다.

그렇게 세 사람과 요정 하나는 길고 긴 관을 무릎이 닳도록 기어 유리의 실험실에 당도한 것이었다.

코다와 유리의 대화가 통로를 왕왕 울렸다. 말없이 듣던 본의 눈알에 핏줄이 다 터졌다. 목이며 팔뚝이며 할 것 없이 울룩불룩 핏줄이 요동쳤다. 옷 아래 근육이 팽팽하게 긴장한 것을 보지 않아도 알 수 있었다.

유리가 정체불명의 기계에 카피레를 넣으려는 게 분명해지자 본이 벌떡 일어나 창살을 쾅쾅 찼다. 철천지원수의 불알을 차듯 눈에 독기가 가득했다. 발길질 한 번에 사방이 진동하며 마른하늘에 금 가는 소리가 났다.

젬은 이성을 잃고 아이에게 매달렸다. 여차할 때 아이에게 붙으면 날 수 있지 않을까 하는 생각 때문이었다.

본은 바닥이 뚫리자마자 퉁기듯 몸을 날렸다. 눈으로 좇을 수도 없었다.

저대로 돼도 죽지 않을까요? 벌써 얼굴이 반이나 녹았는데.

"아니다. 헤이트는 안 죽는다."

멀리서 봐도 참혹한 몰골이었다. 평소 가면이라도 쓴 것처럼 빙글빙글 멀끔했던 얼굴이 지금은 꼴이 말이 아니었다.

정수리 털까지 직립할 정도로 그로테스크한 장면이었다. 몇 방울 튄 것만으로 저 정도라면, 기계 속에 들어가면 뼈도 못 추릴 게 분명했다. 닥터 유리는 그런 곳에 카피레를 넣으려 했던 것이다.

유리와 본이 팽팽하게 대치했다. 코다의 넋 나간 뒤통수가 동상처럼 굳어 있었다.

평소 운동을 게을리한 것이 이렇게 후회스러울 수 없었다. 젬이 어떻게 기어 내려갈 방법이 없을까, 안절부절하며 먼 곳에 위치한 파이프 관을 볼 때였다.

모지리가 구멍에 머리를 들이밀었다.

"어어어, 안 돼!"

"난다!"

개구리가 못에 뛰어들 듯, 모지리가 몸을 날렸다. 젬의 손끝에 모지리의 옷자락이 스쳤다. 두 다리 멀쩡히 착지할 만한 높이가 아니었다. 본 같은 수준이 아닌 이상 최소 사지 골절 예약이었다.

젬의 손이 허공을 헛도는 사이, 석상처럼 굳어 있던 코다가 비명에 놀라 고개를 들었다. 뻥 뚫린 천장에서 때 탄 정복 차림의 왕자가 날다람쥐처럼 사지를 펼친 채 활강하고 있었다.

"친구야아아아" 하는 외침이 고막에 창처럼 박혔다. 코다는 어버버, 몸을 일으키려 했지만, 몸이 따라 주지 않았다. 왕자가 떨어지는 장면이 슬로모션처럼 느리게 흘러갔다.

한참이 지나도 각오했던 소리가 들리지 않았다. 젬이 실눈으로 아래를 보았다. 코다 앞에 한 마리 나비처럼 살포시 착지하는 모지리가 보였다.

사지 골절은커녕, 지상에 강림한 천사처럼 우아한 동작이었다. 자리에 선 모지리가 혜, 하고 젬에게 손짓했다.

형체 없는 힘에 이끌리듯 몸이 쭉 미끄러졌다. "엄마야!" 소리가 절로 터졌다. 아이가 포르르 따라 날아왔다. 모지리가 혜헤 웃으며 젬을 맞이하듯 두 팔을 벌릴 찰나였다.

검은 것이 모지리를 확 채었다. "왕자님!" 하는 코다와 "젬!" 하는 아이의 비명이 동시에 허공을 찢었다.

몸을 감싸던 따뜻한 힘이 비눗방울 터지듯 풀리며 몸이 아래로 푹 꺼졌다. 멀게만 보이던 바닥이 삼시간에 가까워졌다.

언젠가 길에서 보았던 납작 개구리가 떠오르며 젬은 절로 눈물이 터졌다. 나 죽는다!

"왕자님께 허튼짓하면 이놈 목숨도 없을 줄 알아!"

각오했던 충격 대신, 본의 외침이 고막을 때렸다. 젬이 조심조심 눈을 떴다. 바닥에 발이 닿을락 말락 하는 위치에 몸이 둥둥 떠 있었다. 몸을 감싼 핑크빛이 안개처럼 흩어졌다.

헉, 하는 순간 시야가 확 낮아지며 몸이 꺼졌다. 갑작스러운 충격에 무릎이 꺾일 뻔했다. 찌리리한 통증이 다리뼈를 타고 올라왔다.

심장 떨어지는 줄 알았네.

아이가 중얼거렸다. 조금 떨어진 곳에서 본이 인질극을 벌이고 있었다. 유리에게 눈이 뒤집혀 다른 건 하나도 보이지 않는 듯했다.

모지리나 카피레가 어떻게 되기 전에 젬부터 죽을 뻔했다. 아이가 목숨을 구해 준 셈이었다.

젬이 푸들푸들 벽을 짚고 섰다. 감탄보다 경악이 먼저였다. 아이 딴엔 안전한 장소를 고른답시고 실험관 옆에 젬을 내려놓은 것이었다.

맞은편에 모지리의 목에 단검을 들이댄 본이 보였다. 그 뒤에선 관 속에 꼭 사람처럼 생긴 인형이 담겨 있었다. 검은 뱀 소굴 같은 실험실에 홀로 눈에 띄는 장식물이었다.

젬을 몸을 숙여 옆을 보았다. 실험관을 사이에 두고 카피레를 껴안은 유리가 보였다. 이쪽을 눈치챘는지, 못 챘는지 언뜻 봐선 알 수가 없었다.

그는 눈 하나 깜박하지 않고 본을 응시하고 있었다. 둘 다 인질을 쥔 셈이었다.

코다가 "안 돼, 안 돼……" 중얼거리며 제자리에서 비틀거렸다. 유리가 곤란한 미소를 지었다.

"리스페? 못 빠져나오겠어요?"

모지리가 목 졸린 소리를 냈다. 요정이 아니라 요정 할아버지라도 고삐 풀린 본을 제압하긴 무리일 것이다.

"그래도 명색이 양분데, 아들을 상처 입히고 싶진 않군요."

"카피레를 놔줘."

본의 얼굴에 노기가 이글이글했다. 둘 사이에 타협점은 없어 보였다. 아이가 젬에게 속삭였다.

내가 신호하면 뛰어가서 왕자를 잡아채요.

젬이 얼떨떨해 되물었다.

"어느 쪽?"

그걸 지금 말이라고 해요?

아이가 쏜살처럼 유리에게 날아갔다. 핑크빛 궤적이 직선으로 반짝였다.

본에게 정신이 팔려 있던 유리가 한발 늦게 반응했다. 젬이 잽싸게 수그리며 당장 튀어나갈 수 있도록 몸을 바짝 긴장시켰다.

아이의 빛이 화살처럼 응축해 유리를 덮쳤다.

젬!

젬은 있는 힘껏 뛰었다. 아무 생각도 안 났다. 눈부신 빛 속에 휘청이는 유리가 보였다. 그의 품에 시체처럼 늘어진 카피레도! 젬이 젖 먹던 힘까지 쥐어짜 바닥을 박찼다.

시간이 한없이 느리게 느껴졌다. 손끝에 닿은 차가운 피부 감촉, 젬은 그것을 놓치지 않고 있는 힘껏 잡아당겨 품에 안았다.

자타 공인 운동치인 젬은 그대로 요령 없이 바닥을 데굴데굴 굴렀다. 벽에 툭 튀어나온 기계에 등을 박고서야 겨우 멈췄다.

왕자와 사이좋게 구겨진 휴지 뭉치 꼴로 엉겼다. 눈앞이 팽팽 돌았다.

젬은 눈뜨자마자 품부터 확인했다. 낯빛이 심하게 까맣긴 했으나 카피레 왕자가 맞았다. 젬이 감격하여 차가운 얼굴을 가슴에 폭 안았다.

그때 윽, 하는 비명이 들렸다. 젬이 전기에 감전된 듯 놀라 고개를 들었다. 핑크색 친구가 젬의 발치에 툭 떨어졌다.

"아이!"

현실감이 폭포수처럼 전신을 때렸다. 비릿한 실험실 공기에 아까보다 지독한 냄새가 섞였다. 젬은 제 눈을 믿을 수 없었다.

유리가 관 같은 기계 장치에 몸을 기대고 있었다. 아이의 공격에 발을 헛디딘 모양이었다. 살점이 지글지글 끓으며 지독한 냄새가 났다. 왼손은 거의 뼈만 남았고, 옷은 어깨까지 사라진 상태였다.

젬은 해부학 책도 장갑 안 끼곤 못 넘기는 사람이었다. 차마 눈뜨고 볼 수 없는 광경에 젬은 정신없이 아이부터 수습했다.

본능에 가까운 움직임으로 아이를 안주머니에 숨기는 순간, 눈에 보이지 않는 힘이 젬의 머리를 후려쳤다.

"윽!"

젬은 울퉁불퉁한 기계 장치에 이 차로 뒤통수를 부딪치며 거의 넋이 빠졌다. 해골이 징징 울리며 뇌가 진탕을 했다.

가물가물한 시야에 유령처럼 선 남자가 보였다. 얼굴 반쪽과 한쪽 팔이 녹아내린 유리가 멀쩡한 손으로 안경을 벗었다.

"······더 이상은 참기 어렵군요. 저도 아픈 걸 즐기는 편은 아니라서요."

그 몰골로는 상상할 수 없을 만큼 또렷한 목소리였다. 아니, 정말 얼굴이 녹았던가?

지금 그의 얼굴 반쪽은 조금 붉은 기만 남아 있을 뿐, 갓 태어난 아기처럼 뽀얗기만 했다.

젬은 무의식중에 가까이 있는 것을 힘주어 끌어안았다. 희미하게 카피레 왕자의 냄새가 났다. 작은 신음이 들린 것도 같았다.

"왕자를 놓고 물러나세요, 미스 젬. 다칠지도 몰라요. 지금 조준이 어려워서요."

사람 머리를 농구공처럼 퉁기고 놀더니 말은 잘했다. 이가 달각달각 떨려 대꾸도 불가능했다.

젬이 어깨를 잔뜩 움츠렸다. 유리가 어깨를 으쓱했다.

"어쩔 수 없군요."

유리가 녹아내린 팔을 들었다. 붉은 살점이 묻은 뼈가 이상한 소릴 내며 움직였다. 그 주변에 아지랑이 같은 것이 일렁였다.

죽는다! 젬이 몸에 잔뜩 힘을 주었다.

쿵, 하는 소리가 바닥을 울렸다. 움찔움찔 경련하던 젬이 조심스레 눈을 깜박였다. 눈앞에 무릎 꿇은 뒷모습이 보였다.

결 좋은 숏컷, 마르고 길쭉한 체구. 눈에 익은 실루엣의 가슴 부근에 아기 주먹만 한 구멍이 뚫려 있었다.

젬이 홀린 듯 시선을 내렸다. 바닥에 검은 웅덩이가 빠른 속도로 고였다. 뭐라 생각하기도 전에 비명이 터졌다. 아니, 비명이 아니었다. 숨넘어가는 소리만 꺽꺽 터졌다.

본은 무릎 꿇은 상태에서도 계속 몸을 일으키려 하고 있었다. 바닥에 꽂힌 칼 손잡이를 고쳐 쥐려 애를 썼다. 자꾸 땀이 차는지 헛손질만 나갔다. 손바닥이 칼날에 베여 이미 너덜너덜했다.

"누굴 닮았는지 힘도 좋고, 다리도 빠르고……."

유리가 웃음 띤 목소리로 중얼거렸다. 그가 다시 손을 올렸다. 아까는 뼈만 보이던 손목에 어느새 흰 살이 돋아나고 있었다.

젬의 눈동자가 황망히 돌아갔다. 헛것을 보는 양 정신이 멍했다.

넋 빠진 표정으로 널브러져 이쪽을 쳐다보는 코다가 보였다. 그 옆에 간신히 선 모지리가 있었다.

잠깐 놓친 새 무슨 난리를 겪었는지 모지리의 목에 시꺼먼 손자국이 남아 있었다. 눈가도 발갛게 익어 있었다. 물기 어린 눈과 눈이 마주쳤다. 젬이 저도 모르게 중얼거렸다.

도와줘…….

본이 가까스로 상체를 일으켰다. 코다와 모지리의 모습이 그의 등에 가렸다. 두 다리를 기둥처럼 단단히 세우고, 기합 소리를 냈다. 흔들림 없는 자세가 되레 무서웠다. 꼭 죽을 각오를 한 사람처럼 기세가 사나웠다.

품 안에 꿈틀거리는 기척이 있었다. 그러나 젬은 그쪽을 살필 여유가 없었다.

"후후. 정말이지…… 기특한 아들이에요."

유리가 중얼거리며 한 발짝씩 걸어왔다. 본은 말없이 몸에 힘을 주었다.

안 돼, 안 돼, 젬은 속으로 빌었다. 도와줘. 제발, 누구라도 좋으니까……!

예쁜이!

멍멍한 뇌리에 벼락 같은 외침이 달렸다.

예쁜이 울면 안 된다! 내가 예쁜이 도와준다!

젬이 눈물 젖은 얼굴로 번개처럼 고개를 들었다. 시간이 멈춘 듯 사방이 회색으로 보였다. 그 와중에도 유리의 손은 빠른 속도로 제 모습을 찾고 있었고, 작은 회오리를 닮은 공기의 일그러짐이 크기를 더하고 있었다.

아까까지 본의 등에 가려 보이지 않던 모지리의 모습이 선명히 나타났다.

예쁜이 소원 들어준다!

"사, 살려 줘!"

젬이 두 팔이 부서져라 품에 안은 것에 힘을 주었다. 아까 잘못 굴렀는지 뼈가 부서지는 듯한 격통이 달리고 전신에 징징 열이 올랐다. 젬은 눈알이 뜨겁게 부푸는 것처럼 느껴졌다.

"살려 줘, 다 좀 살려 줘. 왕자도, 아이도, 본도!"

젬이 입을 크고 벌리고 꺽꺽 숨넘어가는 소릴 냈다.

"제발 살려 주세요……."

회색 시야에 점점 흰색이 번졌다. 눈부신 빛이 점점 강해졌다. 빛의 근원지는 다름 아닌 모지리, 아이의 반쪽 리스페였다.

유리도, 코다도 사라졌다. 본의 뒷모습도 어느새 보이지 않았다. 아무것도 없는 세계에 떨어진 듯한 착각이 일었다.

젬은 덜컥 겁이 나 카피레를 꼭 끌어안았다. 그때야 깨달았다. 반쯤 뜨인 카피레의 두 눈에서 쉴 새 없이 뜨거운 물이 흐르고 있었다.

예쁜이 소원 들어준다!

"자, 잠깐! 당신! 당신은!"

모지리의 목소리가 메아리처럼 멀어졌다. 환한 빛이 열기를 더하더니 뜨거운 열이 주변을 감쌌다. 섬광탄을 정면에서 맞은 듯 눈도 정신도 멀어 버린 듯했다.

*　　*　　*

세찬 바람 소리와 함께 차가운 것이 뺨을 때렸다. 젬은 비몽사몽 눈을 떴다. 사방이 환했다. 빛 때문이 아니었다. 눈이었다.

굽이치는 산자락 너머로 회색 하늘이 눈을 뿌리고 있었다. 망치로 두들기는 듯한 격통이 온몸을 달렸다. 실감 나는 통증으로 보아 생시가 분명했다. 지독하리만치 현실감이 없었다.

젬은 부랴부랴 자신의 품부터 확인했다. 카피레의 안색이 시체와 동급이었다.

얼마나 울었는지 눈물 자국을 타고 살얼음이 서려 있었다. 아이 역시 아직 의식을 찾지 못하고 있었다. 별다른 외상은 없어 보이는 게 그나마 다행이었다.

젬은 되는 대로 박쥐 코트를 벗어 알몸 왕자를 꽁꽁 감쌌다.

여기가 대체 어디지?

수도는 여름에 가까운 날씨였다. 이 시기, 유라레에서 눈발이 휘날릴 곳이라면 젬이 알기로 단 한 곳밖에 없었다.

"거 뉘슈?"

젬이 화들짝 놀라 뒤를 보았다. 자기 키보다 큰 나무 지팡이를 눈밭에 꽂은 한 노인이 보였다. 굽은 등에 메마른 나뭇가지를 한 보따리 메고 있었다. 귀에 익은 방언이었다.

그가 "귀신인가?" 하며 허공에 지팡이를 흔들었다. 젬이 겨우 입술을 뗐다.

"어어, 어르신. 여기가 어디죠?"

"이 처자가 정신을 어따 빼놓고 다니는 거여? 지 밟고 선 데가 어딘 줄도 몰라? 시모 산맥 아뉴!"

젬은 멍하니 노인의 말을 되새겼다.

시모 산맥. 유라레 북쪽 국경에 위치한 높고 가파른 산골 이름. 젬의 고향이나 마찬가지인 곳이었다.

"아, 그런데 처자 얼굴에 뭘 발랐소? 화장이 특이하구만?"

눈을 가늘게 뜨고 다가오던 노인이 깜짝 놀라 지팡이를 떨어트렸다.

         *   *   *

노인이 안내한 곳은 젬도 처음 보는 곳이었다. '시모 산맥에 이런 곳이 있었나' 하며 젬은 정신 잃은 카피레를 업고 산길을 내려갔다. 노인이 가끔 대신 업어 주지 않았다면 중간에 허리가 부러질 뻔했다.

노인은 이상하리만치 친절했다. 젬의 개구리 피부에 대놓고 호감을 표하며 무척 신기하게 여겼다. 혹시 마법사냐, 요정이나 신수를 부리느냐 꼬치꼬치 캐묻더니 얼마든지 묵었다 가라고 했다.

가족 하나 없이 산장에 홀로 사는 모양이라, 젬은 감사히 받아들이기로 했다.

젬은 소지품을 확인하며 평소 금서를 배에 숨기고 다니던 습관에 감사했다. 그래 봐야 반쪽짜리 안도였다. 금서가 있으나 마나 제대로 된 약을 만들기엔 상황이 여의치 않았다.

일단 살고 보자.

젬은 자기가 아는 한도 내에서, 쓸 수 있는 재료만으로 성의껏 카피레를 치료했다. 사흘이 지나서야 열이 내렸다.

시모 산맥에 떨어진 지 일주일째. 카피레는 아직도 눈을 뜨지 못했다.

노인이 불러온 것인지 이따금 동네 사람들이 외지인을 구경하러 들락거렸다. 그들은 젬의 녹즙 피부에 몹시 흥미를 보였다. 화장은 아니냐, 타고난 거냐. 어찌나 캐묻는지 말도 못했다.

그 가운데 젬은 몇 가지 정보를 얻었다. 이곳은 유라레 시모 산맥의 반대편, 즉, 국경을 사이에 둔 다른 나라였다.

그들은 젬이 만든 약이나 정신 못 차리는 금발 일행에도 관심이 지대했다. 노인의 입이 어찌나 어찌나 가벼운지 눈물만 샜다.

혹시나 누가 쫓아오지 않을까 두려운 생각에, 젬은 사후약방문으로 카피레 왕자의 얼굴에 검댕을 꼼꼼히 묻혀 놓았다.

한 가지 다행인 점은, 그들이 기이하리만치 젬에게 호의적이란 사실이었다. 카피레가 정신을 차릴 때까지 젬은 다른 생각은 하지 않기로 했다. 그럴 여유도 없었다.

아이는 며칠 지나지 않아 정신을 차렸다. 일이 어떻게 됐는지 묻고는 "그래요⋯⋯" 할 뿐이었다.

표정이 울적하고 복잡해서 젬은 뭐라 더 말 붙일 수 없었다. 어떻게 찾은 아이의 반쪽인데, 면목이 없었다.

우연히 아이를 본 노인은 조금 놀라긴 했으나 그뿐이었다. 신기해하면서도 일견 예상했다는 듯한 태도라 젬이 되레 얼떨떨했다.

아이는 젬의 후드 속을 가장 편히 여기긴 했으나 가끔 훌쩍 혼자 산에 다녀오거나 했다. "어딘가 익숙해요. 꼭 고향에 온 것 같은 기분이야" 하는 말을 흘리기도 했다.

아이는 성에 있을 때와 다르게 힘이 제법 안정된 상태라고 말했다. 그 이유가 무엇인지에 대해 둘은 같은 것을 떠올렸지만, 유리나 모지리의 이름을 굳이 입에 담진 않았다.

＊　　＊　　＊

열흘째 되는 날, 성에서 사람이 왔다. 산장을 방문한 인물에 젬은 놀라고 말았다.

분명 기억에 있는 사람이었다. 잿빛 머리, 길쭉하고 마른 인상에 깐깐한 표정. 카피레의 사진집 출판 기념회에 참석했던 바로 그 사절이었다.

젬의 얼굴을 확인한 남자가 뒷머리를 벅벅 긁었다.

"혹시나 했더니 진짜……."

노인이 그에게 굽신굽신했다. 말을 전한 사람이 누군지 묻지 않아도 알 수 있었다.

사절은 사정은 모르겠으나 당신이 여기에 있으면 헛소문이 가라앉지 않을 테니 성으로 오라고 했다. 젬이 환자가 있다고 하자, 그는 성에서 치료를 도와주겠다고 했다.

여기가 카피레 왕자의 팬이 산다는 그 나라였단 말인가.

약재료가 턱없이 부족한 지금, 귀가 솔깃한 제안이 아닐 수 없었다. 치료를 위해선 성에 가는 게 정답이겠으나, 카피레의 정체를 들키면 어떻게 될지 알 수 없었다.

사절은 사흘간 생각할 시간을 주겠다며 산장을 떠났다.

달이 높이 뜬 밤, 젬은 카피레의 침대 옆에서 두 손을 모으고 있었다. 본을 생각하면 자동으로 눈이 망가진 수도꼭지가 되었고, 유리를 생각하면 얼음 골에 갇힌 듯 전신이 떨렸다.

거기다 모지리. 아이의 반쪽을 생각하면 머릿속이 그저 깜깜했다.

카피레, 왕자님. 젬이 중얼거리다 두 손에 얼굴을 묻었다. 훌쩍이는 소리, 코 먹는 소리가 잠시간 이어졌다. 으으윽, 하는 신음이 들렸다. 젬이 놀라서 고개를 번쩍 들었다.

착각이 아니었다. 카피레가 미간을 찡그리며 눈을 깜박이고 있었다. 젬이 서둘러 눈가를 훔쳤다.

"와, 왕자님? 정신이 들어요?"

"으으, 눈부셔."

내내 눈만 감고 있자니 작은 전등 빛도 부담스러운 모양이었다. 젬이 서둘러 불을 껐다. 창에 스미는 달빛만이 실내를 은은히 비추었다.

"왕자님, 어디 아픈 덴 없어요? 속은 괜찮아요? 엄청 오래 주무셨어요. 정말 난 어떻게 되는 줄 알고……."

카피레는 울먹이는 젬을 한참 찡그린 얼굴로 보더니 고개를 갸웃했다.

"너 누구야?"

"……네?"

"이건 또 뭐야. ······솜사탕?"

젬이 굳은 사이 카피레가 손을 뻗어 젬의 얼굴 근처에서 흔들었다. 그러다 "안 만져지네" 하고 중얼거렸다.

오래된 기억이 망막에 겹쳤다.

감정약을 먹은 왕자가 꼭 이랬더랬다. 젬의 감정이 색색이 변하는 솜사탕 같다며, 혹은 불꽃놀이처럼 보인다고 했다.

"······여기가 어디야."

"왕자님······."

"정신 사나워 죽겠네. 이거 좀 그만 끄지? 불꽃놀이처럼 예쁘긴 하지마는······."

부작용으로 혼을 쏙 빼놓았던, 모든 일의 시발점이 되었던 그 약이었다. 젬의 입술이 부르르 떨렸다.

다 나았다더니, 약효가 떨어졌다더니, 내가 무슨 생각을 하는지 다 안다고 뻐기더니!

젬은 말 대신 침대에 얼굴을 묻어 버렸다. "어이, 왜 그래?" 하는 목소리가 어찌나 어리게 들리는지 기가 막히고 코가 막히고 억장이 무너졌다.

사흘 뒤, 노인의 집을 방문한 남자, 사절 마틴에게 젬은 성으로 가겠단 뜻을 전했다. 단, 정신이 불안한 청년 한 명을 군식구로 데려간다는 전제에서였다.

13.
킨에 대하여

카피레 왕자의 사진집 출판 기념식이 있던 날, 닥터 유리는 밤 늦게야 성으로 돌아왔다. 국왕의 히스테리와 왕세자의 걱정에 들들 볶이던 킨은 그제야 겨우 한숨 돌릴 수 있었다.

"오셨습니까" 하는 인사에도 유리의 반응이 시무룩했다. 항상 빙글거리며 웃음을 가면처럼 쓰고 다니는 양반이 이상하리만치 어깨가 처져 있었다.

킨은 왕의 생떼와 투정을 일러바치며 반응을 살폈다. 평소보다 성의 없는 대답만 돌아왔다.

"왕세자 전하께서 여러 번 찾으셨습니다. 기념식 이후 카피레 왕자가 통 보이지 않는다고요. 닥터와 같이 계신 거 아니냐며 어찌나 캐물으시던지."

"그랬군요."

"폐하께선 방금 막 잠드셨습니다. 찾아뵙지 않아도 괜찮을 겁니다."

"아뇨. 얼굴 좀 보고 가야겠습니다."

킨은 유리를 방까지 모신 뒤 한걸음 물러섰다. 초과 근무도 이걸로 끝이었다. 서두르면 젬을 만날 수 있을지도 몰랐다. 소문에 의하면 천 년 묵은 하수구 냄새가 어제부로 말끔히 증발했다고 했다.

이번에야말로 진지한 분위기에서, 진심을 다해 고백할 생각이었다. 생각만 해도 부끄럽고 떨려서 휴대폰도 못 만진 요즘이었다.

사실 완전히 각오가 선 건 아니었다. 다만 오늘 궁에 돈 소문이 신경 쓰여 견딜 수가 없었다.

오후 연회장에서 열린 카피레 왕자 사진집 기념회에 개구리 괴인이 나타났다는 풍문이 바로 그것이었다.

'희귀병 환자다', '아니다, 닥터 유리가 비밀리에 만들어 낸 개구리 키메라다' 어쩌구 하는데 이게 아무리 봐도 젬 얘기 같았다.

녹즙 피부, 카피레 왕자의 출판 기념식. 좌로 보나 우로 보나 명명백백했다.

킨은 젬이 성에서 나가길 바랐다. 유리와 왕가의 수상쩍은 일도 마음에 걸렸고, 젬이 왕자나 본과 너무 가깝게 지내는 것도 불편했다. 그래, 질투가 한 점도 섞여 있지 않다고 하면 거짓일 것이다.

"랑퀴니에 군, 들어오겠어요?"

"예?"

유리가 물끄러미 킨을 보았다. 그 뻔한 시선에 킨은 찍소리도 못하고 문 안쪽으로 발을 디뎠다.

그림자 먹은 커튼이 달빛조차 가리는 방이었다. 어두컴컴하고 거대한 공간. 혼자 자기엔 무서우리만치 넓은 침대에 한 남자가 몸을 웅크리고 있었다.

오른손 엄지를 쪽쪽 빨며 유리, 돌리, 잠꼬대를 해 댔다. 요 몇 주 사이 눈에 익어 버린 광경이었다.

시종장이라도 있었다면 좀 나았을 텐데 이 양반이 웬일로 조퇴를 했다. 가족 일이라 들었는데 이게 또 이상했다.

노인에게 남은 가족이라곤 외아들 하나라는데, 평소 왕을 최고로 모시던 양반이 대체 무슨 바람이 들었는지 알 수 없는 노릇이었다.

유리가 여상한 태도로 베갯맡에 몸을 기대 왕의 이마를 쓰다듬었다. 본래 불면증이 심한 양반이라 남자는 금방 눈을 떴다. 국왕이 몸을 일으키려는 것을 유리가 가슴을 눌러 저지했다.

"유리, 유리. 어떻게 됐나."

"경하드립니다. 폐하. 드디어 소원을 이루게 되셨습니다."

"그게 참말인가!"

유리가 "그럼요" 하며 고개를 끄덕였다. 킨은 침대 사각기둥에 숨어 그 광경을 보고 있었다.

어둑한 실내 탓에 확신할 수는 없으나 유리의 목소리가 심히 부자연스럽다는 건 본능적으로 알 수 있었다.

온화하고 다정한 목소리와 달리 유리의 눈빛이 얼음칼처럼 시렸다. 단단히 가라앉은 입매 역시 고목처럼 딱딱했다.

"내 이럴 때가 아니지. 당장 가 봐야겠네."

"기다리세요, 폐하. 사랑스러운 왕비님을 뵙는데 이러고 가시려고요?"

뒤집어진 벌레처럼 사지를 버둥거리던 국왕이 "참참, 내 정신 좀 보게" 하며 몸을 늘어트렸다. 유리가 부드럽게 가슴을 토닥이며 말했다.

"왕비님께서도 준비할 시간이 필요하실 테고요. 그렇죠?"

"그래, 그랬지. 후후. 어쩌지 유리? 심장이 너무 빨리 뛰어서 무섭군. 숨쉬기가 버거울 정도야."

"오랜만에 뵙는 자린데 늠름한 모습을 보이셔야지요. 자, 이 유리가 딱 맞는 약을 가져왔답니다."

유리가 킨에게 눈짓했다. 킨은 눈치껏 물을 따라 대령했다. 왕이 유리의 부축을 받아 헤드에 등을 기대고 앉았다. 유리가 품에서 작은 병을 꺼냈다.

"한숨 주무시고 나면, 왕비님께서 눈앞에 계실 겁니다."

"돌리가 얼마나 기다리라던가, 유리?"

"글쎄요. 생각보다 오래 걸리지는 않을 겁니다."

유리가 손바닥에 병을 털었다. 흰 알약 두 개가 떨어졌다. 왕이 익숙한 동작으로 약을 받아먹었다. 긴장한 탓인지 목이 말랐는지 물컵도 한 번에 비웠다. 꿀꺽꿀꺽 넘어가는 소리가 이상하리만치 크게 들렸다. 유리가 왕을 손수 뉘어 눈까지 감겨 주었다.

"잠이 올 것 같지 않아. 그냥 바로 보러 가면 안 되겠는가."

"나중의 즐거움을 위해 참으세요, 폐하."

"어렵군, 어려워. 후후…… 유리. 다 자네 덕일세. 고맙네."

"별말씀을요."

"고마워."

가면처럼 냉막한 얼굴에서 웃음 섞인 목소리가 새는 꼴이 여간 소름 끼치는 게 아니었다. 킨은 저도 모르게 나무 기둥의 결을 세는 척했다. 잠시 뒤, 거짓말처럼 왕이 잠에 들었다.

킨이 유리의 뒤를 따라 밖으로 나왔다. 마음에 걸리는 게 한둘이 아니었으나 영 입에 올리기도 껄끄러웠다. 얼른 돌아가라 말해 주기만 기다리던 차였다.

"물어볼 게 있는 얼굴이네요."

"예? 아, 아닙니다."

"물어보세요."

킨이 슬쩍 유리의 안색을 살폈다. 밝은 곳에서 보니 역시 평소와 얼굴이 조금 달랐다. 특히 한쪽 뺨이 평소보다 좀 붉어 보였다. 어디서 빰이라도 맞았나?

킨은 고개를 저으려 했으나 유리의 긴 눈초리를 보자 고개를 끄덕이지도, 젓지도 못하고 입을 오물거렸다.

"아, 아니. 아무리 저래 보이셔도 했던 말은 또 다 기억하시던데 거짓말은……."

"거짓말?"

"……왕비님 말씀입니다. 제가 또 가서 실어 와야 하나요?"

박제라 해도 다람쥐나 사슴 머리처럼 귀여운 물건이 아니었다. 진짜 인간의 뇌와 안구, 장기만 적출해 만든 반건조 시체였다.

무슨 술수를 부렸는지 더러운 냄새 대신 꽃향기가 풍긴다 해도 시체는 시체였다.

"아뇨. 그럴 필요 없어요. 지금쯤 감동의 해후 중일 테니까요."

"예?"

"랑퀴니에 군. 이번 논문 좋았어요. 당신만 좋다면 102호 사무실을 주고 싶은데 어떤가요?"

킨이 눈을 동그랗게 떴다. 102호 사무실. 유리의 옆방, 마과부의 넘버 투를 뜻하는 말이었다.

최근 몇 개월간 비어 있던 의자였다.

경쟁이 치열한 만큼 이상하리만치 주인이 자주 바뀌는 자리이기도 했다. 마과부 제일의 실력자들이 가장 선망하는 자리. 닥터 유리에게, 유라레 학계에 인정받을 수 있는 가장 확실한 초대권이기도 했다.

킨은 침을 삼켰다. 지금껏 그 자리를 지나온 선배들도 닥터 유리의 이런 모습을 봤을까?

심신 쇠약 상태인 왕. 왕비의 박제. 정체불명의 약.

그리고 두 명의 왕자를 말이다.

킨은 잠시 망설였다. 잔뜩 풀 죽은 젬의 얼굴이 눈을 스치고 지나갔다.

무슨 사고를 당했는지 피부가 온통 시퍼렇게 변한 얼굴. 볼 때마다 안쓰럽고 미안해서 말문이 막혔다. 모든 게 다 빌어먹을 빚, 아비 탓이었다.

아비에게 손 벌리지 않고 성공할 발판이 필요했다. 그럼 네 생활비가 땅 파면 나오는 줄 아느냐며 쩌렁쩌렁 호통치던 아비. 그 통통한 열 손가락 가득 두세 개씩 끼운 금반지. 손톱만 한 보석이 주렁주렁 달린 장신구로 한껏 꾸민 아비의 여자, 여자, 여자들.

낡아 빠진 단벌 코트 한 장으로 후드를 코까지 눌러쓴 채 화려한 성내를 돌아다니는 젬이 그 모습에 겹쳤다.

보란 듯이 성공할 테다. 산골 벽촌 시모 산맥까지 쩌렁쩌렁 울릴 만치 명성을 떨칠 테다. 돈도 아주 많이, 많이 벌어야 했다.

젬이 한 달 내내 옷을 바꿔 입어도 시간이 모자를 정도로 가득 찬 옷장을 선물할 테다. 향기로운 화장수도, 반짝이는 반지와 목걸이도 살 것이다.

그리고 빨간 꽃을 건네주리라.

여자를 장식처럼 수집하는 아비와 달리, 한 남자 대 한 여자로. 피차 가족은 없는 셈치고 수도에 가정을 꾸리자. 아이는 많아도 좋고 적어도 좋았다. 젬만 있으면 다 괜찮을 것 같았다.

닥터 유리의 옆자리는 그 찬란한 꿈을 향한 제일보였다. 킨이 허리 굽혀 예를 표했다.

"영광입니다."

유리는 당장 내일부터 모든 게 달라질 거란 말만 남기곤 홀연히 자리를 떠났다. 킨은 뒤늦게 달아오른 심장 탓에 숨까지 헐떡였다.

얼른 이 소식을 젬에게 전하고 싶었다. 가장 먼저 알리고 싶었다. 떨리는 손으로 휴대폰을 꺼냈다.

번호를 누르려던 손가락이 순간 멈칫했다. 젬은 닥터 유리를 좋아하지 않았다. 이유는 충분히 이해하고도 남았다. 아무리 연구의 일환이라 해도 비윤리, 비도덕의 끝을 달리는 인물이었다. 게다가…….

킨은 폰을 다시 주머니에 넣었다. 역시 말하는 건 그만둘까 싶었다. 얼굴만, 얼굴만 보자. 개구리 괴인으로 소문날 정도면 젬도 힘든 하루를 보냈을 게 틀림없었다. 직접 위로해 줘야 했다.

킨은 높이 뜬 달을 배경으로 후원을 전력으로 뛰었다. 설레는 마음과는 별개로, 저질 체력 탓에 1분도 안 되어 거북이걸음으로 회귀해야 했지만.

안타깝게도 젬의 실험실엔 아무도 없었다. 멍하니 십 분 정도 기다리다가 건물을 나왔다.

차라리 잘되었다. 차분히 심기일전해서 내일 멋들어진 자리를 만들어 볼 계획이었다. 당장 통장에 꽂힐 액수가 달라질 판이니 마음을 크게 먹어도 될 성싶었다.

킨은 침대에서 한참을 뒤척이다 겨우 선잠이 들었다.

*　　　*　　　*

모든 게 달라질 거라 했던가.

닥터 유리의 말대로였다. 이튿날 성 이곳저곳에 난리가 났다. 왕은 꿈에서 깨지 못하고 연신 헛소리를 늘어놓았다. 화병에 꽂힌 꽃, 벽에 늘어선 선대 왕의 초상화, 거울 등등에서 돌리, 돌리를 불렀다.

"돌리가 가득해! 행복하구나! 하하하!"

쩌렁쩌렁한 웃음소리에 높이 달린 샹들리에가 꼬리를 살랑살랑 흔들었다. 오랫동안 왕비를 그리며 불면증에 시달리던 이였기에 다들 안타까워하면서도 "한결 편해지셨는지도 모르지요" 했다.

왕세자는 복잡한 낯으로 사태를 정리했다. 모서리 뾰족한 가구를 모두 둥근 것으로 바꾸고, 바닥에 폭신한 융단을 깔았다.

방에 불필요한 장식물은 모조리 철거시켰다.

사건은 그것으로 끝나지 않았다.

"어째서……."

간밤에 카피레 왕자를 습격한 괴한에게 호위 기사 본이 큰 상처를 입어 오늘내일한다는 소식이 돌았다.

왕자 역시 충격이 커 잠시 요양이 필요하다고 했다. 왕세자는 가족이 한꺼번에 변을 당한 꼴이었으나 슬픔에 잠길 시간도 없었다.

국왕과 그 정통 핏줄이 졸지에 횡액을 당한 데 대해 안 좋은 소문이 돌기 시작했다. 모든 것이 하루아침에 일어난 일이라는 게 믿기지 않았다.

그러나 킨에겐 멀고 먼 얘기일 뿐이었다. 문제는 그런 게 아니었다.

"젬은……."

현재 킨에게 가장 중요한 사람, 중매 선생 겸 약장수 젬 마키나의 행적이 뚝 끊겼다.

왕자궁 사람들은 고개를 저었고, 유리는 "저도 행방을 모르겠습니다"는 말만 반복했다. 젬과 가까이 지내던 본 경은 중상으로 얼굴 구경도 할 수 없었고 왕자 역시 마찬가지였다.

유리가 자리를 비웠을 때 일어난 일이라 범인을 추정할 길이 어렵다고 했다. 킨은 "일이 마무리되면, 미스 젬 찾는 걸 내가 꼭 도와주겠습니다" 하는 유리의 말을 믿을 수밖에 없었다.

왕자궁에 있던 젬의 소지품이 두 상자에 담겨 돌아왔다. 미백 화장수, 입욕제를 제외하면 다 써 가는 싸구려 화장품 몇 개에 닳아 해진 가죽 장갑이나 구멍 난 양말 따위가 전부였다.

킨은 그것을 소중히 모셔 두었다. 언젠가 젬이 돌아오면 돌려줘야 했으니까.

그날 저녁, 정시 뉴스에 데자르 백작 부인이 무죄 판결을 받았단 소식이 한 줄 전해졌으나 다른 뉴스에 묻혀 금방 모습을 감췄다.

—1부. 중매 선생과 두 명의 왕자 끝

2부. 왕자와 초록 마녀

14.
[막간극] 헬로, 미스터 블랙

트리비아는 시모 산맥 한구석에 자리 잡은 작은 나라다. 사방에 산으로 둘러싸인 데다 접근이 어려워 인구수도 고만고만, 국력도 고만고만하다.

트리비아가 여태껏 주변국에 먹히지 않고 자생한 이유는 첫째, 험한 산골이라 공격하기 까다롭고, 둘째, 세 강대국 사이에 낀 전략적 요충지라 줄다리기하기 좋고, 셋째, 특산품인 마법석이 발에 돌처럼 채여 그럭저럭 먹고 살 만하기 때문이다. 참고로, 마법석이 진짜 발에 채인다는 뜻은 아니다.

이 말이 사실인지 아닌지 트리비아 사람들은 관심도 없었다. 가르치는 사람도 그럴 진데 배우는 사람이야 오죽하겠는가. 세상이 어찌 돌아가든 이곳 사람들은 변화를 몰랐다. 나라라기보다 작은 영지에 가까운 산골 벽촌.

오는 이도, 가는 이도 드문 이 산골에 새 얼굴이 나타난 것은 불과 몇 주 전 일이었다.

"갑자기 그렇게 말씀하셔도……."

"됐으니까, 시키는 대로 해."

상대는 트리비아에서 모르는 이 없는 마법사 나으리. 이쪽은 한낱 초등부 교사였다. 안소니는 난감한 얼굴로 맞은편을 보았다.

"뭘 봐?"

"아, 아닙니다."

할머니도 안 쓸 검은색 벙거지 모자 주제에 으르렁거리는 소리가 들짐승 못지않았다. 사람 열은 죽여 봤음 직한 박력이었다.

턱선이 유난히 매끈한 탓일까. 모자 사이로 내려온 검은 머리카락이 흰 피부와 대비되어 묘한 인상을 풍기는 남자였다.

안소니는 있는 힘껏 무해한 미소를 지어 보였다. 그러거나 말거나 상대는 관심도 없는 듯했다. 연신 문밖을 힐끔거리며 똥 마려운 강아지처럼 안절부절못했다.

검고 두꺼운 박쥐 코트를 입은 사람이 문가를 서성이고 있었다. 순간 학생으로 착각할 만큼 키가 작았다. 이놈이고 저놈이고 보기 드물게 끔찍한 패션이었다. 안소니는 저도 모르게 미간을 찡그렸다.

마법사님이 귀찮다는 듯 손을 내저었다.

"정규 시간 마칠 때까진 데리러 올 테니까 간수 잘해라."

"가, 간수라니요."

"에에잇! 시끄러! 쪼잘쪼잘 쫑알대지 마! 사내새끼가!"

"히익!"

트리비아에서 마법사님은 살아 있는 절대 권력 그 자체였다. 잘못 심기를 건드렸다간 마을에 회오리바람이 불어닥치거나, 일주일간 당나귀가 되어 허리가 부서져라 그를 태우고 돌아다니거나, 도마뱀이 되어 지렁이만 먹어야 하는 상황이 올 수도 있었다.

이 안소니에게 그런 불상사는 절대 있어선 아니 되는 일!

"걱정 말고 다녀오십시오!"

"흥."

회색탑의 마법사가 로브 자락을 휘날리며 문을 나섰다. 서성이던 박쥐 코트와 뭐라 아웅다웅하더니, 이쪽으로 오려는 코트를 억지로 잡아끌고 복도를 떠났다.

"저 빌어먹을 새집 머리……."

"……새, 새집 머리?"

"엉? 뭐야, 너 불만 있어?"

"아, 아닙니다!"

남자가 혀를 차며 책상 위에 두 다리를 올렸다. 낡아 빠진 가죽 부츠에서 검은 부스러기가 후두둑 떨어졌다.

오다가다 똥이라도 밟았는지 냄새가 지독했다. 밑창에 매달린 지푸라기가 힘없이 흔들거리다 축 처졌다. 예의라고는 눈곱

만큼도 찾아볼 수 없는 행태였다.

참자, 참는 거다. 나 안소니. 작년 트리비아에서 가장 잘생긴 남자 1위, 매너 좋은 남자 1위에 선정된 자로서 사소한 일에 일희일비해선 안 되느니.

"하하, 우리 통성명이나 할까요? 전 안소니라고 합니다."

"……."

"저어, 실내에서까지 굳이 모자를 쓸 필요가 있을까요? 커뮤니케이션의 기본은 아이 투 아이 아니겠습니까. 하하, 우리 함께 눈을 마주 보며……."

남자가 촌스러운 벙거지 모자를 책상에 내팽개쳤다. 낡아 빠진 천 조각 따위 맞아 봐야 얼마나 아프겠냐만은 안소니는 덜컥 놀라 어깨를 떨었다.

"이제 됐냐?"

안소니는 대답 대신 딸꾹질을 터트렸다. 그간 이 촌동네에서 홀로 외로이 닦아 온 대화의 기술, 호감 사는 몸짓, 표정 에티켓 등등이 뇌에서 훨훨 날아갔다.

……그럴 수밖에 없었다.

왜냐하면, 눈앞에 있는 남자는 다름 아닌 미의 신이었기 때문이었다!

안소니는 저도 모르게 맨바닥에 무릎을 꿇었다. 거친 소리가 바닥을 울렸으나 한 치의 아픔도 느낄 수 없었다.

"오, 신이시여……."

"뭐, 뭐야."

"왜 이제야 제 앞에 나타나셨나이까. 이 산골 벽촌에서 제가 얼마나, 얼마나……!"

"……야, 너 우냐?"

"허나 그것도 이제 다 옛말입니다! 당신이 계시니까요! 신이시여! 어서 제게 계시를 내려 주십시오!"

안소니가 감격에 차 두 손을 감싸 쥐고 맨바닥에 고개를 조아렸다. 뜨거운 물이 눈에서 콸콸 흘러 온 얼굴을 적셨다.

꼬추 떼라, 계집애냐, 하는 소리에도 불구하고 꿋꿋이 미의 길을 걸어온 보람이 있었다.

안소니는 오늘에서야 태어난 의미를 찾았다. 그는 미의 신에게 선택받은 것이다. 그의 계시를 받아 오늘부로 그는 진실한 미의 신도로 거듭나게 되리라. 이 한 몸 미의 신께 바칠 수만 있다면 무한한 영광, 아아아아아아아아아!

"야" 하고 부르는 소리에 안소니가 번쩍 고개를 들었다. 신이 바닥에 쪼그리고 앉아 있었다. 한층 가까워진 신의 미모에 안소니는 으윽, 신음하며 눈을 꼭 감았다. 뜨거운 눈물은 멈출 줄 모르고 얼굴에 흐르는 중이었다.

"……너 혹시 어디 많이 안 좋냐? 괜찮은 거야?"

"사, 상냥해!"

코앞까지 다가온 신의 미모가 너무나도 찬란했다. 안소니는 더 숨을 쉴 수 없었다. 푸른 눈동자, 요정이 미끄럼틀 탈 것 같은 날렵한 콧날, 보기 좋게 부푼 입술. 그 완벽한 조화에 소름이 끼쳤다. 저도 모르게 목에서 끼요옷, 하는 이상한 소리가 샜다. 목 졸린 오리의 단말마 같기도 했다.

아냐, 이건 내 미의식과 맞지 않아!

안소니는 해명하고 싶었으나 더는 자신을 통제할 수 없었다. 온몸에 피가 빠르게 돌고 앤돌핀이 마구 분비되며 금방이라도 오줌이 나올 것처럼 발가락이 오그라들었다. 눈이 자꾸 뒤집히려 했다.

"어, 어이······."

"허억, 허억, 신이시여······."

안소니는 뭐라 더 말을 잇지 못하고 까무러졌다. 핏줄 선 흰자를 부릅뜬 채라 얼핏 시체 같아 보이는 형상이었다.

안소니가 정신을 차렸을 땐, 이미 정규 수업 시간이 끝난 지 한참이었다.

남은 수업 시간은 자습으로 돌렸다고 했다. 복도가 어찌나 고요한지 멀리 창밖에 새 우는 소리만 들렸다.

대체 뭘 봤길래 심장이 멈출 뻔했냐고, 뭘 했길래 몇 시간이나 정신을 못 차렸냐고 양호 선생이 투덜거렸다.

"그, 그분께선?"

"그분?"

"미의 신 말입니다!"

한참 고개를 갸웃거리던 노부인이 홀홀 웃으며 입을 가렸다.

하얀 백발에 불그스름한 석양이 부서졌다.

"미스터 블랙 말씀이구만."

"미, 미스터 블랙이요?"

아니 왜 골드, 레인보우, 다이아몬드 다 놔두고 칙칙한 블랙이란 말인가. 살아 있는 빛, 찬란한 미의 신께 어찌 이런 불경을!

안소니의 심히 불편한 표정에 양호 선생이 곡물 차를 홀짝이며 뒷사정을 설명해 주었다.

난데없는 안소니 기절 사건에 교사들이 한데 출동했다. 밀실에서 단둘이 있을 때 벌어진 사건, 목격자도 증인도 없었기에 진술할 사람은 오직 거지꼴을 한 검은 머리 미남자뿐이었다.

그는 '새집 머리 싸가지가 나를 여기 데려다 놨다. 나를 가족에게 보내 달라'는 주장을 반복했다.

쓰러진 안소니에 대해서는 '지랄병이라도 있던 게 아니냐, 갑자기 혼자 벌벌 떨더니 무릎 꿇고 울며불며 헛소리했다. 나는 아무것도 하지 않았는데 혼자 눈을 까뒤집고 기절했다'고 되레 큰소리를 쳤다.

그 태도가 어찌나 당당한지 교사들은 "그래, 우리가 몰랐을 뿐 안소니 선생에게 지병이 있었을지도 모른다"는 의견이 퍼졌다.

그도 그럴 것이 남자는 보통 박력이 아니었다. 가장 맑은 하늘을 그대로 옮겨 놓은 듯 푸른 눈동자, 검댕이 묻었어도 숨길 수 없는, 적재적소에 배치된 이목구비. 손짓 하나하나에 묻어 나오는 기품까지.

꼬질꼬질 우스꽝스러운 옷차림에다 얼굴에 얼룩덜룩한 것이 묻었는데도 막 괴물과 싸우고 돌아온 요정 왕자처럼 보일 지경 이었으니 말 다 했다.

"그때 용기 있는 선생이 물었지. 이름이 뭐냐고. 그랬더니 고 것이 조개처럼 입을 딱 다물지 뭐야."

"그, 그래서요?"

"그래서는 무슨 그래서야? 딱 봐도 외지인인데 누가 데려왔는 지 알 수가 있어야지. 놈이 새집 머리, 새집 머리 하는데 여기 머 리에 새집 지은 놈이 한둘인가? 늦기 전에 온다 했다는 말만 믿 고 돌아가며 감시했지. 그런데 그놈이 보통 잘생겼느냔 말이야. 아새끼들이 구경하려고 복도 창문에 벌레 새끼마냥 다닥다닥 붙어 가지고 아주 그냥 난리도 그런 난리가 없었네. 놈은 그걸 모르는 척 창가에 턱을 괴고 앉아 있었지. 소오오오올직히 쪼금 멋지긴 하더구만. 무지개 할매 바지가 조금 깨긴 했지만. 거 얼 굴이 받쳐 주니 그게 그 뭐시냐. 자네가 입에 달고 사는 빠숀 아 이템 같아 보이기도 하고 말이야."

안소니는 그분이 뭘 입고 있었는지조차 하나도 기억할 수 없 었다. 심지어 그 아리따운 얼굴도 가물가물했다.

이 세상의 것이라 하기 힘들었단 인상만 남았을 뿐. 기억 속에 서 찬란한 후광만 더 강해졌다.

안소니가 맥없이 침대 헤드에 몸을 기댔다.

"아새끼들이 속닥속닥하는데 이 건물 어디 방음되는 곳이 있간? 그냥 옆에서 말하는 거랑 똑같지. 이름이 뭐래? 좋을 대로 부르라고 했대, 멋있다! 쿨하다! 뭐 하는 사람일까, 대체 이름이 뭘까, 별의별 얘기가 다 나오다가, 어느 순간 놈의 별명 지어 주는 데 혈안이 되더군. 양호실 한쪽에서 옹기종기 차 마시던 우리도 귀를 쫑긋 세웠지. 세상에 후보들이 어찌나 웃긴지 말도 못 했어. 타천사 루시퍼, 검은 날개, 흑주작, 흑표범 어쩌구저쩌구. 코로 차를 뿜을 뻔했지 뭔가. 같이 있던 선생들도 하나같이 어깨를 떨고 바닥을 쳤지. 그걸 아는지 모르는지 아새끼들은 쫑알쫑알 대는데, 그때 내가 보고 말았지 뭔가."

"뭐, 뭐를요?"

양호 선생이 컵에 입을 댔다가 차마 마시지 못하고 못 참겠다는 듯 낄낄 웃었다. 그 움직임에 찻물이 바닥에 점점이 튀었다.

"놈 말이야! 검은 머리 잘생긴 놈! 그놈이 복도 쪽을 연신 힐끔대며 귀를 쫑긋거리고 있지 뭐겠나. 아닌 척하면서 입이 실룩실룩하는 것이 어찌나 흐뭇해 보이던지 말로 다 못 하네. 간간이 입을 달싹거리기까지 하는 거야. '타천사 루시퍼, 타천사 루시퍼' 하고. 세상에! 타천사 루시퍼!"

안소니는 타천사 루시퍼가 뭐하는 작잔진 모르겠으나 어감이 퍽 멋지다 생각했기에 아닌 척 어색한 웃음만 흘렸다.

"토론이 막바지에 이른 듯했어. 검은 머리 양반도 새 별명이 퍽 마음에 드는 눈치였고 말이야. 같이 있던 선생 둘은 견디다 못해 반 시체로 뻗어 버렸고, 놈을 흑역사에서 구해 줄 인간은 나밖에 없어 보였지. 결론이 나기 직전, 나는 자리에서 일어나 놈을 불렀네."

양호 선생이 목소리를 가다듬었다.

"미스터 블랙. 약속한 시각까지 아직 좀 남았소만 같이 차라도 들지 않겠소?' 놈이 얼떨떨한 표정으로 나를 보았지. 한 1, 2초 지났을까. 복도 쪽에서 아새끼들이 방방 뛰며 고래고래 소리를 질렀네. 미스터 블랙이라니! 멋지다! 느낌 있다! 그 소릴 들은 놈이 '홋' 하며 앞머리를 살짝 넘겼다네. 그러곤 기꺼이 초대에 응하겠노라고 답했지. 겨우 다섯 걸음 정도 떨어진 테이블까지 또각또각 모델 워킹을 했어. 그 꼴이 우습다면 우스운데 또 그럴듯해 보이는 거야! 같이 차 마시던 젊은 선생 둘은 이미 그에게 푹 빠져 버렸네. 아새끼들은 더 말할 것도 없고. 어쨌든 놈은 자기를 미스터 블랙이라고 불러 달라더군."

"그, 그래서 그분은 지금 어디 계십니까?"

"응? 보호자를 기다리겠다며 운동장 쪽으로 나갔네만?"

"감시한다면서요!"

"아아, 맞다. 그랬지. 그런데 놈이 자넬 공격했나?"

"절대 아닙니다!"

"그럴 줄 알았네."

안소니가 슬리퍼를 찾아 탭 댄스를 추며 물었다.

"아직 운동장에 계십니까?"

"음? 글쎄, 아까까지만 해도 저쪽에 있었는데……."

침대 바닥에서 발을 헤매던 안소니가 그냥 짝짝이 슬리퍼로 만족한 채 자리에서 일어섰다. 갑작스러운 움직임에 머리가 핑 돌아 바닥에 무릎을 찧었다. 양호 선생이 깜짝 놀라 일어섰다.

"잠깐, 진정하게! 그렇게 갑자기 일어나면 어떡하나! 자, 얼른 숨기고 있던 증상을 말해 보게. 기억이 깜박깜박하고 헛것이 보이진 않는가? 정신을 잃었다 깨면 입가에 하얀 거품이 붙어 있진 않구?"

"전 지극히 건강합니다!"

안소니는 바닥을 짚고 일어나 양호실 문을 젖혔다. 삐걱이는 나무 복도를 부서져라 내달리며 속도를 올렸다. 겨우 현관에 섰을 때, 멀리 석양빛을 배경으로 멀어지는 두 사람이 보였다.

벙거지 모자를 쓴 쪽이 토라진 듯 툴툴대는 태도를 보이자, 옆에 선 박쥐 코트가 뭐라 달래며 그의 손을 잡았다. 안소니의 경악과 상관없이, 벙거지 모자를 쓴 미의 신, 미스터 블랙은 쑥스러운 듯 모자를 눌러쓰면서도 그 손을 뿌리치지 않았다.

뒤늦게 따라온 양호 선생이 헐떡이며 무릎을 두드렸다.

"아, 저 양반 이번에 마법사님이 데려온 사람 아닌가?"

"맞습니다. 내일은 해가 서쪽에서 뜰지도 모르지요. 선생님, 혹시 뭐 짐작 가는 것 없으십니까."

"내가 그분 속을 어찌 알겠는가. 하여튼 사람들이 그러더구만. 회색탑에 새 식구가 들어왔다고 말이야."

"세상에……."

진짜 미의 신이 아닐까? 아니면 최소 미의 신이 보낸 대리자라든가. 저 찬란한 미모로 괴팍한 회색탑의 마법사까지 녹여 버린 것이다.

상상의 나래를 펼치는 안소니의 머릿속에 한 편의 드라마가 펼쳐졌다. 양호 선생이 안소니의 등을 두드렸다.

"그런데 진짜 지병 없는가?"

"전! 지극히! 건강합니다!"

"거 참 다행이구만."

양호 선생이 홀홀 웃으며 안소니를 안쪽으로 끌었다. 근무 시간 내내 쿨쿨 잤으니 잔업은 몽땅 자네 몫이라며 다정하게 속삭였다. 안소니는 도축장에 끌려가는 소 같은 얼굴이 되었다.

"아, 자네 그거 들었는가? 서쪽 산맥에 초록 마녀가 나타났었단 소문 말일세" 하며 묻지도 않은 얘기를 하는 양호 선생이 오늘따라 원망스러웠다.

양호실 앞을 지날 즈음, 안소니는 "몸이 안 좋아 퇴근해야겠습니다!" 하곤 복도를 전력으로 뛰었다. 뒤에서 "자네, 내일이 두렵지 않은가!" 하는 양호 선생의 호통이 들렸다.

안소니는 아랑곳하지 않고 뛰었다. 해야 할 일이 많았다. 혹시라도 미의 신께서 내일도 이곳에 강림하신다면, 이번에야말로 부끄럽지 않은 모습을 보여야 했으니까! 아껴 둔 팩과 화장수와 입욕제 등등을 죄 활용해 줄 생각이었다.

15.
회색탑의 마법사

옛날, 어느 높고 험준한 산맥에 초록 마녀가 살았다. 초록 마녀는 마법과 의술에 능통해 세상천지에 모르는 것이 없었다.

그러나 사람들은 자기와 다른 초록 마녀를 두려워 멀리했다.

마녀는 외로웠다. 친구를 찾아 마을로 내려간 마녀는 놀림과 돌만 받고 도망쳐야 했다.

한 금발 소년이 마녀의 뒤를 쫓아왔다. 소년은 마녀의 소문을 들었다며 어머니의 병을 고쳐 달라고 부탁했다.

마녀는 부탁을 들어주는 대신 자신과 친구가 되어 달라고 요구했다. 초록 마녀와 금발 소년은 친구가 되었다. 마녀는 소년을 도와주었고, 소년은 마녀와 놀아 주었다.

소년은 여러 번 작은 소원을 부탁했다. 마녀는 우정의 대가로

친구의 소원을 들어주었다. 산자락에 걸친 작은 마을은 점차 커졌다. 벽돌이 쌓이고, 농기구와 곡괭이가 늘어났다.

그러던 어느 날, 옆 나라에 전쟁이 터졌다. 고립된 산골 마을에도 피 냄새가 흘러왔다. 소년은 마녀에게 부탁했다.

'전쟁을 없애 줘.'

'작은 친구, 그건 내 힘으로 불가능해.'

'그럼 먹을 게 부족하지 않도록 이 땅을 풍요롭게 해 줘.'

마녀는 습관처럼, 그럼 내게 무엇을 해 줄 거냐고 물었다. 소년은 언제나와 같이 우정을 주겠다고 했다. 마녀는 고개를 저었다.

'더는 그것으로 만족할 수 없어. 나는 더 큰 것을 원해.'

'그렇담 더 많은 우정을 주겠어.'

산맥에 사는 모든 이들이 초록 마녀의 친구가 되었다. 그날 이후, 산맥에 푸르고 노란빛이 마르는 일이 없게 되었다.

시간이 흘러 소년은 할아버지가 되었다. 초록 마녀는 여전히 초록 마녀였다. 그가 마녀에게 말했다.

'마지막 소원을 들어줘.'

'말해 보렴. 내 작은 친구.'

'내 시간을 돌려줘. 싱싱한 피부, 튼튼한 팔다리, 곧게 선 허리, 잘 익은 억새처럼 탐스럽던 머리칼을.'

'그건 무척 어려운 일이야, 친구. 어려운 일이야.'

소년은 마녀가 가장 원하는 것이 무엇이냐고 물었다. 마녀는 주저하다 말했다. 가족이 갖고 싶었노라고. 조건 없는 애정이 무엇인지 궁금했노라고.

소년은 마녀에게 말했다. 나의 시간을 되돌려 준다면, 내 기꺼이 너의 가족이 되어 주겠노라.

마녀는 기뻐하며 시간을 돌려주었다.

"그, 그래서 어떻게 됐는데요?"

"어떻게 되긴 뭐가 어떻게 돼. 그냥 그런 거지."

"그런 게 어딨어요. 악!"

젬이 잽싸게 이마를 감쌌다. 골이 징징 울릴 만치 강력한 일격이었다. 젬이 글썽이는 눈으로 올려다보자 볏짚 머리 마틴이 한쪽 입술을 비뚤게 올렸다.

"아무리 봐도 불공정 계약이야. 마녀가 불쌍해요."

"그래? 난 잘 모르겠는데."

"가족이 갖고 싶었다니……."

"그래 봐야 다 꾸며 낸 얘기야. 시시한 옛날 얘기 따위 진지하게 받아들이긴."

"자고로 모든 이야기엔 의미가 있는 법이에요."

"아, 그러서. 어쨌든 이제 알았지? 네가 그 꼴로 다니면 불안한 이유. 게다가 일행이랍시고 있는 게 금발 남자에 핑크색 요정……."

젬이 뜨끔해 어깨를 떨었다. 그랬다. 이 남자는 처음부터 젬의 옷 속에 숨은 아이를 눈치채고 있었다. 탑에 들어오자마자 숨지 않아도 된다고 귀띔해 주기까지 했다.

마틴이 혀를 츳츳 찼다. 젬이 눈치를 살피며 중얼거렸다.

"다들 무지 친절했는데⋯⋯."

"그게 문제란 거다, 이 멍청아. 이쪽 입장에선 심히 불편하다구. 제2의 초록 마녀와 왕의 등장이라고 해 봐. 권위가 안 살잖아."

"호, 혹시 윗전께서 분노하셨나요?"

마틴이 "뭐어⋯⋯" 하며 말을 얼버무렸다. 뻥 뚫린 창 너머로 높이 나는 새가 보였다.

하늘이 무서우리만치 새파랗고 높은 동네였다. 만년설이 내린 시모 산맥 봉오리가 그림처럼 솟아 있었다. 풍경에 섞인 높은 건물이라곤, 회색 성벽밖에 없었다.

마틴에 낡아 빠진 나무 의자에 등을 기대자 삐걱이는 소리가 났다. 투박한 나무 테이블 위엔 차가워진 머그컵 두 개가 마주 놓여 있었다. 주전자는 텅 빈 지 오래였다.

트리비아 건국 이야기라고 했던가. 젬은 차가운 머그잔을 쥐었다가 놓으며 마틴을 보았다.

볏짚 색 머리카락에 딱딱한 표정, 카피레 사진집 출판 기념식에서 봤던 사절이 확실했다. 만난 지 얼마 되지 않았음에도 자신을 어린 막내 다루듯 막 대하는 인간이었다.

그는 젬을 딱히 아는 척하진 않으나 그렇다고 모르는 척하지도 않았다. 태도만 보면 세상사 모르는 일 없는 사람처럼 의뭉스럽기만 했다.

젬은 내심 두려워하고 있었다. 어찌어찌 마틴의 거처까지 따라오긴 했으나 카피레 왕자의 정체를 들킨다면 무슨 일이 생길지 알 수 없는 일이었다. 외교 문제라며 당장 유라레 왕실에 젬과 카피레를 팔 가능성도 없지 않았다.

"이대로 두자니, 논란의 씨앗이 될 테고 추방하자니……."

"아이고 나으리. 제 모자란 동생이 아직 거동이 불편합니다요. 땡전 한 푼 없는 남매를 내쫓으시렵니까."

급하게 갖다 붙인 설정이지만 제가 생각해도 말이 되지 않았다. 카피레와 젬은 피가 섞일래야 섞일 수 없는 외양이었다. 일단 카피레는 녹즙 피부가 아니었다.

애써 우는 시늉을 하는 젬을 보며, 마틴이 기막힌 표정으로 중얼거렸다.

"……그럴 거면 성에 데려오지도 않았어."

"서, 설마 여기 가둬 둘 생각은 아니시겠지요? 피부가 개구리색이란 이유만으로?"

"유폐 당하고 싶어?"

"아이고, 안 됩니다요. 제겐 부양해야 할 토끼 같은 동생과 가녀린 요정이……."

마틴이 재미있다는 듯 테이블에 턱을 괴곤 씩 웃었다. 비뚤게 올라간 입꼬리에 나른한 흥미가 서렸다.

"난 일단 네 희귀 피부병을 고쳐 줄 생각이야."

"……예?"

젬은 제가 들은 말을 이해할 수 없어 눈만 깜박였다. 희귀 피부병 운운하는 것을 보니 그날 유리의 헛소리를 기억하는 모양이었다. "그대로 둬 봤자 헛소문만 돌 테고 말이지" 하며 젬을 흘깃 보는 눈에 장난기가 섞인 것도 같았다.

"그럼 넌 내게 뭘 해 줄래?"

"이, 이 피부를 원래대로 돌릴 수 있단 말씀이세요?"

"사람 말 못 믿냐?"

젬은 저도 모르게 아이를 불렀으나 대답이 돌아올 리 없었다. 아이는 문밖에서 카피레 왕자를 지키고 있었다. 마틴이 젬과 단둘이 말하길 원했기에 어쩔 수 없는 일이었다.

젬이 침을 꼴깍 삼켰다. 정신을 똑바로 차려야 했다. 어렵게 구한 목숨, 거기다 자신은 홀몸이 아니었다. 기억을 잃은 왕자와 힘 빠진 요정을 건사해야 하는 중역이었다.

트리비아는 유라레와 국경을 맞댄 작은 나라였다. 험준한 시모 산맥에 요새 같은 수도를 두고 있단 소문이 있었으나, 막상 눈으로 본 트리비아는 동화에서 튀어나온 것처럼 작고 평화로운 영지로 보였다.

꼭대기가 만년설로 뒤덮인 산맥에 굽이굽이 둘러싸였으면서도, 분지 대부분이 황금 밀밭이었다. 높은 건물이라곤 성과 회색 탑 정도로 나머지는 단층의 작은 집들이 모여 있을 뿐이었다.

산맥 가까운 곳엔 아무리 눈바람이 날린다 해도 성과 가까운 분지엔 사시사철 온화한 날씨가 이어졌다. 마법 전성시대의 살아 있는 유적지라고도 할 수 있었다. 이따금 부드러운 바람이 손을 흔들 때면 거대한 밀밭에 황금파도가 일었다.

바로 지금처럼.

쏴아아, 하는 소리와 함께 잎이 자잘히 부딪치는 소리가 났다. 쳄은 저도 모르게 창 너머 장관에 시선을 빼앗겼다.

"정말 멋져요……."

마틴이 "흠" 하며 창밖으로 시선을 던졌다.

"칭찬 몇 마디로 넘어갈 거라곤 생각하지 마. 거래의 기본은 등가교환이라구."

"저, 전 마법약을 만들 줄 알아요."

쳄은 애써 허리를 꼿꼿하게 세웠다.

"제가 만든 피로회복약과 밤샘약은 유라레 왕성에서도 특히 호평이었지요. 이것으로 말씀드릴 것 같으면……."

쳄이 품을 뒤지려다 어색하게 팔을 내렸다. 손에 잡히는 게 없었다. 비상용으로 만들어 뒀던 약은 조난 길에 죄다 먹어 버리고 남은 건 중화제나 숙변제거제 따위밖에 없었다.

제길, 이거라도 내볼까? 불치의 변비 환자라면 세상에 이것만 한 명약이 없는데!

이판사판이었다. 쳄이 은근한 미소로 "……혹시 매일 아침 화장실이 두렵지 않으십니까……" 할 때였다.

거친 소음이 나무 문을 때렸다. 경첩이 떨어질 듯 격한 소리를 냈다. 뭐라 한탄하는 아이의 목소리와 카피레가 혀 차는 소리가 들렸다.

젬이 문 쪽을 힐끔 보았다. 마틴은 아무것도 못 들은 사람처럼 귀를 후볐다.

"너, 그 요정 말인데."

"네, 네?"

"무슨 사이냐?"

"네?"

"보아하니 연결이 되긴 됐는데, 제대로 된 계약이 아닌 듯하고?"

어떻게 알았지? 젬이 뭐라 할 말을 찾지 못해 입만 뻐끔거렸다. 마틴이 혀를 츳츳 찼다.

"이도 저도 아닌 기운을 몸에 쌓아 놓고 있으니 탈이 날 만도 하지."

"무, 무슨 말씀이신지……."

마틴이 손가락에 묻어 나온 귓밥 부스러기를 후, 불어 날리곤 젬을 흘깃 보았다.

"마법약을 만든다고. 솜씨 좋냐?"

"물론입니다!"

"보면 알겠지. 사람 하나 맡아 줘. 치료비는 그걸로 퉁쳐 줄게. 땡 잡은 줄 알아라."

젬은 바보처럼 "네?" 하고 되물었다. 마틴이 재떨이에 기대어 있던 곰방대를 들고 창가에 섰다. 손가락을 부딪쳐 딱 소리를 내자 곰방대 끝에서 푸르스름한 연기가 피어올랐다.

"마, 마법……."

"히히. 놀라긴. 마침 잘됐어. 마법약은 여기서 매우 귀하거든."

마틴이 후우, 하고 담배 연기를 뱉었다. 금빛이 물결치는 풍경 위로 연기가 흩어졌다. 몽롱한 향기가 시린 바람을 타고 방 안까지 흘러왔다.

"일단 나가 봐. 저 참을성 없는 것 발 버릇 좀 고쳐 놓고."

"죄송합니다!"

젬은 혼란한 와중에도 의자를 소리 없이 밀었다. 막 뒤 돌을 찰나 마틴이 "아, 맞다" 하고 젬을 불렀다.

"저 인간 변장 좀 시켜. 머리도 염색 시키고. 저따위 얼룩 갖고는 뭣도 안 돼. 얼굴이 너무 눈에 띄잖아."

"예에에."

"우리 왕자님이 봤다간 난리가 날 테니 말이야. 조심하라구. 알다시피 카피레 왕자의 광팬이니까."

……다 알고 있잖아.

젬이 오도 가도 못한 채 제자리에 못 박혔다. 입술만 꾹 깨무는 젬을 보며, 마틴이 성격 나빠 보이는 미소로 물었다.

"왜. 꼰지를까 봐 무서워?"

"……무섭습니다."

젬은 말 꾸미는 것을 포기했다. 카드를 쥐고 있는 것은 상대였다.

"안 나가?" 하는 마틴에게 젬은 "제발 살려 주세요" 하는 마음을 담아 그의 눈을 응시했다. 젬의 간절함이 닿은 것일까. 마틴이 "칫" 하며 고개를 돌렸다.

그가 곰방대로 창살을 톡톡 두드렸다. 흰 잿가루가 바닥에 떨어졌다.

"유라레 국왕이 비공식적으로 자리에서 물러났어. 보르누 왕세자가 즉위식을 준비 중이지."

"……예?"

"카피레 왕자는 괴한의 습격으로 심신 미약 상태. 그의 호위 기사는 중태. 범인은 불명. 이게 내가 트리비아로 돌아오기 전 유라레 상황이야."

그가 연기를 깊이 빨아들였다. 천천히 내뿜는 숨에 기이한 향기가 섞였다. 젬이 저도 모르게 의자 등받이를 꼭 쥐었다.

"분위기가 어찌나 요상한지 말도 못 했어. 뒤도 안 돌아보고 도망 나왔지. 우리 같은 소국으로선 괜히 불똥 맞는 건 사양이거든."

"숨겨만 주신다면! 절대로 폐 끼치지 않겠습니다!"

마틴이 곰방대를 물며 젬을 흘깃 보았다.

"……이 동넨 전파가 안 들어와. 티비도 전화도 딴 세상 얘기지. 오락거리라곤 시시한 마을 축제나 곰팡내 나는 책이 전부야. 카피레 왕자를 아는 사람이라곤 우리 왕자밖에 없어."

"그, 그 말씀은?"

마틴이 곰방대를 창틀에 내려놓고 몸을 바로 세웠다. 젬이 기댄 의자 앞에 선 마틴이 등받이를 짚고 상체를 기울였다. 몽롱하면서도 매콤한 연기 냄새가 코에 스몄다.

"내가 왜 도와주는지 궁금해?"

가까이 선 얼굴에 젬이 얼결에 고개를 끄덕였다. 그가 개구쟁이처럼 이를 씩 드러내고 웃었다. 젬이 뱀 앞에 선 개구리처럼 바짝 얼었다.

그때 뒤에서 쿵, 하고 문이 세게 흔들렸다. 간지러운 숨결이 목덜미 근처에서 쿵쿵대더니 천천히 멀어졌다.

"냄새 좋네."

"네?"

"나중에 부를 테니 나가 봐. 문 부서지면 두 배로 받아 낼 테니까."

"잘 부탁드립니다!"

젬이 튕기듯 몸을 돌려 문을 박찼다. "으악!" 소리와 함께 떡진 금발 남자가 깽깽이 발로 뒷걸음질 쳤다. 젬도 덩달아 놀라 소리쳤다.

"깜짝 놀랐잖아요!"

"누가 할 소리! 이쪽은 다리 부러질 뻔했거든?!"

"멀쩡한 손 놔두고 발로 문을 뻥뻥 차 대니까 그런 거 아녜요! 대체……!"

젬은 뭐라 더 말하려다 말고 입을 다물었다. 상대는 기억이 통째로 날아간 환자였다. 엎친 데 덮친 격으로 유아 퇴행까지 겹친 게 아닐까 싶을 정도로 자유분방한 환자. 마주 성낼 상황이 아니었다.

어른인 내가 참아야지. 젬이 큰 맘 먹고 먼저 사과하려 마음먹은 때였다.

카피레가 "훗. 할 말 없지? 자, 어서 내 다리에게 사과하지 못해? 사과해! 사과해!" 하며 제 다리를 손가락질했다.

내가 방금 무슨 담판을 짓고 왔는지 알기나 하느뇨! 젬은 전신의 혈관에 피가 끓는 듯했다.

이제사 깨달은 것이 있었다. 천하제일 편식쟁이, 떼쟁이, 신경질쟁이 카피레 왕자는 그나마 양반이었다는 것을.

왕자관을 벗어던진 카피레는 우주 제일 삐지기 대마왕에 싸가지 바가지, 질투쟁이, 천하제일 떼쟁이었다!

"호, 해 준다면 봐줄 수도 있구……" 하고 우쭐대는 소리가 산울림처럼 뇌를 잠식했다.

인간의 존엄을 지킬 것인가, 야생 원숭이 수준에 맞추어 인간의 탈을 벗어던질 것인가. 젬이 세상에 다시 없을 번뇌에 빠져 있을 때였다.

"좀 지나가도 될까요."

수줍은 목소리가 젬을 불렀다. 그제야 퍼뜩 제정신이 돌아왔다. 하마터면 다른 나라 성 한복판에서 원숭이 전쟁을 벌일 뻔했다.

젬이 한껏 상냥한 얼굴로 "죄송합니다" 하며 뒤를 보았다.

"초, 초록 마녀!"

시선이 정면으로 마주쳤다. 마틴과 비슷한 볏짚 색 머리카락에 깡 마른 소년이었다. 펑퍼짐한 회색 로브까지도 비슷했다. 젬을 보는 눈동자가 별을 흩뿌린 듯 반짝였다.

"우와와아! 진짜 초록 마녀다!" 하던 소년이 "앗!" 하며 뒷걸음질 쳤다.

젬이 본능적으로 카피레를 살폈다. 마틴은 카피레를 알아볼 사람은 왕자밖에 없을 거라 말했지만, 안심할 수 없었다.

그러나 젬의 걱정은 기우에 불과했다.

"뭐야, 이 땅꼬마 자식아. 불만 있냐?"

"아, 아무것도 아니에요!"

소년은 본능적으로 젬의 뒤에 숨었다. 젬의 가슴께에 닿을까 말까 한 작은 키였다. 허리 부근을 꼭 쥐고 있는 손이 젬과 눈이 마주친 순간 탁 풀렸다.

'귀여워……!'

젬은 표정을 관리하려 애썼다. 저도 모르게 인중이 길어지고 입술이 오물오물 말려들었다.

"이, 이 자식……!"

어찌 된 일인지 카피레의 얼굴이 귀여운 야생 원숭이에서 식인 고릴라처럼 사납게 일그러졌다. 젬이 일부러 얼룩덜룩 묻혀 놓은 검댕 탓에 얼핏 보면 강도질하러 나온 산적 두목 같기도 했다.

소년이 놓았던 옷자락을 다시 힘껏 움켜쥐며 덜덜 떨었다.

"이 건방진 자식! 당장 떨어지지 못해!"

"히이익!"

젬 지금 웃을 때가 아니에요!

웃긴 누가 웃어! 젬이 막 카피레를 진정시키려 할 때였다. 방문이 벌컥 열리며 요란한 소리를 냈다.

"귀청 떨어지겠네. 야, 버릇 고쳐 놓으라고 했잖……."

세상만사 귀찮은 표정으로 뒷머리를 벅벅 긁으며 나오던 마틴이 자리에 딱 굳었다.

"……왕자님?"

왕자?

젬은 반사적으로 식인 고릴라 두목을 보았다. 코트를 움켜쥔 작은 손이 스르르 떨어졌다. "마티이인!" 하며 달려가 안기는 소년을 보고, 젬은 잠시 정신이 아득해졌다. 별 무리 은하수와 은하계가 눈앞에 소용돌이치는 듯했다.

젬은 서둘러 코트를 벗어 카피레의 머리에 뒤집어씌웠다. 안쪽 가득한 약병이 카피레의 머리를 드럼 두들기듯 했다.

텅텅탕탕, 경쾌한 소리에 아랑곳하지 않고, 젬은 코트 소매로 카피레의 턱밑에 리본까지 채웠다.

"마틴. 봤어? 진짜 초록 마녀……."

"멀리서 온 환잡니다, 왕자님. 초록 마녀가 아니에요. 손가락질은 그만두세요."

마틴이 한 손으로 왕자를 안아 올렸다. 어울리지 않게도, 그 표정이 제 새끼를 보듯 퍽 온화했다. 그가 "……바쁘다 하지 않으셨던가요" 하며 젬에게 눈짓했다.

젬은 서둘러 성난 고릴라 두목을 데리고 자리를 피했다. 급한 대로 염색약부터 만들어 볼 생각이었다.

*　　　*　　　*

하루 이틀로 끝날 문제가 아니니까, 변신약 같은 것보다 그냥 변장이 나을 거예요.

"내 생각도 그렇긴 한데……."

마틴이 안내한 회색탑은 이 일대에서 가장 높고 큰 건물이었다. 애초 성을 제외하면 단층짜리 민가가 대부분인 동네기도 했다.

낮은 성벽 안쪽엔 회색탑과 단조로운 복층 건물이 하나로 연결되어 있었다. 그중에서도 회색탑과 벽을 접한 네모 반듯한 건물이 바로 왕자의 거처라고 했다.

왕자와 마법사는 특히나 사이가 좋아서 서로 얼굴을 보지 않는 날이 거의 없다는 정보도 얻었다. 먹을 것을 전해 주러 온 부인에게 물어 들은 이야기였다. 젬은 겸사겸사 얻은 옷가지를 하나씩 들춰 보았다.

무지개색 할머니 바지, 구멍이 숭숭 뚫린 가죽조끼, 무엇으로 만들었는지 무겁고 윤기 나는 벙거지 모자.

젬이 옷과 카피레를 번갈아 보았다. 카피레는 침대 위에 책상 다리를 하고 앉아 팔짱을 낀 채 벽에 기대어 있었다.

잔뜩 굳은 그 얼굴에 심통이 가득했다. 그간 경험으로, 젬은 그와 싸우기보다 기분을 맞춰 주는 편이 편하단 걸 몸소 터득한 터였다.

게다가 이건…… 눈이 발바닥에 달린 젬으로써도 썩 마뜩잖은 패션이었다. 젬이 물끄러미 카피레를 보았다.

"안 입어."

"그래도……."

"안 입어! 머리 염색해 줬으면 됐지, 더 뭘 바라는 거야! 이 사기꾼! 거짓말쟁이! 나 멋지다고 한 거 다 거짓말이지!"

젬은 할 말이 없어 입을 다물었다. 카피레가 무슨 말을 하는지 모르는 바 아니었다.

카피레가 시모 산맥에서 눈 뜬 첫날, 그는 자신이 누구냐고 물었다. 대화로 미루어 일반 상식은 그대로 인 듯 보였으나, 제 이름이 뭔지, 자기가 몇 살인지, 어디서 왔고 여기가 어딘지, 무엇 하나 기억하는 게 없었다.

"아까 왕자님이라고 하지 않았어? 나, 내가 왕자님이야?"

젬은 반사적으로 고개를 흔들었다.

"아, 아뇨!"

"그럼?"

살면서 본 그 어떤 하늘보다 아름다운 푸른빛. 마주 본 왕자의 눈동자가 천상의 호수처럼 맑고 깨끗했다. 무서운 것, 더러운 것을 모두 씻어 낸 반짝임이었다.

젬은 검은 뱀의 소굴 같던 실험실 풍경을 애써 털어 냈다.

"그럼 왜 날 왕자님이라고 불렀는데? 내 이름은 어쩌고?"

"그, 그건⋯⋯."

무서우리만치 아름다운 얼굴, 순진해 보이는 표정. 그러나 아이의 반쪽과는 분명 다른 분위기였다.

젬은 침을 꿀꺽 삼켰다. 앞으로 일이 어떻게 굴러갈지 알 수 없는 상황에서 혼란을 가중시킬 필요는 없었다.

무엇보다 젬은, 카피레가 우는 꼴을 두 번 볼 자신이 없었다. 그게 바로 젬이 팔자에 없는 연기를 시도한 이유였다.

"에, 에이, 그것도 잊으셨어요? 원래 잘생기고 멋진 남자한테 그러잖아요. 왕자님 같다고요."

"⋯⋯잘생기고, 멋진, 남자?"

"그럼요. '내 눈엔 당신이 세상에서 가장 멋있어요'란 뜻이거든요. 와아앙자, 가 아니라 카피레가 워낙 카리스마 있고 핸섬해서 제가 그렇게 부른 거예요."

카피레가 "그, 그래?" 하며 코를 살짝 긁었다. 순수하게 부끄러워하는 낯에 젬까지 몸이 배배 꼬일 지경이었다.

"그럼 내가 멋있고 잘생겼단 뜻이지?"

"아이고. 그걸 말이라고 하세요. 최고시죠. 암요."

젬은 습관적 아부성 멘트를 줄줄이 날리며 짝짝짝 손뼉까지 쳤다. 기억은 잃었어도 본성은 그대로이리라 짐작했으므로. 아니나 다를까. 얼굴을 발그레하게 물들인 카피레가 헤헤 웃으며 말했다.

"그래서 내 이름이 카피레라고?"

"호호호. 네에, 니요!"

젬이 바짝 굳은 미소로 얼른 고개를 저었다. 카피레가 눈썹을 찌푸렸다.

"방금 말하지 않았어? 카피레라고."

"이, 이건 비밀스러운 호칭이라고나 할까, 아니, 애칭이랄까요."

"애칭?"

에라, 모르겠다. 될 대로 되라. 젬은 되는 대로 말을 주워섬겼다.

"예에에. 카피레와 저만의 비밀스러운 호칭. 애칭입니다! 하하. 다른 사람이 없을 때만 몰래 불렀던 뭐 그런 겁니다."

"둘만의 비밀스러운 애칭?"

카피레는 필요 이상으로 놀라 자리에서 펄쩍 뛰었다. 젬까지 덩달아 놀라 "왜, 왜 그러세요. 뭐 문제 있어요!" 하며 되레 배 째라 눈을 부라렸다. 카피레는 답지 않게 "아무것도 아냐……" 하며 시선을 피했고 말이다.

젬은 카피레에게 단둘이 산행을 왔다가 조난을 당했다고 둘러댔다. 피차 가족이 없기에 소식을 전할 걱정은 없다고도 했다. 돌아가 봤자 돈도 뭣도 없으니, 한동안 이곳에서 앞으로의 일을 고민해 보겠다는 말도 덧붙였다.

얘기가 진행될수록 카피레의 이마에 진땀이 송골송골 맺혔다.

"그, 그럼 우리 둘은 원래 무슨 사이였는데?"

살짝 떨리는 목소리에 숨길 수 없는 불안이 묻어 있었다. 처음 보는 장소, 처음 보는 사람들. 자신이 누군지도 모르는 상황이 얼마나 불안할지 젬으로선 상상도 가지 않았다.

젬은 최대한 상냥한 미소를 지으려 노력했다.

"걱정 마세요. 저와 카피레는 같은 집에 살면서 한솥밥을 먹던 사이거든요. 제가 책임지고 도와줄게요."

"……진짜? 진짜로?"

"그럼요. 제가 거짓말할 사람으로 보여요?"

어차피 젬의 감정을 불꽃놀이처럼 감상하는 인간이었다. 잘하지도 못하는 거짓말로 무리하기보다 진실을 약간 섞어 얼버무리는 편이 나았다.

피차 가족은 없고, 멀리 산행을 나갔다가 조난, 서로 비밀스러운 애칭을 부르는 사이, 같은 집에 살았음.

이상의 정보로 카피레가 어떤 상상의 나래를 펼치고 있는지 젬은 미처 알지 못했다. 카피레가 젬의 두 손을 꼭 잡았다.

"나, 나 얼른 기억 찾을 수 있도록 노력할게. 노력할 테니까……."

"그, 그, 그럴 필요 없어요. 무리하지 말아요. 나는 정말 상관없어요. 와앙자, 가 아니라 카피레의 건강이 최우선이니까요!"

급기야 카피레는 감동의 눈물까지 흘리고야 말았다. 젬은 영문도 모른 채 카피레를 품에 꼬옥 안아 주었다.

혈기왕성한 청춘 카피레는 폭신하고 기분 좋은 젬의 감촉에 눈물이 쏙 들어가 버렸고 말이다.

그래. 그때까지는 제법 얌전했더랬다. 카피레는 맛없는 약도, 꿀꿀이죽 같은 식사도 꾹 참고 먹고, 젬에게 주전부리를 양보하기까지 했다!

그러던 것이 젬과 노인의 대화를 엿들은 것을 시작으로 삐걱거리기 시작했다.

"그래서 둘이 무슨 사이인가? 사랑의 도피라도 한 건가? 설마 동반 자살이라도 하려던 건 아니겠지?"

"에이, 어르신 무슨 말씀을요. 그냥 동생 같은 아이지요."

손사래 치는 젬에게 아이가 "방금 카피레 왕자 표정 장난 아니었는데요" 하고 중얼거렸다. 젬은 뭐가 문제인지 알 수 없었기에 그냥 눈만 꿈벅였다.

다음 난관은 다름 아닌 호칭이었다.

"딴사람이 이름 물었을 때 카피레라고 답하면 안 된다고?"

"절대로요. 그건 우리 둘만의 비밀 이름이니까요!"

카피레가 입술을 오물거리며 시선을 피했다.

"그럼 내 본명은 뭔데?"

"카피, 가 아니라 카프. 카프예요. 카프."

"……싫어."

카피레가 팔짱을 끼고 돌아앉았다. 젬이 찔끔해서 물었다.

"왜, 왜 그러세요."

"카프라니! 꼭 컵 같잖아! 뭔 이름이 그따위야! 컵이 뭐냔 말이야! 차라리 카피레가 백배 천배 낫다!"

목깃 안쪽에서 아이가 파르르 떠는 기척이 느껴졌다. 웃음을 참느라 젬의 목뼈까지 탁탁 쳤다.

"네 이름도 마음에 안 드는 건 마찬가지야!"

"제 이름은 또 왜 그러시는데요!"

"왜 젬이야? 너도나도 젬이라고 부르는데 왜 나도 젬이라고 불러야 돼? 왜 나만 비밀 애칭이고 너는 개나 소나 젬이라고 부르게 두는 건데!"

기가 막히고 코가 막힐 일이었으나 자기가 뿌린 씨앗이었다. 젬은 힘겹게 인정했다.

"애칭은 생각해 보겠다, 그러나 당신 이름은 카프가 맞다"는 젬의 조곤조곤한 설명에 카피레는 약 48시간가량 썼던 의젓한 가면을 벗어던져 버렸다.

그러곤 한 마리 야생 원숭이로 재탄생한 것이었다.

"싫어!"

덕분에 젬은 사람 있는 곳에선 "저기요"와 "카프"를 섞어 쓰고 있었다. 머리도 염색하기 싫다고, 자긴 지금 이대로가 가장 멋지다며 뒤집어지는 것을 몇 시간 동안 '흑발의 섹시함'에 대해 설파한 뒤에야 겨우 설득한 참이었다.

젬도 속이 편치 않았다. 거울 보기와 사진 찍는 걸 지상 제일 과제로 삼던 양반이었다. 기억이 없다곤 하나 강제 염색과 구린 변장이라니. 사지가 묶인 기분일 게 뻔했다.

아닌 게 아니라 카피레의 얼굴엔 이미 먹구름이 한가득이었다. 태풍과 회오리바람이 휘몰아치기 직전이었다. 젬이 한숨 쉬며 옷을 갈무리했다.

"알았어요. 조금만 참아 봐요. 제가 얼른 돈 벌어서 새 옷 사 드릴게요."

"……진짜?"

젬이 어쩔 수 없다는 듯 웃었다. 굳이 이런 끔찍한 옷이 아니더라도 변장의 길은 무궁무진했다.

카피레의 얼굴을 생각하면 여장도 생각해 볼 법했다. 어쨌든 아름답기만 하면 되는 것 아니겠는가. 뭐가 됐든 지금 이 요란한 패션보다는 백배 나으리라.

"그럼요. 그리고 지금 그 머리색 진짜 잘 어울려요. 막 사연 있는 남자 같고, 카리스마 넘치고, 어쨌든 무지 멋져요."

카피레가 슬그머니 팔짱을 풀었다. 한결 밝아진 얼굴에 입꼬리가 꿈틀꿈틀 상승 곡선을 그렸다. 귀엽긴. 젬이 옷을 도로 차곡차곡 접고 일어났다.

"잠깐 다녀올 테니 얌전히 있어요. 또 아무거나 뻥뻥 차지 말고."

"애 취급하지 말라고 했지?"

눈에 힘주는 척하던 카피레가 "응?" 하고 손가락질했다.

"거기 구멍 난 거 아냐?"

손가락이 가리킨 것은 젬의 10년 친구 검은 코트 밑단이었다. 젬이 아무렇지 않게 코트를 탁탁 털었다. 찢어진 부분이 먼지떨이처럼 팔랑팔랑 흔들렸다.

"나중에 시간 날 때 꿰매면 돼요."

"……그게 꿰맨다고 해결될 종류로 보여?"

너덜너덜한 꼴을 보아 바늘을 꽂는 순간 반으로 찢어질 것 같았다. 젬이 씩 웃었다.

"10년을 그렇게 버텼는데요, 뭘. 앞으로 10년은 더 입을 수 있어요."

카피레가 입술을 달싹이다 꾹 깨물었다. "저 가요" 하며 뒤돌려던 순간, 카피레가 젬의 품에서 옷가지를 낚아챘다.

"그냥 입을래."

"예?"

젬이 옷을 뺏긴 채 눈만 동그랗게 떴다. 방금 뭐라고 하셨냐 질문에 카피레가 벙거지 모자를 코까지 눌러쓰고 소리를 빽 질렀다.

"그냥 입어 줄 테니까 됐다고!"

이게 웬 떡이냐 하면서도 젬은 몇 번이고 확인했다. '정말이 냐', '후회하지 않겠느냐', '나중에 울어도 나는 모른다' 카피레는 애 취급 좀 그만하라며 바닥을 뻥뻥 찼다.

"······대신 내 옷 살 때 네 것도 같이 사."

"제 거 뭘요?"

"옷 말이야, 옷!"

카피레가 이를 뿌득뿌득 갈았다. 젬은 꼼짝없이 알겠다고 답했다. 기세를 보아하니 저보다 끔찍한 옷을 사 입혀 비웃고픈 모양이었다.

훗, 젬은 미소 지었다. 그래 봐야 자신에겐 십년지기 박쥐 코트가 있었다. 아무리 우스운 옷이라도 이걸로 가리면 그만인 것을!

홀로 고소해하는 젬을 아는지 모르는지 카피레는 늘어놓은 옷가지를 원수 보듯 노려보고 있었다.

*　　*　　*

이튿날, 마틴과 약속한 시각이었다. 벙거지 모자에 무지개색 바지를 입은 카피레 주변에 검은 안개가 짙게 깔렸다. 가죽조끼 안쪽에 피 묻은 칼을 숨기고 있을 것만 같은 분위기였다.

마틴은 카피레를 보자마자 "품" 하고 실소했으나 이내 평정을 되찾았다. "일단 가지" 하며 앞장서는 그의 어깨가 잘게 떨리는 것도 같았다.

대놓고 배를 잡지 않은 것만 해도 감지덕지했다. 여리고 섬세한 카피레의 신경줄이 딱 봐도 끊어지기 일보 직전이었다.

마틴은 성 근처 작은 학교에 카피레를 맡겼다. 손바닥만 한 운동장에 단층 건물. 딱 봐도 수용 인원이 크지 않아 보였다.

불만 가득한 카피레를 어찌저찌 두고 나오는 길. 젬은 젖먹이를 두고 일 나가는 엄마의 심정이 되었다. 차마 발이 떨어지지 않아 연신 뒤돌아봐야 했다.

"같이 가면 안 되는 곳인가요?"

"본래 왕족과 나 외엔 누구도 가선 안 되는 곳이지. 걔가 뭐 코찔찔이 갓난쟁이도 아니고 그만해라, 진짜. 징그러우니까."

마틴의 눈빛에 짜증이 가득했다. 몸만 컸지 속은 코찔찔이만도 못한 야생 원숭이거늘. 물가에 내놓은 아이처럼 불안하기만 했으나 젬은 말대꾸할 용기가 없어 그저 마틴의 뒤를 졸졸 따랐다.

성벽을 접한 뒷산, 나무 기둥 사이에 붉은 줄이 매여 있었다. 바람에 살랑이는 '출입 금지' 푯말에 젬이 마틴을 보았다.

왕족과 자기 외에 어쩌구 하길래 삐까번쩍한 곳일 줄 알았건만 고작 뒷산이었단 말인가.

마틴이 말없이 줄을 훌쩍 넘었다. 젬이 물끄러미 보자 "안 따라와?" 하며 턱짓했다. 젬이 몸을 수그려 줄을 지났다.

줄 하나를 넘었을 뿐인데 시린 공기에 기이한 긴장감이 서렸다. 닥터 유리가 술수를 쓰던 현장마다 젬을 몽롱하게 만들던 분위기와 흡사했다.

"야, 앉아서 똥 싸냐? 빨리 못 와?"

젬은 몸 터는 강아지처럼 몸을 부르르 떨곤 마틴의 등을 쫓아 경사를 올랐다. 마른 나뭇잎과 가지 부러지는 소리가 파도처럼 깔렸다.

"왜 데려왔는지 알겠어?"

"예. 약초가 무지막지하게 많네요."

젬은 얼떨떨한 기분으로 주변을 둘러보았다. 발에 채는 것 중 약초 아닌 것이 없었다. 금가루보다 비싼 약재도 심심찮게 눈에 띄었다. 언뜻 보기엔 휑뎅그렁한 겨울 산인데 이게 어찌 된 조화인지 알 수 없었다.

"옛날에 내가 가꾸던 밭인데 딱히 쓸 일이 많지 않아 묵혀 뒀지. 약재는 여기서 뽑아 쓰고 더 필요한 게 있으면 따로 말해."

어제 말한 치료비를 말하는 모양이었다. 환자를 하나 맡아 달라고 했던가. 젬이 쪼그리고 앉아 바닥을 살폈다.

"이렇게 좋은 밭이 있는데 왜 안 쓰셨어요?"

대충 뽑아 팔기만 해도 저 낡은 성을 통째로 리모델링 할 수 있을 법도 했다. 마틴이 눈을 가늘게 떴다.

"함부로 갖다 팔면 저주를 받게 될 줄 알아."

"가, 갑자기 무슨 말씀이세요?"

"약 만드는 데만 써."

"안 팔아요, 진짜! 여기 어디 갖다 팔 데가 있다고 그래요?!"

젬이 벌떡 일어나자 마틴이 입을 가렸다.

"야, 너 소리 지르니까 진짜 웃기다. 열 올라서 피부가 시꺼메 보이는 거 알아? 눈이랑 이는 또 하얘 가지고……."

"뭐, 뭐라고요!"

마틴이 풉, 소릴 내더니 잠시 배를 잡고 떨었다.

저 양반, 보기와 다르게 잘 웃네요.

아이가 중얼거렸다. 알게 뭐야! 젬은 마틴의 웃음소리를 지우려는 듯 바닥을 거칠게 헤집어 약초를 캤다.

널리고 깔린 게 약초라 움직이는 와중에 저도 모르게 집중하고 말았다. 탁, 탁하는 소리만 잠시 이어졌다. 젬이 문득 고개를 들었다.

"……저기요."

"뭐."

"윗분들께서 따로 말씀은 없던가요? 그러니까 외교 문제라던가."

"난 한 입으로 두말 안 해."

"그런 뜻이 아니라요."

"······야. 네가 진짜 모르는 것 같아서 말해 주는 건데, 트리비아엔 말이야, 따로 외교부 같은 게 없어."

"······네?"

"너네 나라에 잔뜩 있던 그 뭐시냐, 재무대신이라든가, 장군이라든가, 그런 것도 없어."

마틴이 기억을 더듬듯 허공을 세었다. 젬은 잠시 바닥과 하늘, 그리고 저 멀리 성벽 너머로 보이는 황금 들판을 주욱 이어 보고는 고개를 끄덕였다.

"그런가요?"

"한 가지 더 말해 주자면, 트리비아엔 왕도 없어."

"······네?"

"내가 트리비아 국고와 외교와 왕족 교육을 담당하는 회색탑의 마법사. 왕족은 우리 왕자님이 유일하지."

젬은 "하하, 농담도······" 하며 약초를 두엇 더 캐다가 다시 고개를 들었다.

"진짜로요?"

"내가 말해 준 옛날 얘기 기억해? 네가 그랬지, 모든 이야기엔 의미가 있다고."

"그게 초록 마녀 얘기랑 무슨 상관인데요?"

마틴이 씩 웃더니 하늘을 보았다.

"마녀는 기뻐하며 소년 왕의 소원을 들어주겠노라 했다. 왕은 크게 기뻐하며 이 나라에 자기 이외의 왕은 없을 것이라 선포했다. 여기까지가 트리비아 건국 이야기. 그리고 이 나라 사람들만 아는 뒷이야기가 있지."

마틴이 재미난 장난을 꾸미는 아이처럼 목소리를 낮추고 씩 웃었다.

"크나큰 마법에는 대가가 따르는 법. 마녀는 시간을 돌리는 마법의 힘을 얻은 대신, 그간 수련했던 많은 힘을 잃고 말았어. 소년 왕은 노인의 몸을 벗고 싱싱하고 탐스러운 어린 몸으로 돌아갔지만, 그 대신 모든 기억을 잃고 말았지. 그렇게 초록 마녀와 소년 왕은 소원을 이룬 거야. 마녀는 기억 잃은 소년 왕의 유일한 가족이 되었고, 소년 왕은 새것 같은 몸을 얻게 되었으니."

의문으로 가득 찬 젬의 표정에 마틴이 낄낄 웃으며 이야기를 계속했다.

"초록 마녀의 의지를 받은 자를 회색탑의 마법사라 하고, 마법사가 택한 자가 트리비아의 왕이 되지. 이 나라는 그렇게 이어져 왔어."

마틴의 표정이 꼭 여자애 치마를 들춘 뒤 반응을 기다리는 아이처럼 보였다. 젬은 하하, 어색한 웃음을 흘렸다.

참인 것 같으면서도, 믿기 힘든 얘기였다. 이곳이 시모 산맥 골짜기 중에서도 상 벽촌이 아니었다면 바로 우스갯소리로 넘겼을 얘기였다.

입을 삐금거리던 젬이 손바닥을 탁탁 털고 주변을 두리번거렸다. 생각하기를 포기한 것이었다.

마틴은 어깨를 으쓱하고는 곰방대에 불을 붙였다. 가느다란 연기가 하늘로 꼬리를 그리며 올라갔다.

젬은 나무 밑, 이끼에 덮인 손바닥만 한 돌조각을 낑낑대며 파손에 들고는, 그걸로 약초 뿌리 주변 흙을 골랐다. 탁, 탁 흙 파는 소리가 이어졌다. 소쿠리에 약초가 차곡차곡 쌓였다.

말 없는 시간을 바람 소리만 채웠다. 원숭이 재롱 구경하듯 가만히 젬을 보던 마틴이 고개를 갸웃했다.

"대충하고 가지?"

"이게 곰방대에 불붙이는 것처럼 금방 끝나는 일인 줄 알아요?"

마틴이 곰방대를 까닥이다 멈칫해 물었다.

"······잠깐, 너 혹시 마법 쓸 줄 몰라?"

"전 마법약 제조자라니까요. 마법사가 아니라. 요즘 세상에 마법사가 어딨······."

젬은 말하다 말고 잠시 바닥을 보았다. 유리의 얼굴이 망막에 스친 탓이었다. 마틴이 "하하" 하며 껍질 벗겨진 나무에 등을 기댔다.

"요정과 잘못 계약한 마법산 줄 알았어. 놈 옆에 있어서 더 그랬는지도 모르겠군. 놈은 틀림없는 마법사던데."

젬의 심중에 못을 박는 발언이었다. 천재 학자, 명의 등등 화려한 이력이 마법사까지 한 줄 추가해야 할 판이었다.

젬의 구겨지는 표정에도 아랑곳없이, 마틴이 "딱 봐도 보통내

기가 아니던걸?" 하며 고개를 주억거렸다.

때는 마법과학 시대. 고대 마법 따위 씨가 말랐다고만 생각했 거늘.

젬이 힘주어 약초 뿌리를 뽑았다. 하긴, 마법과학이 보급된 이 시대에 전기도 안 들어오는 마을이 있을 거라곤 생각도 못 했다. 아무리 시모 산맥 촌 동네라고 해도 말이다.

하기사, 왕이 없는 나라도 있다지 않은가. 젬이 "저기요……" 하며 지나가듯 떠보았다.

"……닥터 유리랑 싸우면 누가 이길 것 같아요?"

"누가? 놈이랑 내가? 하하하. 상대도 안 되지. 붙기도 전에 질 걸?"

"지, 진짜요?"

"내가 질 거라고. 왜 그런 눈으로 봐?"

젬이 빨래 털 듯 뿌리에 붙은 흙을 털며 중얼거렸다.

"……뭐 자랑이라고 그렇게 말하세요?"

"야. 자신의 한계를 인정하는 건 바람직한 자세거든? 왕년이 라면 몰라도 지금은 무리지 무리. 야, 살살 털어."

젬은 말없이 약초를 고이 감싸 주머니에 넣었다. 조심스러운 손놀림과 별개로 눈앞이 흐려졌다. 바닥도 빙빙 도는 듯했다. 괜 히 코가 시렸다.

"그럼, 닥터 유리는 천하무적이란 말이에요?"

"……야, 내가 이런 거 진짜 묻기 싫었는데, 딱 하나만 묻는다.

너 설마 그 마법사랑 싸웠냐?"

젬이 입술을 꼭 물었다. 마틴이 "아아아, 됐어. 난 못 들은 거야" 하며 고개 저었다.

에이씨, 에이씨!

젬이 애먼 흙을 파헤치며 바닥을 긁었다. 구멍 난 가죽 장갑 사이로 차갑고 딱딱한 흙 알갱이가 들어왔다. 두더지가 굴 파듯 부지런한 움직임이었다. 시린 바람이 숲 사이로 잔가지를 흔들고 지나갔다.

마틴은 코를 훌쩍이며 꾸물꾸물 약초를 캐는 초록 인간을 보았다. 그리운 냄새, 혼란한 영혼, 불안과 초조가 섞여 뒤죽박죽인 여자였다.

이러니저러니 해도 마틴 역시 트리비아인이었다. 이야기 속 초록 마녀를 보는 것 같아 영 마음이 쓰였다.

"마법은 어떻게 배워요……?"

젬이 흙 묻은 주머니를 탁탁 털어 갈무리하며 마틴을 올려다보았다. 마틴이 심드렁히 말했다.

"왜. 너 마법 쓰고 싶냐?"

"그걸 말이라고 하세요? 당연히 쓰고 싶죠."

"왜?"

"응? 그, 그야……."

"유린지 뭐시긴지 하는 놈이랑 싸우기라도 하려고?"

가장 먼저 떠오른 장면은 유리의 미소 띤 얼굴이었다. 무도회의 밤이며 알현실이며, 마지막 실험실에서까지. 유리는 손짓 한 번, 눈길 한 번으로 주변을 휘어잡곤 했다. 젬은 거미줄에 묶인 나방처럼 옴짝달싹 못 한 채 그의 처분을 기다려야만 했다.

쓰러진 왕자, 바닥에 고이던 본의 피. 활짝 웃던 모지리의 얼굴이 악몽처럼 겹쳤다.

"바로 답할 줄 알았는데 의외네."

젬은 맥없이 고개를 떨구었다. 마틴이 눈썹을 찌푸리며 젬에게 손을 내밀었다. 얼결에 손을 올리자 마틴이 잡아 일으켜 주었다.

깨끗한 손에 차가운 흙이 잔뜩 묻었건만 마틴은 별달리 불쾌한 기색을 보이지 않았다.

"꼭 가르쳐 줄 것처럼 말씀하시네요."

젬이 농처럼 던진 말에 마틴이 뭐어, 하며 귀를 후볐다.

"못 가르칠 것도 없지."

"예?"

"어쨌든, 생각해 봐. 마법을 진짜로 쓰고 싶은지, 아닌지. 진짜로 쓰고 싶다면 무엇 때문인지. 답을 내리면 그때 고쳐 줄게. 네 개구리 피부."

젬이 약초 주머니를 떨어뜨릴 뻔하다 간신히 잡았다. 마틴이 귓밥을 후, 불어 날렸다. 젬 코트에 붙어 있던 흙가루가 시간을 돌린 듯 말끔히 사라졌다.

＊　　＊　　＊

카피레는 고독을 씹으며 나무에 기대어 있었다. 헐벗은 나뭇가지 사이로 강렬한 햇빛이 머리통이 뜨거웠다.

훗, 미스터 블랙. 그리고 태양. 마음에 드는 어감이었다.

검은 머리 따위 까마귀처럼 칙칙하다고만 여겼건만 이제 보니 꼭 그렇지만도 않았다. 눈짓 한 번에 자지러지는 반응들을 보아 이 미모는 그 어떤 것으로도 가릴 수 없는 모양이었다.

설마 기절하는 사람까지 나오다니. 카피레는 아까 봤던 남자의 뒤집어진 눈깔을 떠올리며 몸을 부르르 떨었다.

카피레가 슬쩍 실눈을 떠 운동장 너머를 보았다. 삼삼오오 멀어지는 촌것들의 뒷모습이 줄을 이었다. 주인 기다리는 개가 이런 심정일까. 카피레는 괜히 팔짱 낀 손에 힘을 주며 다리를 바꿔 꼬았다.

하도 오랫동안 나무에 등을 기댔더니 근육도 뻐근하고 살이 따끔거렸다. 젬이 왔을 때 의연하고 멋진 모습을 보여야 하건만, 이 인간이 도대체 올 생각을 안 했다. 수업이 모두 끝날 때쯤엔 온다더니 이러다 선생들까지 몽땅 퇴근하게 생겼다.

설마 버리고 간 건 아니겠지.

카피레는 습관적으로 떠오른 생각에 심장이 덜컹 내려앉았다. 힘을 꼴깍 삼키고 눈을 깜박여 봐도 소용없었다. 놀란 심장이 갈비뼈를 쉴 새 없이 두드리며 앙탈을 부렸다.

제기랄, 빌어먹을.

욕을 주워섬겨 봐도 결과는 똑같았다. 시간이 약이었다. 젬이
오면 씻은 듯이 가실 감정이었다. 카피레는 눈을 감고 호흡을 조
절했다.

젬을 믿는 마음과 별개로 때때로 발작처럼 덮쳐 오는 불안감
을 어쩔 수 없었다. 무의식이 자꾸 속삭이는 것이다. '네게 그럴
만한 가치가 있느냐'고.

눈 돌아갈 미남에 다 큰 성인 남자. 플러스 돈 없음, 직업 없
음, 기억 없음. 다름 아닌 카피레의 현 위치였다.

자신이 뭘 할 줄 아는지도 모르는 마당에 한 사람 몫을 할 수
있을 리 없었다. 하얗고 고운 손엔 고된 흔적이라곤 찾아볼 수
없었고, 달리 몸에 이렇다 할 근육도 없었다. 가진 거라곤 검댕
으로도 감출 수 없는, 나는 새도 떨어뜨릴 미모뿐.

정황으로 미루어 볼 때 카피레는 곱게 자란 샌님이 분명했다.
제 손으로 돈이나 벌어 봤을까 의심스러운 몸뚱이었다. 그렇다
면 젬은?

3대째 물려 입은 듯한 박쥐 코트에 녹즙 피부, 수상쩍은 언행.
그럼에도 불구하고 젬은 카피레의 구원자였다.

처음 눈뜬 날, 카피레는 누가 방 안에서 불꽃놀이를 하는 줄
알았다. 색색의 구름이 뭉쳤다 흩어지고 이따금 만개한 꽃처럼
불꽃이 빛을 흩뿌리며 터졌다. 그 중심에 있는 사람이 바로 젬이
었다.

순간의 마법이 아니었다. 젬의 주위엔 항상 아름다운 색색이 터지곤 했다. 얼마나 많은 사람 속에 숨어 있든 얼마나 캄캄한 곳에 갇혔든 바로 알아볼 수 있는 사람이었다.

……젬 마키나.

"누구 기다리시나 봐요."

카피레가 헛, 하고 놀라 발을 헛디뎠다. 하마터면 뒤로 자빠질 뻔한 것을 겨우 나무를 짚고 섰다.

덩달아 놀란 상대가 카피레를 부축하려다 엉거주춤 물러섰다. 모양 구긴 카피레가 으르렁거리는 소리를 냈다.

"뭐야, 꼬마……."

"죄, 죄송합니다! 심심해 보이셔서……."

"누가 심심해, 누가?! 누가 엄마 기다리는 애새끼야!"

"그, 그런 말 안 했는데……."

시야를 가리는 벙거지 모자 따위 그냥 확 던져 버리고 싶었으나 눈앞에 얼쩡이는 애송이를 배려해 꾹 참았다.

자신의 미모에 놀라 기절이라도 했다간 보호자가 불려 올 게 뻔했다. 아까 눈 까뒤집고 기절한 놈은 얼빠진 성인이라 다행이었다.

사람 다 빠진 운동장 가장자리였다. 눈에 띄지 않는 곳이라 여겼건만 하교길 바쁜 아새끼가 이곳까지 신경 쓸 줄은 몰랐다. 카피레는 소년이 알아서 꺼지길 바라며 팔짱을 끼고 등 돌렸다.

"저기, 우리 어제 만나지 않았어요?"

"언젯적 작업 멘트야 짜샤. 새파란 새끼가 누구 흉낼 내는 거야?"

"이상하다. 어제 회색탑에서 초록 마녀님이랑 같이 있던 분 아네요?"

카피레는 그제야 소년의 얼굴을 찬찬히 뜯어보았다. 허리에 닿을까 말까 한 짜리몽땅에 사지가 꼬챙이처럼 마른 꼬맹이었다.

부지깽이에 대가리만 붙여 놓은 허수아비 형상이었다. 말라비틀어진 볏짚 같은 머리카락엔 당장 새가 둥지를 틀어도 손색이 없어 보였다. 주근깨 가득히 마른 얼굴에 강아지 같은 갈색 눈동자만 땡그라니 눈에 띄었다.

기억났다. 어제 젬의 등에 딱 붙어 옷을 잡아당기던 새끼였다. '백 허그라니, 나도 안 해 본 것을!' 하며 밤새 이불을 물어뜯은 기억이 새록새록 떠올랐다.

오냐, 너 이 새끼 잘 만났다!

생각해 보니 어제 새집 머리 능구렁이가 '왕자님' 어쩌고 하며 애지중지했더랬다. 이렇게 빈티 나는 놈이 진짜 왕자일 린 없고 그만큼 물고 빨단 말이렷다.

카피레가 주먹을 쥐었다 폈다 하며 무슨 꼬투리를 잡을까 눈을 빛낼 찰나였다.

꼬맹이가 "그나저나 대단해요, 미스터 블랙!" 하며 한 발짝 다가섰다. 반사적으로 물러설 뻔한 걸 카피레는 부러 발을 바닥에 딱 붙였다.

"뭐, 뭐가!"

"성함이 미스터 블랙이라면서요? 여자애들 다 난리 났어요. 남자애들도 그렇고요. 무슨 만화 주인공 같다고요!"

"큼, 흠흠, 그래?"

카피레는 괜히 나무를 더듬는 척, 표정을 관리했다. 저도 모르게 말려 올라가는 입꼬리를 주체할 수 없었다. 소년은 "그럼요, 그럼요!" 하면서 두 주먹을 불끈 쥐었다.

"그런데 제가 봤을 때 형은 더 끝내주는 사람이랑 닮은 것 같아요."

카피레는 귀가 쫑긋해 소년을 보았다. 바짝 마른 뺨에 복숭아처럼 혈기가 돌고 두 눈이 소나기 지나간 호수마냥 반짝거렸다. 앙상한 두 주먹에 핏줄까지 솟았다.

"그게 누군데?"

"후후. 듣고 놀라지 마세요. 그분이야말로 지상 최강의 왕자님……."

"지, 지상 최강의 왕자?"

"그래요! 그 말 말고는 그분을 표현할 단어가 없어요!"

작은 몸에서 상상할 수 없을 만큼의 열기가 뿜어져 나왔다. 광신도가 신을 부르짖듯이 맹목적인 그 표정에 카피레는 살짝 질리고 말았다.

신을 부르며 코앞에서 눈을 뒤집은 남자를 수습한 게 바로 몇 시간 전이었다. 하루에 두 번 겪기엔 너무도 끔찍한 경험이었다.

똥이 무서워서 피하는 사람이 어딨으랴. 카피레가 모른 척 피해 버릴까, 주변을 살피던 찰나였다.

멀리 교문을 통과하는 솜사탕 구름이 보였다. 반사적으로 심장이 쿵쿵 뛰고 손가락 발가락 끝까지 전율이 일었다. 젬이었다!

카피레를 발견했는지 젬이 한 손을 높이 들어 흔들었다.

"카프! 아니, 아니, 저기요!"

카피레의 표정이 빠르게 식었다. 반가운 거 다 취소다. 소년이 옆에서 "카프?" 하고 고개를 갸웃거렸다. 카피레가 눈을 부라렸다.

"아니다. 미스터 블랙이다."

이글이글한 눈빛에 소년이 어깨를 움츠릴 때였다. 장대같이 길쭉한 인영이 번개처럼 날아왔다. 자신을 여기 둔 채 젬만 쏙 빼갔던 새집 머리였다.

"……덩치는 커다란 게 나잇값도 못하고, 쯧쯧."

"새집 머리 주제에!"

"누가 새집 머리냐."

마틴이 카피레의 정수리에 망설임 없이 곰방대를 날렸다. 박 깨지는 소리가 운동장을 갈랐다. 카피레가 머리를 두 손으로 감싼 채 바닥에 쪼그려 앉았다.

두개골에 벼락이 내리친 듯했다. 젬이 기겁해 소리쳤다. '컵프, 컵프' 하는 끔찍한 메아리가 귓전을 뱅뱅 맴돌았다.

"아니, 손버릇이 왜 그러세요? 꿀밤 날리는 게 취미세요?"

"이것 봐라. 저 맞을 땐 암말도 안 하더니."

"그거랑 이거랑 같아요?"

젬이 부리나케 달려와 카피레를 등으로 가리고 섰다. 숨이 찬지 헐떡이면서도 카랑카랑 대드는 모습에 카피레는 내심 뭉클했다. 제 앞을 가로막은 박쥐 코트가 이렇게 든든할 수가 없었다.

그래, 역시 내 편은 젬밖에 없구나. 기회는 왔을 때 잡아야 하는 법. 어제 못한 백 허그의 한을 풀 때가 왔도다. 어지러운 상태를 이용해 쓰러지는 척 젬의 허리를 안아 보는 거다!

카피레가 찡그린 것도, 웃는 것도 아닌 이상한 표정을 지을 때였다.

"카프는 몸이 약하단 말이에요! 안 그래도 머리가 아픈 사람인데, 하필이면 머리를 때려요?!"

"……음. 듣고 보니 내가 잘못했군. 머리가 안 좋은 친구였지, 그래."

두 인간이 번갈아 가며 상처에 소금, 후추를 잔뜩 뿌려 댔다. 카피레는 젬 대신 나무 허리를 지팡이 삼아 비틀비틀 자리에 섰다.

"카프, 괜찮아요?" 하며 젬이 카피레를 부축하려 했다. 괜히 얼굴이 뜨겁고 코가 시큰했다. 카피레는 저도 모르게 젬의 손을 쳐 버렸다.

젬의 놀란 표정에 카피레는 성질을 참지 못하고 소리를 빽 지르고야 말았다.

"꺼져!"

그러곤 교문을 향해 땅을 박찼다. "카프!" 하는 젬의 외침이 점점 멀어졌다.

"꺼지라고 하고선 지가 꺼지네."

"먼저 갈게요."

젬은 답을 기다리지 않고 카피레 등을 쫓았다. 오묘한 향기가 마틴의 코를 스쳤다.

멀어지는 그림자에 불그스름한 석양이 겹쳤다.

"마틴, 초록 마녀님 여기서 사는 거야?"

"초록 마녀 아니라니까요. 일단은 그렇게 될 것 같지만요."

"그럼 저분도 같이?"

마틴이 곰방대를 품속에 감추며 소년을 힐끗 보았다.

"왜요. 저 인간이 마음에 들어요?"

교문 근처까지 가서야 멈춘 그림자 둘이 마주 보는 것을 보며 소년이 중얼거렸다.

"마틴 모르겠어? 저분 완전 닮았잖아."

"누구를 말씀하시는지."

심드렁한 목소리에 소년이 "어휴, 답답이!" 하며 마틴의 허리춤을 꼬집었다. 마틴은 무표정한 얼굴로 "아야, 아야" 앓는 소리를 냈다.

"유라레 왕국의 카피레 왕자님 말이야. 딱 보면 모르겠어?"

"글쎄요."

"직접 가서 얼굴까지 봐 놓구선! 서, 설마 실물이랑 사진이 좀 달랐던 거야?"

"……글쎄요."

"에잇, 글쎄요, 밖에 몰라? 이 글쎄 귀신!"

마틴이 그제야 희미한 미소를 지으며 소년의 머리를 헝클었다. 석양이 짙어졌다. 교문이 운동장에 긴 그림자를 드리웠다.

잠시 실랑이하던 그림자 둘이 손을 나란히 잡곤 회색탑 쪽으로 걸어가는 것이 보였다.

*　　*　　*

일전에 말했던 밥값을 해 줘야겠다며 마틴이 부른 자리였다. 젬은 급한 대로 만든 피로회복약 등등을 코트 안쪽에 꽂고 전장에 나서는 기분으로 마틴의 뒤를 따랐다.

회색탑과 구름다리로 이어진 옆 건물 2층 방. 높고 넓은 방의 주인은 작고 왜소한 소년 왕자였다. 마틴이 고개를 까딱하며 소개했다.

"트리비아의 유일한 왕자, 로이 님이십니다."

"초록 마녀님!"

"아니라고 했습니다, 왕자님."

젬이 머리를 조아리며 연신 주변을 힐끔거렸다. 회색 벽에 두꺼운 갈빛 커튼, 커다란 벽난로에서 요란한 소릴 내며 장작이 갈라졌다. 살짝 땀이 날 정도로 방 온도가 높았다. 젬은 후드를 펄럭이며 숨을 돌렸다.

지나치게 따뜻한 방, 소박한 가구 일체는 그러려니 했다. 문제는 그런 게 아니었다.

"뭔가 문제라도?"

"아닙니다!"

무구한 소년의 음성에 젬은 재빨리 고개를 저었다. 타인의 취미 생활에 왈가왈부할 생각은 없었다. 다만 카피레를 데려오지 않은 게 천만다행일 뿐이었다.

일견 방의 주인이 누군지 헷갈릴 정도로 벽이며 장식장 가득 카피레 왕자의 사진이 걸려 있었다. 카피레의 개인실과 다른 점이 있다면 거울 반, 사진 반이던 그곳과 달리 로이 왕자의 방에선 거울을 찾을 수 없단 점이었다.

"후후, 모으는데 고생 좀 했지요."

로이가 코밑을 쓱 훔치며 웃었다. 젬의 표정을 감탄으로 받아들인 모양이었다.

"하하" 딱딱한 웃음을 흘리며 젬은 일단 로이와 마주 앉았다. 젬이 마틴에게 빠르게 속삭였다.

"전 분명 말했습니다요. 의사가 아니라 마법약 제조자라고요."

"잔소리 지겹다, 그만해."

마틴이 로이 대신 증상을 설명했다. 오한, 시시때때로 오르락 내리락하는 체온, 툭하면 터지는 코피, 아무리 먹어도 살이 찌지 않는다는 미스테리한 사연까지 덧붙였다.

젬은 일단 피로회복약을 한 병 따 주었다. 마틴이 대신 받아 깨끗이 비우곤 입맛을 쩝쩝 다셨다.

"맛은 더러운데 효과는 쓸만하네. 하나 더 줘."

"설마 독이라도 탔을까 봐 그래요?"

젬이 추가로 꺼낸 약을 로이가 눈 딱 감고 들이켰다. 딱 봐도 코로 숨을 쉬지 않고 있었다. 흡사 사약 먹는 표정과도 같았다. 젬은 시험 결과를 기다리는 아이처럼 긴장했다.

쓸개 씹은 것처럼 일그러졌던 로이의 표정이 점차 펴졌다.

"오, 이거 신기한데요. 몸이 좀 따끈해진 것 같기도 하고."

마틴이 로이의 양손을 조몰락거리더니 커튼을 죄 걷었다. 길 쭉한 창 너머로 시리도록 푸른 트리비아 하늘이 높게 펼쳐졌다.

"걱정했던 것보다 상성이 잘 맞는 모양이군. 합격."

젬이 속으로 만세 삼창을 불렀다. 이것으로 당분간 의식주는 해결한 셈이었다.

마틴이 비상용으로 만들었던 약까지 죄 뺏어 가려는 것을 간 신히 몇 병 챙겼다. 혹시 모를 때를 대비해 카피레 몫을 남겨 둬 야 했다.

마틴과 탑으로 돌아오는 길이었다. 높고 좁은 통로가 탑과 건 물 2층을 잇고 있었다.

한걸음 내디딜 때마다 꼭 동굴처럼 소리가 웅웅 울렸다. 발소리가 왕왕 퍼졌다가 고막으로 돌아오며 정신을 흐트렸다. 마틴이 예고 없이 물었다.

"답은 생각해 봤어?"

크지 않아도 바늘처럼 귀에 꽂히는 목소리였다. 이것 역시 마법의 힘일까? 젬은 코를 킁 삼키곤, 준비했던 사람처럼 대답했다.

"네. 배우고 싶어요."

지난밤 카피레를 재운 뒤, 젬과 아이는 탑 꼭대기에 올라 별구경을 했다.

얼굴을 후려치는 밤공기가 어찌나 시리고 따가운지 머리카락이 얼음 채찍처럼 날뛰었다. 아이는 날갯짓은커녕 젬의 품에 들어가 몸을 움츠리기 바빴다.

젬의 품속에서 핑크빛이 커지며 따끈따끈한 열을 전했다. 아이와 맞붙는 면적을 늘리기 위해 젬은 몸을 한껏 웅크려야 했다.

분위기라곤 손톱만큼도 없었지만 둘은 아래로 내려가지 않았다. 하늘에서 눈을 뗄 수 없었던 탓이었다.

다시 중매 선생이라도 하면 자리 잡기 쉽지 않겠어요? 내 힘도 돌아왔겠다.

"이 손바닥만 한 곳에서 퍽이나 그러겠다. 됐어."

젬이 크게 숨을 들이마셨다. 바람에 얼음 가루라도 섞인 듯

콧구멍이 따가웠다.

"아직 해결 못 한 계약 손님도 있고……."

불현듯 카피레 왕자의 운명의 상대를 찾아 달라 호소하던 왕의 목소리가 귓가를 스치고 지나갔다. 불과 몇 개월 전이건만, 아주 오래된 일처럼 느껴졌다.

그때 카피레 왕자가 뭐라고 했던가. 아비가 자신을 교배시키려고 하지 않더냐 물었었다. 지금 와서 생각하니 교배란 단어가 과장이 아니었다. 젬이 저도 모르게 중얼거렸다.

"……인연의 실을 훔쳐보는 건 역시 인간이 할 짓이 아니었던 것 같아."

운명의 실이 없는 인간.

카피레 왕자를 처음 본 날 아이가 했던 말이었다. 책임지지도 못할 것을 훔쳐보고 다닌 결과가 이것일지도 몰랐다.

사랑의 묘약에 욕심을 내지 않았다면, 왕자의 인연의 실을 보지 않았다면. 이런 끔찍한 일에 휘말리지 않았을지도.

젬이 코를 훌쩍였다. 빚쟁이 고학생으로도 모자라서, 기억 상실 왕자님 부양까지 떠맡다니 팔자 한번 사나웠다. 그놈의 정이 뭐라고 버리고 도망갈 수도 없었다.

기억을 잃은 카피레는 이따금 알 수 없는 눈으로 젬을 쳐다보곤 했다. 그 눈빛이 어찌나 절절하고 깊은지, 젬은 카피레만 보면 저절로 약해졌다.

안 그래도 검은 실험실에서 볼꼴 못 볼 꼴 다 본 사이였다. 그

때만 생각하면, 사내자식이 어찌나 처연한지 말도 못 했다.

요즘처럼 야생 원숭이처럼 구는 게 오히려 고마울 지경이었다. 축 처진 모습은 도저히 마음이 아파 볼 수가 없었다.

그래. 젬이 고개를 흔들었다. 아직 계약이 끝나지 않기도 했다. 애초 카피레가 약속한 계약 기간은 1년이었다. 아직 반년도 더 남은 것이다.

그래. 그런 거다. 젬이 콧바람을 킁, 내뿜었다.

물끄러미 젬을 보던 아이가 다시 하늘을 보았다. 크고 작은 빛이 금방이라도 쏟아질 것처럼 가까웠다.

기본적으로 마법은 계약과 비슷해요. 운명의 신이 가장 중요하게 생각하는 건 균형이에요. 자기가 무엇을 바라는가, 어디까지 감수할 수 있는가를 아는 게 중요해요.

옛날 옛적에, 로 시작하는 이야기를 하듯 담담한 태도였다.

무엇을 앗길지, 감수해야 할 짐이 무엇이 될지 누구도 몰라요. 제비뽑기나 마찬가지죠. 자기가 뽑은 게 당첨이든 꽝이든 결과에 승복해야 하는 거예요.

아이의 설명에 젬이 입을 비죽 내밀었다.

"그럼 유리는 1등 상 같은 거겠네."

그럴 수도 있겠죠. 하지만 그 역시 뭔가 대가를 치렀을 거예요. 젬은 따지자면 '한 번 더' 같은 느낌이고요.

아이가 몸을 한차례 부르르 떨었다. 젬이 몸을 바짝 웅크려 바람을 막아 주었다. 사방팔방 휘날리는 머리카락이며 담요 자

락에 누가 보면 달밤의 귀신으로 착각할 법한 몰골이었으나 둘
은 한없이 진지했다.

"한 번 더?"

**불완전한 요정과의 반쪽짜리 계약이었잖아요. 새집 머리 마법사 말
대로 젬의 몸에 요정의 기운이 섞인 게 확실하고요. 이게 득이 될지 실
이 될지 아직은 모르겠지만…… 금서의 계약자가 마법을 배운 역사가
있는지 의심스럽기도 하고…….**

아이는 입을 오물오물 움직였다. 힘의 안정과는 별개로 금서
에 관한 모든 것을 기억할 수 없는 게 분한 모양이었다. 아이의
반쪽이 떠오르는 이야기에 젬도 잠시 숙연해졌다.

세찬 바람이 등을 때렸다. 젬은 몸은 바짝 수그리며 품 안에
귀를 기울였다. 아이가 잠시 뜸 들이다 말을 이었다.

**어쨌든 나는 젬 편이니까요. 마법을 배우고 싶으면 그렇게 해요. 젬
이 뭘 선택하든 도와줄게요.**

젬이 "아, 아이이이" 하며 코를 훌쩍였다. 아이가 사납게 날개
를 털었다.

코 삼키지 말아요! 우주 제일 모지리 생각나니까!

"나, 나도, 나도오오오."

젬이 무릎을 안고 이마를 숙였다. 심통 난 표정의 요정이 상의
에 폭 잠겨 젬을 올려다보고 있었다. 심장이 따끈따끈하고 눈에
뜨끈한 막이 쳐졌다. 몇 번 헛기침했으나 목메인 소리만 터졌다.

"……나, 나도 아이 도와줄 거니까. 반쪽 찾는 거, 킁, 아직 포

기 안 했으니까!"

잠시 침묵하던 아이가 꼬물꼬물 몸을 내려 젬의 가슴에 얼굴을 묻었다.

매서운 추위가 일시에 날아간 듯했다. 뱀 소굴 같은 실험실에서 자신을 구해 준, 그 흰 비눗방울 같은 막에 다시 휩싸인 듯도 했다.

젬은 혼자가 아니었다. 그것만으로도 충분했다. 모지리는 아이의 반쪽인 동시에 젬의 은인이기도 했다. 그대로 닥터 유리의 손아귀에 둘 수 없었다.

일단은 기억을 잃은 왕자가 먼저라고 해도, 앞으로의 일을 생각해야 했다. 그러기 위해선 가장 먼저 닥터 유리에게 휘둘리지 않을 힘이 필요했다.

다시 생각해도 가슴 뭉클한 시간이었다. 아아, 낭만적이야. 젬이 킁, 하고 코를 삼켰다.

"……더 안 물어보세요? 질문 많았잖아요."

"아니, 무슨 말인지 잘 모르겠고, 그보다 너 감기야?"

"킁, 뜬금없이 무슨 소리세요?"

"너 콧물 고였어."

막 통로를 지나 회전 계단을 타던 중이었다. 젬이 헉, 하며 인중을 훔쳤다. 손등에 맑은 물이 잔뜩 묻었다.

그러고 보니 머리도 어질어질하고 몸이 으슬으슬한 것이 심상찮았다. "그러게 내가 머리 말리고 가자고 그랬죠!" 하는 아이의 잔소리가 동굴 속 박쥐 울음처럼 멀었다. 마틴이 "야" 하고 목소리를 낮게 깔았다.

"예?"

"너 우리 왕자님한테 감기 옮겼다간 재미없을 줄 알아라."

보호자 없는 사람은 어디 서러워서 살겠냐. 그나마 싸가지 바가지라고 욕해 주는 아이가 있어 마음에 위안이 되었다.

마틴은 딴생각 말고 가서 잠이나 푹 자라고 손을 털었다. 달밤의 별구경에 그간의 피로가 겹친 듯했다.

젬은 계획했던 모든 일을 뒤로하고 침대와 한 몸이 되었다. 어떻게 침대까지 도착했는지 기억도 희미했다.

비몽사몽한 가운데 카피레의 성난 얼굴을 언뜻 본 것도 같았다.

16.
달맞이개구리풀

침대에서 고치 놀이를 하던 젬은 어느 순간 골골 소리를 내며 식은땀을 뻘뻘 흘렸다. 피부색이 평소보다 짙은 시금치 빛깔이었다.

카피레가 "설마……" 하며 이마에 손을 대었다가 소스라치게 놀랐다. 열이 보통이 아니었다.

이불 속에서 초조한 표정의 요정이 몸을 내밀었다. 놈이 젬과 카피레를 번갈아 가리키며 입을 뻐금거렸다.

사나운 눈초리는 평소와 똑같았으나 날갯짓을 보아하니 놈역시 여간 불안한 게 아닌 모양이었다. 요정의 눈매가 하늘로 수직 상승했다.

"어쩌라고!"

요정이 허공을 발로 차고 잽을 날리며 여기저기 손가락질했다. 카피레는 없는 눈치를 끌어다가 의미를 파악했다.

일단 말린 행주에 대충 식수를 묻혀 짰다. 어설픈 물수건이 젬의 이마에 얹혔다. 꼬리꼬리한 냄새를 맡았는지 젬이 코를 실룩거렸다.

카피레는 급한 대로 젬의 코트를 뒤졌다. 몸에 좋은 거라며 하루가 멀다 하고 자신에게 구정물 같은 액체를 퍼먹이는 인간이었다. 맛은 좀 더러워도 먹고 나면 몸이 따끈해지곤 했다. 그거라도 마시면 좀 나을지 몰랐다.

카피레는 희망에 차 코트 안쪽을 펼쳤다가 그대로 굳었다.

뭐가 뭐에 쓰는 약인지 알 수가 없었다. 색만 다를 뿐 똑같이 생긴 약병이 여기저기 섞여 있었다. 빈자리도 많았다. 카피레가 침을 꿀꺽 삼켰다.

'이럴 땐 직감을 믿어 보자!'

카피레가 코트 왼쪽에 붙은 밝은 갈색 병을 쥔 순간이었다. 손등에 요정 킥이 날아왔다. "앗!" 하는 사이 병이 바닥을 떼구르르 굴러 침대 밑으로 사라졌다.

"이게 무슨 짓이야!"

요정이 볼을 잔뜩 부풀리곤 허공에 똥 싸는 시늉을 했다. 뭐야, 나 따위 똥이나 먹으라 그거야?

어쨌든 잘못 고른 모양이었다. 괜히 이상한 걸 먹였다가 증상이 심해지면 곤란했다. 카피레는 어쩔 수 없이 침대 옆에 앉았다.

물수건에서 작게 치이익, 소리가 났다. 딱 봐도 몸이 불덩이었다. 카피레 낯이 노랗게 변했다. 이제껏 그는 보살핌 받을 줄만 알았지 누굴 돌봐 본 역사가 없었다. 기억이 있었다면 뭔가 달랐을까?

울고 싶었다. 그래도 이 상황에서 울 순 없었다. 카피레가 눈에 잔뜩 힘을 주었다.

기억이 없는 카피레를 현실과 잇는 유일한 끈은 젬뿐이었다. 젬은 두 사람이 기억을 잃기 전부터 같이 살았다고 했다. 따로 연락할 가족은 서로 없으며, 험준한 산에 단둘이 올랐다고 했다.

카피레가 짐작하기에, 젬과 카피레는 연인 사이였음이 분명했다. 카피레를 부르는 비밀스러운 애칭도 그렇고, 첫 만남에 그를 왕자님이라 불렀던 것도 그랬다. 그만큼 사이가 각별했단 증거였다.

무엇보다 자신의 증세가 그랬다. 카피레는 아무리 멀리 있어도 젬을 한눈에 찾을 수 있었다. 젬의 주위에만 터지는 솜사탕과 불꽃놀이 덕분이었다. 이 역시 사람들이 말하는 '사랑의 증세'와 비슷했다.

그러나 젬은 카피레와의 관계를 숨기고 싶은 눈치였다. 연인다운 행동이라곤 애칭을 부르는 것밖에 없었다.

카피레 쪽이 키도 크고 몸집도 큰데, 꼭 열 살 어린 동생 대하듯 져 주었다. 뭐라 툴툴거리다가도, 얼굴에 순수한 걱정이 뚝뚝 묻어 나왔다.

젬은 대체 왜 솔직히 말해 주지 않는 걸까? 카피레는 여러 번 스스로에게 질문했다.

어쩌면, 기억을 잃은 자신을 배려해 최대한 스트레스를 삼가려는 행동일 수도 있었다. 자신은 곱상한 미남에 곱게 대접받고 산 것이 분명한 몸뚱이었다.

그래. 그런 이유라면 카피레는 지금 당장에라도 두 팔 벌려 외칠 수 있었다. 걱정하지 말라고! 기억은 잃었으나 젬에 대한 내 감정은 그대로라고 말이다!

그러나 마음 한쪽에서 자꾸 못된 소리가 초를 치는 것이었다. 젬은 어쩌면 그만두고 싶은지도 모른다고. 위기 상황에서 도움이 되지는 못할망정, 기억까지 잃어버린 한심한 남자와 인연을 끊고 싶은 건지도 모른다고 말이다.

굳은살 하나 없이 곱디고운 손발, 검댕을 묻혀도 가릴 수 없는 빼어난 미모, 옆에 선 사람을 난쟁이로 만들어 버리는 완벽한 신체 비율.

분명 빼어나게 아름다웠지만, 그뿐이었다. 카피레는 이상하게도 거울을 보기가 힘들었다. 보고 있으면 자꾸 이상한 기분이 들었다.

젬은 이곳저곳을 쑤시고 다니며 먹을 것, 입을 것을 얻어 왔다. 카피레 보고는 걱정하지 말라고만 했다.

기억을 찾아라, 돈 벌어 와라, 닦달하는 일도 없었다. 그저 푹 쉬고 약이나 잘 먹으라고 했다.

차라리 일 좀 찾아오라고 엉덩이를 뻥뻥 찼다면 이런 기분은 아니었을 것이다. 카피레가 눈물을 참으려 빠르게 눈을 깜박이던 때였다. 벼락처럼 깨달음이 왔다.

그래, 그거다……!

카피레가 자리에서 벌떡 일어났다. 주위를 뱅뱅 돌던 요정이 깜짝 놀랐는지 이불 위로 떨어졌다. 카피레가 두 주먹을 불끈 쥐었다.

위기는 곧 기회라는 말이 있었다. 젬이 아픈 지금, 그녀를 책임질 사람은 자신뿐이었다. 이번에야말로 제 몫을 할 기회였다.

일단 의사를 찾아보는 것부터였다.

카피레가 있는 힘껏 문을 박찼다. 막 복도를 달려 나가려던 찰나였다.

"으악!" 하는 소리와 함께 뭔가가 문에 튕겨 나뒹굴었다. 카피레가 깜짝 놀라 제자리에 멈췄다. 서둘러 괴한을 일으켰다.

코가 벌게진 소년이 눈, 코, 입을 한곳에 모아 쩔쩔매고 있었다. 눈물 콧물이 흥건한 것으로 보아 보통 고통스러운 모양이 아니었다. 카피레의 등 뒤로 식은땀이 달렸다.

"괘, 괜찮냐?"

"저, 피, 피 안 나나요?"

가라앉았을지언정 귀에 익은 목소리였다. 인제 보니 새집 머리 싸가지와 붙어 있던 꼬마가 아닌가!

카피레가 한쪽 무릎을 꿇고 소년을 어깨를 쥐었다.

"······의사."

"네?"

"너 그 새집 머리랑 친하지? 의사, 의사 좀 불러 줘!"

젬은 몸을 의탁할 사람이라며 새집 머리에게 꼼짝을 못 했다. 젬뿐만이 아니었다. 손바닥만 한 학교에서도 비슷한 꼴을 목도했다. 보는 사람마다 새집 머리 놈에게 쩔쩔매는 기색이 역력했다.

키만 멀대같이 크고 뚱한 놈. 마음에 안 드는 자식이지만, 무심한 눈빛하며 빳빳한 자세가 범상치 않았다. 딱 봐도 이곳에서 크게 한자리해 먹고 있는 게 분명했다.

카피레는 괜히 입술이 떨렸다. 얼마 전까지 떽떽 욕하며 위협하던 사람이 갑자기 도와 달라 해도 달갑지 않을 게 뻔했기 때문이었다.

얼굴에 따끈따끈 열이 오르는 듯했다. 소년이 눈을 깜빡이더니 "어디 편찮으신가요?" 했다.

"일행이, 아파."

"초록 마녀님이요?"

소년이 비틀비틀 자리에 섰다.

"가까운 데 있어서 다행이에요. 얼른 가요."

소년은 불쾌한 기색 하나 없이 그렇게 말했다. 카피레가 얼결에 덧붙였다.

"엄청 급해. 열이 너무 심해서 막 펄펄 끓고 정신을 못 차려."

저도 모르게 목소리에 물기가 섞인 탓일까. 소년이 "그 정도란 말이에요?" 하고 미간을 찡그렸다.

"낮에 뵀을 땐 괜찮아 보이셨는데……."

소년이 품을 뒤적였다. 옷 속에서 멋없는 목걸이가 나왔다. 가느다란 가죽끈에 손톱만 한 나뭇조각 같은 게 덜렁 달린 꼴이었다.

소년이 길쭉한 것을 입에 대고 바람을 불었다. 새 울음을 닮은 호루라기 소리가 벽과 천장을 때리며 진동했다.

무심결에 귀를 막고 움츠린 카피레를 보며 소년이 멋쩍은 미소를 지었다.

"죄송해요. 이게 가장 빠른 방법이라, 엇?!"

갑자기 시커먼 것이 이마를 강타했다. 카피레가 억, 소리도 못 내고 엉덩방아를 찧었다.

언제 달려왔는지 마틴이 소년을 가리고 서 있었다. 자다 깬 얼굴에 짜증이 가득했다.

"……이놈이 괴롭히던가요?"

"마틴! 이 바보야, 다짜고짜 손을 올리면 어떡해!"

"왕자님 얼굴이라도 맞았습니까? 코가 빨간데요."

카피레는 한 마리 야생 두목 고릴라로 변신하려던 것을 간신히 멈췄다. 그래. 인생사 기브 앤 테이크라 했겠다. 내 하해와 같은 아량으로 방금 것은 잊어 주마.

"……지금 당장 의사가 필요해. 불러 줘."

카피레가 이마를 문지르며 으르렁대듯 말했다. 마틴의 눈썹이 꿈틀거렸다. 소년이 마틴의 옷자락을 잡아당기며 말했다.

"미스터 블랙, 걱정 말아요! 마틴은 트리비아 최고의 의사 선생님이거든요!"

*　　　*　　　*

창을 막아도 돌벽으로 냉기가 스멀스멀 기어들어 오는 방이었다. 곰팡이 핀 두꺼운 커튼이 창을 몽땅 가리고 있었다. 먼지 쌓인 벽난로엔 재만 한가득 쌓여 있었다.

젬은 두꺼운 이불과 담요를 겹겹이 덮고 끙끙 신음하고 있었다. 간간이 코가 씰룩거리며 꽉 막힌 소리가 났다.

이마에 뜨끈뜨끈한 행주가 떨어질락 말락 간신히 얹혀 있었다. 가까이 다가서니 이불 묵은내와 행주 고린내가 한데 섞여 올라왔다. 마틴이 츳츳, 혀를 찼다.

딱히 누구를 탓할 일은 아니었다. 회색탑은 따로 사람을 부리지 않기에 방 청소며 기타 잡일은 본인 담당이었다. 다만, 상황을 고려해 마틴이 좀 신경을 써 줄 수도 있었을 터였다.

카피레는 답지 않게 두 손을 무릎 위에 곱게 모은 채 얌전히 앉아 있었다. 시선이 마틴과 젬에게 고정되어 흔들리지 않았다.

마틴은 뜨끈뜨끈 축축한 행주를 손끝으로 집어치우며 코를 찡그렸다.

"과로에 감기 몸살. 뭐 그런 겁니다."

"약 먹으면 낫는 거 맞지?"

"아마도요. 음, 그런데……."

뭔가 말하려던 마틴이 턱을 두드리며 젬과 카피레를 번갈아 보았다.

"뭐야. 할 말 있으면 빨리해."

"아뇨. 마침 이쪽도 재료가 똑 떨어져서요. 저는 누구랑 달리 할 일도 많은지라……."

열 받은 야생 원숭이가 머리털을 바짝 세웠다.

"그냥 바로 말해! 재료 찾아오란 거잖아!"

"아, 그래도 되겠습니까?"

마틴이 빙글빙글 웃으며 손뼉 쳤다. 자기 내킬 때만 지껄이는 존댓말이 심히 마음에 안 들었다.

"재료만 제대로 구해 오신다면 말끔히 고쳐 드리지요. 회색탑 에서 시체가 나온단 소문이라도 돌면 이쪽도 곤란하니까."

"감기 몸살이라며!"

"아, 예. 어쨌든요."

카피레가 아무렇게나 구겨져 있던 벙거지 모자를 대충 눌러 쓰고 뒤돌을 때였다.

"무슨 약촌진 알고 가셔야지요."

"제기랄!"

첫 심부름하는 아가마냥, 카피레는 메모지 한 장 달랑 들고 탑을 나섰다. 핑크 요정은 젬과 카피레 사이에서 우왕좌왕하더니 카피레에게 붙었다.

사나운 얼굴에 '네놈이 미덥지 못해 따라가는 것이니, 딴짓 말고 곧장 약초나 캐 오렷다!' 하는 심정이 고대로 묻어 나왔다.

흥, 누가 놓칠쏘냐. 젬에게 다시 한 번 남자로 인식되기 위한 제일보였다. 카피레가 메모지에 적힌 것을 반복해 외울 때였다.

"미스터 블랙!"

처음에는 자신을 부르는 소린 줄 모르고 누가 이리 모기 소리를 내나 귀만 긁었다. 휘청휘청 달려오며 크게 손을 흔드는 소년과 눈이 마주친 뒤에야 "아" 하고 깨달았다.

"초행이시잖아요. 제가 도와드릴게요."

방긋 웃는 소년의 뒤로 후광이 비추는 듯했다. 내심 안도하면서도 카피레 자존심에 티를 낼 순 없었다.

카피레는 "흥" 하고선 소년이 옆에 설 때까지 기다려 주었다. 소년은 뭐가 그리 좋은지 입이 귀까지 찢어져선 바짝 붙었다.

＊　＊　＊

소년, 로이의 말에 따르면 마틴이 말한 약초는 성 뒷산 텃밭에 자라는 모양이었다.

"다른 건 그렇다 쳐도, 이건 또 의외네요. 달맞이개구리풀이라."

"뭐야. 수상한 풀이야? 독약이라도 돼?"

"설마요, 그런 게 아네요. 저만 해도 자주 먹는 걸요. 섬세한 마법을 쓸 때 꼭 필요한 약초라고 했어요."

카피레가 눈썹을 찡그렸다.

"마법? 의사 선생님이라며."

"하하. 마틴은 트리비아의 유일한 마법사이자 의사 선생님이 죠. 걱정 마세요. 얼른 찾을 수 있을 거예요."

마법사라.

카피레는 역시 자신의 기억이 오락가락한다고 생각했다. 그의 상식으론 요정 같은 존재는 동화책에서나 존재했다. 마법사는 과거 마법 전성시대의 유물이었다.

때는 마법과학 시대. 이종족이나 마법보다 휴대폰과 방송이 세상을 지배하는 시대여야 했다.

그러나 카피레가 눈을 뜬 뒤 가장 먼저 본 사람은 주변에 불꽃놀이와 솜사탕을 두르고 다니는 녹즙 인간에 마법약 장수였다. 성질 사나운 핑크 요정은 옵션이었다. 거기다 이제는 마법사라니.

카피레는 더 놀라지 않았다. 다만 그제야 이해했다. 이 작은 동네에서 유일한 의사에 마법사라니, 새집 머리 콧대가 하늘을 찌르고도 남겠다 싶었던 것이다.

코딱지만 한 성도 성이라고 성문에서 뒷산까지는 제법 시간이 걸렸다. 카피레는 잠깐 들렀던 학교 건물을 지나치며 새삼 깨달았다.

다시 봐도 아담한 동네였다. 작은 분지와 산맥 한 자락을 겨우 담는 땅. 나라라기보다 시골 영지에 가까운 크기였다.

황금 밀밭이 파도치는 분지와는 달리, 침엽수림으로 뒤덮인 뒷산엔 시리고 따뜻한 바람이 위아래로 동시에 불었다. 로이가 숨을 헐떡이며 조잘조잘 말을 이었다.

"이쪽엔 금줄이 쳐져 있어서 사람이 안 다녀요. 저는 가끔 마틴과 함께 가 보긴 했지만."

"그 작자랑은 무슨 사이야? 형 동생?"

"예? 글쎄요. ……보호자와 피보호자 관계?"

로이는 생각해 본 적 없단 투로 말했다. 카피레는 다 외운 메모지를 몇 번이고 확인하며 물었다.

"……왕자 타령하는 걸 보면 새집 머리는 널 대단히 아끼는 게 분명한데. 놈은 네가 퍽 멋있다고 생각하나 봐."

로이가 쿨럭쿨럭쿨럭 요란한 소릴 내며 나무 기둥을 짚었다. 호된 기침에 갈비뼈가 요동치는 것이 보였다.

"뭐, 뭐. 그게 무슨 뜻이세요?"

"응? 왕자는 '세상에서 제일 멋있어요'란 뜻이잖아. 젬이 나한테 그랬는데?"

설마 젬이 거짓말을 한 건 아니겠지. 카피레가 미간을 모을 때였다. 로이가 파들파들 떨리는 입꼬리를 간신히 진정시키며 말했다. 웃음기를 차마 감추지 못한 목소리였다.

"……미스터 블랙. 보통 왕자는 한 나라 왕의 아들을 말해요."

"나도 알거든! 누굴 바보 취급하는 거야!"

빽 소리 지른 카피레는 그제야 "어?" 하고 로이의 말을 반추해 보았다. 분명 왕자란 한 나라의 왕족을 가리키는 말이었다.

다만 로이의 생김새가 시골 동냥 거지마냥 볼품없어 그런 쪽으로는 생각하지 못한 것뿐이었다.

머리에 잔뜩 쌓인 물음표를 처리하는 동안, 로이가 손바닥을 털고 바로 섰다.

부스스한 볏짚 머리에 아버지 옷을 물려 입은 듯 펑퍼짐한 회색 로브. 비쩍 말라 허수아비보다 뾰족한 팔다리. 눈을 빠르게 깜박이는 카피레를 앞에 두고 로이가 어깨를 으쓱했다.

"뭐, 동화 속 왕자님 같은 인상은 아니죠. 휴, 저도 십분 동감합니다."

"지, 진짜로?"

로이가 멋쩍은 표정으로 콧등을 긁었다.

"저도 가끔 안 믿기는 걸요. 솔직히 저랑 미스터 블랙이 나란히 서면 누가 누구를 왕자로 보겠어요."

당연히 나겠지! 맹렬히 동의하는 바였으나 카피레는 차마 입을 열지 못했다.

*　　*　　*

왕자. 왕자. 왕자.

카피레는 멍한 상태로 부지런히 호미질했다. 로이가 안내한 약초밭을 한창 뒤지는 중이었다.

마틴이 말한 약초는 총 3종류였다. 카피레 눈에는 죄다 똑같은 풀떼기로만 보이는 것을, 로이는 '이건 이래서 아니고, 요건 요래서 아니다' 하며 쏙쏙 골라냈다.

카피레는 그 이후 한 마디도 입에 담지 않았다. 아무리 기억이 오락가락하다고 한들 기본 상식은 있었다.

그간 로이에게 행한 삿대질, 험한 언사, 콧방귀 등등이 솔솔 떠오르며 머릿속에서 빙글빙글 춤을 추었다. 끝날 줄 모르는 돌림 노래 속에서 이성이 속삭였다.

'아무리 그래도 사과해야지. 앞으로 얹혀살 나라 왕자한테 너무 솔직했어.'

거기다 대고 본성이 고래고래 악을 썼다.

'나 카피레. 미스터 블랙! 이 몸이 뭐가 부족해서 사과를 해야 하느냐! 내가 쌍욕을 날렸느냐, 아님 주먹을 날렸느냐. 이 몸은 하늘을 우러러 한 점 부끄럼이 없도다!' 하고 제자리에서 뜀뛰기를 했다.

핑크 요정의 지시에 따라 기계적으로 약초 뿌리에 붙은 흙덩이를 털던 카피레 곁에 로이가 아무렇지도 않게 다가왔다.

"달맞이개구리풀은 좀 더 들어가 봐야 할 것 같아요."

"……들어가?"

로이가 키 큰 나무가 우거진 산 안쪽을 눈짓했다.

"이 일대 전부가 거의 약초밭인데, 토양에 따라 자라는 약초 종류도 다 달라서요."

카피레가 무릎을 털며 자리에서 일어났다. 로이가 자신이 가져온 봉투에 카피레의 약초까지 차곡차곡 담았다.

"……왜 이렇게까지 도와주는 거야? ……요."

"예?"

카피레는 '요' 자를 붙이자마자 온몸에 치솟는 닭살에 부르르 떨었다. 진정한 남자라면 숙일 때를 알아야 하거늘 왜 이리도 싫단 말이냐!

아닌 게 아니라 재채기가 나올 것처럼 코가 근지럽고 피부 위에 수천 개미 떼가 지나가듯 가려웠다. 본능적인 거부 반응에 카피레는 속수무책으로 몸을 배배 꼬았다.

"하하. 미스터 블랙, 갑자기 왜 그러세요. 그런 거 신경 안 쓰실 것 같았는데."

'네놈이 왕자만 아니었어도 내가 이런데 신경 안 썼다!'

카피레는 보이지 않게 이를 뿌득뿌득뿌드득 갈았다. 어쩔 수 없었다. 카피레의 뒤죽박죽 상식은 '왕자는 몹시 대단하고, 멋지고, 아무튼 잘난 존재'라 말하고 있었다. 입을 꾹 다문 채 휘적휘적 산을 오르는 카피레를 로이가 헐레벌떡 뒤쫓았다.

"저기 백색 절벽 보이시죠? 저쪽을 향해 가면 돼요."

"……흐음."

"그냥 편하게 하세요. 저도 그쪽이 좋아요."

로이의 옆얼굴에 쓴웃음이 떠올라 있었다. 이놈이 지금 간 보는 건 아니겠지.

카피레가 힐끔힐끔 쳐다보자 로이가 제 얼굴을 더듬었다.

"왜 그러세요? 뭐 묻었어요?"

"……아니."

"실은요. 미스터 블랙, 제가 아는 어떤 사람이랑 진짜 닮았거든요. 소름 끼칠 만큼요. 그래서 뭐랄까, 친해지고 싶었다고나할까……."

전에 말한 그놈인가? 왕자님 어쩌고 하던.

카피레는 석양이 내리던 운동장 풍경을 떠올렸다. 주의 깊게 듣지 않은 터라 죄 까먹어 버렸으나 한 가지는 확실했다. 정체불명의 인물이 자신과 닮았다는 말은 반쯤 과장일 터였다.

그도 그럴 것이, 생사람 눈을 뒤집히게 하는 이 미모를 따라올 자가 과연 세상에 또 하나 존재하겠느냔 말이다. 비록 카피레 자신은 거울 보기를 즐기지 않는다고 하지만…….

카피레의 표정을 읽었는지 핑크 요정의 낯이 빠르게 썩었다.

"그 오묘한 표정……! 카리스마! 정말이지 사진에서 튀어나온 것처럼 닮으셨어요."

"훗. 대체 어떤 자인지 궁금하군. 나중에 필히 보여 주길 바라."

"꼭 보여 드릴게요! 미스터 블랙도 놀라실 걸요?"

싱글벙글 약초 주머니를 흔들던 로이가 손가락을 들어 앞을 가리켰다.

"다 왔어요."

카피레가 앞머리를 넘기다 말고 앞을 보았다. 창살처럼 앞을 가린 나무 기둥 사이로 크고 검은 동굴 입구가 입을 벌리고 있었다. 까마득한 백색 절벽 아래 그림처럼 아름다운 풍경이었다.

동굴 주변에 안개가 살짝 깔렸는데, 착시 현상인지 희미한 빛 가루 같은 게 떠다니는 것 같기도 했다.

유난히 색이 화려한 파랑새 몇 마리가 맑은 울음소리를 내며 동굴 주변에서 바닥을 쪼았다. 핑크 요정이 뭔가에 홀린 듯 제자리에서 날갯짓했다.

"제법 큰 동굴인데?"

"후후, 트리비아 국고의 원천이라고 할 수 있죠."

"금광이라도 돼?"

카피레의 코웃음에 로이가 고개를 절레절레 저었다.

"마법석이 자라거든요. 꽤 비싼 값에 팔린다고 들었어요."

듣는 둥 마는 둥 바닥을 살피던 카피레가 "핫!" 하고 쪼그려 앉아 맹렬한 호미질을 시작했다.

얼결에 따라 앉은 로이가 눈을 가늘게 뜨고 약초를 살폈다. 아이가 카피레의 곁에 바짝 붙었다. 뿌리를 조심스레 들어낸 카피레가 로이를 보고 눈을 빛냈다.

"이거 맞지?"

손톱만 한 둥근 잎, 연두색 풀잎에 소담한 하얀 꽃이 어우러진 약초였다. 로이가 웃으며 고개를 끄덕였다.

"맞아요! 달맞이개구리풀! 한 번에 찾다니 솜씨가 좋으시네요!"

카피레가 헤헤 웃으며 코를 긁었다. 안 그래도 검댕 묻은 얼굴에 흙까지 묻어 밤새 일한 광부 꼴이 되었다. 로이가 주머니에 약초를 갈무리해 먼저 일어섰다.

"얼른 가요! 마틴을 닦달하면 오늘 내로 완치되실지도 몰라요!"

"응!"

카피레가 처음으로 보인 미소에 로이 역시 헤헤 웃으며 코를 긁었다. 요정의 눈에 사이좋은 동냥 거지 둘이 비추었다.

* * *

문을 부서져라 두들긴 뒤에야 마틴이 빼꼼 고개를 내밀었다. 귀찮아 죽겠다는 듯한 표정에 손바닥으로 불도장을 찍어 주고 싶은 마음이 굴뚝 같았다.

한 가닥 이성이 말리지 않았다면 놈의 콧구멍에 약초 뿌리를 꽂아 줬을지도 모를 일이었다. 살짝 열린 문틈으로 아이가 부리나케 들어갔다.

"생각보다 빨리 왔네요. 누가 도와주던가요?"

"비켜. 들어갈 수가 없잖아."

"치료가 끝날 때까진 출입 금집니다. 약초나 내봐요."

카피레가 약초 주머니를 꼭 쥐고 어깨를 부들부들 떨었다.

"내가 널 뭘 어떻게 믿고 젬과 단둘이 놔둬? 다 큰 처자랑 둘이 뭘 어쩌려고!"

"……야. 내가 넌 줄 아냐. 응큼하긴."

"뭐야!"

매가 먹이를 낚아채듯 마틴이 약초 봉지를 홱 채 갔다. 바닥에 흙가루가 후두둑 떨어졌다.

"그럼 이만."

문이 꽝 닫혔다.

졸지에 눈뜨고 코 베인 카피레가 다시 한 번 현란한 발차기를 선보이려 할 찰나였다. 복도 귀퉁이에 숨어 있던 로이가 한달음에 달려와 카피레를 말렸다.

"저래 봬도 솜씨 좋은 의사라니까요. 참으세요!"

"이거 놔! 저놈이 내 일행에게 엉큼한 짓이라도 하면 책임질 거야?!"

"지, 진정해요, 미스터 블랙!"

로이가 카피레를 붙잡고 속닥였다. 카피레의 표정이 살짝 굳었다. "그게 진짜야?" 하고 되묻는 카피레의 주먹에서 힘이 빠져나갔다. 로이가 비장한 얼굴로 고개를 끄덕였다.

10여 년간 애인은커녕 친한 여자 하나 없었고, 성인 용품 대신 아저씨 유우머집을 모으는 게 취미에, 달려드는 마을 여자는 죄 담뱃대로 머리통을 두들겨 쫓아낸단다.

"그래도 젬은 다를 수도 있잖아!"

카피레의 콩깍지 발언에 로이가 고개를 설레설레 저었다.

"미스터 블랙. 마틴은 세상에서 가장 아름답다는 인간을 봐도 심드렁한 사람이에요. 눈이 탑 꼭대기에 달렸다고요. 그런 분이……."

그때 "으아아아아악!" 소리와 함께 핑크 빛 가루에 휩싸인 마틴이 뛰쳐나왔다. 문이 벽을 탕탕 치는 소리가 복도에 메아리쳤다. 벌 떼에 쫓긴 듯 몸을 두드리고 털며 요란 법석을 떨던 마틴의 정수리로 핑크 요정 킥이 작렬했다.

카피레와 로이가 말없이 그 광경을 보고 있었다.

"이게 무슨 짓이야! 아직 치료 중이라구! 중간에 그만뒀다가 무슨 일 생기면 네가 책임질 거야!"

마틴이 악을 썼다. 요정은 딱 2초 고민한 뒤 손짓했다. 핑크 빛 가루가 마틴을 방 안으로 밀었다. 문이 다시 "쾅!" 하고 닫혔다. 잠시 복도에 정적이 흘렀다.

"……요정이 있으니 무슨 일이 있어도 안심해도 되겠어요. 그쵸?"

"퍽이나 안심하겠다!"

야생 원숭이의 울부짖음이 회색탑을 왕왕 울렸다.

다행히 밤이 깊기 전, 마틴이 문을 열었다. 카피레가 쏜살처럼 방 안으로 쳐들어갔다.

먼지와 곰팡내가 싹 가신 듯 방 공기가 맑았다. 벽난로에 벌겋게 익은 장작이 탁, 탁 소릴 내며 갈라졌다. 젬이 덮고 있는 이불은 꼭 오늘 아침 빨아 말린 것처럼 뽀송뽀송했다.

방 전체가 시간을 뛰어넘은 듯 새것처럼 반짝반짝했다. 이게 무슨 조화란 말인가. 핑크 요정이 베개 맡에 우뚝 서서 젬을 지키고 있었다.

고요히 오르내리는 가슴팍을 보아 젬은 깊이 잠든 것처럼 보였다. 쌕쌕 규칙적인 숨소리에 카피레는 불안이 한결 가셨다.

"딱 걸리셨어요, 왕자님. 방에서 쉬시라니까."

"하하……"

"뭐어. 마침 잘 됐어요, 거기! 물 좀 길어 와요. 한 바가지 가득이요."

침대 옆에서 망부석이 된 카피레에게 마틴이 손짓했다. 딱 봐도 로이 때문에 할 수 없이 존댓말을 쓰는 게 게 분명했다.

반사적으로 "왜 내가……" 중얼거린 카피레였으나 젬의 얼굴을 힐끔 보곤 할 수 없이 몸을 돌렸다. 로이가 손을 번쩍 들었다.

"우물이 어딨는지 모르실 테니까, 제가 안내할게요!"

"우물은 복도 오른쪽 맨 끝 계단을 내려가서 검은 문 밖에 있습니다. 왕자님은 제발 그냥 좀 얌전히 계세요."

카피레가 얄미운 미소로 말했다.

"이를 어쩌나. 내가 길치란 말이야. 말만 들어선 도저히 찾을 자신이 없는걸? 안내역이 없으면 무리야, 무리."

"이런 뻔뻔한……."

누가 봐도 마틴을 약 올리려는 수작이 분명했다. 마틴이 뭐라 한마디 하려 할 때, 로이가 손뼉을 짝 쳤다.

"그럼 마틴이 미스터 블랙이랑 다녀오면 되겠다. 그치? 내가 여기 지키고 있을 테니까!"

돌 씹은 표정이 된 두 남자가 마지못해 방을 나섰다. 로이가 방을 둘러보더니 조심스레 침대 옆 의자에 앉았다.

핑크 요정이 경계 어린 눈으로 로이를 올려다보았다.

"하하, 나 수상한 사람 아니야……."

아이는 괜히 사나운 날갯짓을 하다 그만두었다. 소년은 이곳 사람답게 요정을 썩 신기해하는 눈치가 아니었다.

로이는 괜히 의자에 앉아 방을 두리번거리다 작게 속삭였다.

"……있잖아, 이분 정말로 초록 마녀가 아니야?"

뜻밖의 질문에 아이는 잠시 눈만 깜박였다. 그러다 급히 고개를 저었다.

"정말로? 이렇게 전설이랑 똑같이 생겼는데……."

로이는 전혀 납득한 눈치가 아니었다. 아이는 젬이 직접 듣지 못한 게 천만다행이라고 생각했다.

전설 속 초록 마녀처럼 친구 없게 생겼단 뜻인가. 녹즙 피부 탓에 젬이 참 여러모로 굴욕을 받는다 싶었다.

로이가 아이에게 코를 찡긋하며 웃었다.

"이건 비밀인데, 난 진짜 초록 마녀가 살아 있을 거라고 생각하거든. 전설처럼 말이야. 어딘가에서 진짜 소년 왕을 찾고 있는 거야. 어디서 적당히 주워 온 가짜 같은 게 아니라……."

이 쪼그만 것이 무슨 소릴 하는 건가. 그보다 왕자란 놈이 소년 왕이 어쩌고 같은 말을 해도 되는 것인가.

아이는 자연스레 어깨에 힘이 빠졌다. 눈앞의 소년은 마틴이란 인간과는 여러모로 종자가 달라 보였다.

새집 머리 마법사가 방에 마법을 부릴 때만 해도 그러려니 했다. 그런데 놈이 정체불명의 풀떼기를 씹어 젬의 입에 나눠 먹일 땐 이성이 날아갔다.

놈은 '치료의 일환'이니, '이놈도 해 달라고 했다'느니, 급기야 '애초에 네 힘이 섞여 이 사달이 나지 않았느냐!'며 호통까지 쳤다.

틀린 말은 아니기에 물러서길 잠시, 젬의 열이 씻은 듯이 가시고 호흡도 편해졌다.

새집 머리 마법사 말론 곧 눈을 뜨고 영혼의 혼란도 한결 가실 거라고 했다.

아이는 뭐라 중얼대는 로이에게 콧김을 뿜었다. 새집 머리 마법사를 내쫓은 건 좋지만, 그와 똑 닮은 것이 맹하니 있는 것도 영 불편했다.

'가만히 있지 말고 벽난로를 뒤집든지, 행주를 개든지 뭐리도 좀 하는 게 어때?'란 마음을 담아 손짓 발짓 요란을 떨자, 놈이 핑크빛에 겁먹은 듯 "으으응? 일어서라고?" 하며 몸을 일으켰다.

그때 의자가 발에 걸리며 로이가 침대를 헛짚었다. 아이가 앗, 하는 사이 로이가 아슬아슬하게 젬의 베개 양옆을 짚었다.

나무 의자가 바닥을 나뒹구는 소리가 요란하게 사방을 울렸다. 박자를 맞추듯 벽난로에서 "딱!" 하고 불똥이 튀었다.

아야야, 하며 실눈을 뜨던 로이의 눈에 신비한 광경이 펼쳐졌다. 코앞에 있던 초록 마녀의 녹즙 피부가 마법이 풀린 양 천천히 사람 색으로 돌아가는 것이었다.

초록 마녀 주변에 희미한 빛 가루가 떠돌았다. 얼굴에 고운 조명을 비춘 듯, 속눈썹이며 솜털이 반짝이는 것처럼 보였다.

가느다란 바람이 마녀의 앞머리와 속눈썹을 흔들어 향기로운 체향을 날렸다.

달콤하고 어딘가 새콤한, 보통 사람의 것과는 다른 독특한 향기가 마약처럼 코에 스몄다. 멈춘 시간 속에 갇힌 듯 로이는 손끝 하나 까딱할 수 없었다. 보이지 않는 사슬에 몸이 꽉 매인 것 같았다.

으으음, 하며 신음하던 마녀의 눈꺼풀이 파르르 떨리더니, 나비의 날갯짓처럼 살포시 올라갔다.

물기 어린 초록 눈동자에 점차 초점이 돌아왔다. 로이와 마주친 두 눈동자가 너무나 맑고 깨끗해서, 로이는 숨 쉬는 것도 잊고 두 팔에 온 힘을 주었다.

젬이 뭐라 입을 열려는 순간, 로이가 "우와아아아악!" 하며 몸을 벌떡 세웠다. 그러곤 제 소리에 저가 놀라 급히 입을 막았다.

깨자마자 고막에 폭탄을 맞은 젬이 얼떨떨한 표정으로 로이를 올려다보았다. 젬이 눈을 깜박이며 막 몸을 일으키려 할 때였다.

"뭐야, 무슨 일이야!"

문을 박차고 등장한 미스터 블랙이 좌우를 살폈다. 양동이에 들었던 물이 넘쳐 바닥을 적셨다. 뒤이어 등장한 마틴이 그 꼴을 보고 혀를 츳츳 찼다.

바짝 얼어 어버버거리던 로이가 "실례했습니다!" 하곤 자리를 박찼다. 카피레는 물이 줄줄 흐르는 양동이를 든 채 자리에 굳어 있었다.

"제, 젬 얼굴이 사람처럼 변했어……?"

"……원래 사람이거든요?"

"정신이 들었구나!"

카피레가 양동이를 아무렇게나 놓고 젬에게 달려가 안겼다. 한점 거리낌 없는 스킨십에 젬만 놀랐다.

"그렇게 초록 마녀 타령을 하더니, 츳츳. 왕자님이 놀랐는지도 모르겠네요" 하고 마틴이 중얼거리는 것을, 아이가 식은 눈으로 바라보았다. 아니, 분명 놀란 건 맞는데 뭔가 다르다고나 할까.

왜 하필 의자가 뒤로 넘어가고, 왜 하필 로이는 침대 쪽으로 넘어지며, 왜 하필 그때 젬의 피부가 원상 복귀되었는지. 참으로 기막힌 우연이었다.

그러나 지금 이 순간 중요한 건 그게 아니었다. 아이는 상황 파악이 덜 된 게 분명한 젬에게 낡은 손거울을 가져다주었다. 곧 감동의 통곡 소리가 벽을 때렸다.

✻　　✻　　✻

젬이 타고난 녹즙 인간이 아니었단 사실에 카피레는 심히 충격받은 모양이었다. 마치 동화에 나오는 '마녀의 저주를 받은 공주님'과 같지 않냐며 몸을 부들부들 떨었다.

머리 돌아가는 소리가 요란했다. 보나 마나 뻔했다.

자고로 저주를 푸는 열쇠는 '사랑하는 사람의 진실한 키스'가 아니냐는 잡생각이 그것이었다. 정황상 젬의 저주를 푼 게 마틴이 분명하니 심통 폭탄에 불이 붙기 일보 직전이었다.

아이의 귀띔에 젬이 급히 둘러댔다. 카피레가 힘들게 찾아온 약초 덕분에 몸이 원래대로 돌아왔다고. 감사하다고 말이다.

카피레는 제가 언제 불안해했냐는 듯 코끝을 긁으며 "흥" 했다.

젬은 다시금 손거울을 보았다. 이것으로 마틴이 하는 말은 무조건 따르리라 결심했다. 거울에 실금같이 금이 간 데다 묵은 먼지가 잔뜩 끼어 안개 낀 것처럼 흐릿한 형상이었으나 시퍼런 시금치 색이 아닌 상앗빛 피부색이 분명했다.

요리조리 거울을 살피고 있자니, 이전 카피레가 개인실 가득 거울을 장식한 이유를 알 것 같기도 했다.

"……그렇게 좋아?"

칭찬이 부족했구나!

젬이 재빨리 손거울을 내려놓고, "다 우리 카피레 왕자님 덕분이지요, 헤헤" 하며 알랑방귀를 뀌었다.

카피레는 싫지 않은 표정이었으나 그뿐이었다. 괜히 손거울을 힐끔대는 눈치에 젬이 슬쩍 떠보았다.

"혹시 거울 갖고 싶으세요?"

말하고 보니 정답일 수밖에 없구나 싶었다. 자기 사진과 거울로 도배된 방에서 살던 사람이 그림 한 장 없는 퀴퀴한 회색 돌방에 갇혀 얼마나 갑갑했겠는가.

젬의 예상과 달리 카피레가 고개를 휘휘 저었다.

"그게 아니라, 젬은 어쩌다 그런 저주에 걸렸던 거야?"

"저, 저주요?"

"개구리 인간이 되는 저주라니. 보통 악독한 인간이 할 일이 아니잖아. 게다가 우리 둘, 산에서 조난했다고 했지? 이렇게 외진 곳에 마땅한 장비도 없이 올라와서…… 그 전엔 우리 같은 집에서 한솥밥 먹고 살았다며. 전부터 석연찮았어. 역시 뭔가 큰일이 있었던 거 아냐? 집을 뺏기고, 산으로 내쫓기고, 이상한 저주에 걸릴 만치 끔찍한 그런……."

이 인간이 왜 갑자기 탐정 흉내를 내고 이러느냐.

젬이 어쩔 줄 몰라 아이를 보았다. 아이는 눈이 마주치기 무섭게 고개를 돌려 창밖 풍경을 감상하는 척했다.

두꺼운 갈색 커튼이 내려 먼지 낀 천밖에 안 보일 텐데도 젬에게만 들리는 콧노래까지 곁들였다.

카피레가 "젬⋯⋯" 하며 이불을 짚었다. 비현실적으로 잘생긴 얼굴이 확 가까워졌다. 콧김이 느껴질 정도의 거리에 젬이 저도 모르게 몸을 움츠렸다.

카피레가 젬의 표정을 살피며 고개를 살짝 기울였다.

"⋯⋯말해 줘. 적당히 둘러대는 거 싫어."

"카피레⋯⋯."

이 인간이 내가 알던 우주 제일 떼쟁이, 야생 원숭이, 삐지기 대마왕이 맞느뇨.

산전수전 다 겪은 젬이 찔끔할 만치 진심이었다. 물론, 검댕으로도 가릴 수 없는 카피레의 미모도 한몫했다. 젬을 응시하는 초롱초롱한 눈동자에 진지함이 뚝뚝 묻어 나왔다.

무적 개구리 괴인 같던 자신이 쓰러진 게 퍽 충격이었던 모양이었다. 가장 밝은 시간, 햇빛을 반사하는 호수 같은 눈동자에 젬이 속절없이 무너졌다.

젬이 홀린 듯 입을 열었다.

"잘 들어요, 카피레. 실은⋯⋯."

　　　　　*　　　*　　　*

　무거운 한숨이 어둠을 갈랐다. 카피레는 서늘한 밤공기에 어깨를 움츠리면서도 밤하늘에 등을 돌릴 수 없었다.

　늦은 시각, 인적 없는 회색탑 복도였다. 제 옷가지에 젬의 박쥐 코트, 담요까지 죄 덮어쓰고 나온 길이었다.

　복도에 달리 불이라곤 없었다. 오직 달빛만이 사방을 비추는 시간, 껌껌한 돌벽에서 시린 기운이 새었다.

　그때, 멀리서 발소리가 들렸다. 카피레는 안 들리는 척 창을 보다가 소리가 점차 가까워지자 몸을 잔뜩 굳혔다.

　콧물이 찍 새어 나왔다. 심장이 빠르게 뛰었다. 지금껏 인지하지 못했던 시꺼먼 주변 풍경이 갑자기 무섭게 다가왔다.

　'서, 설마 유령은 아니겠지' 하며 카피레는 창밖에 빛나는 달님에게 애써 시선을 고정했다.

　가벼운 발소리가 어느 순간 딱 멈추었다. 가까운 거리였다. 카피레가 등줄기를 달리는 소름을 어떻게든 달래 보려 발가락에 힘을 줄 때였다.

　어깨에 턱, 하고 가벼운 무게가 얹혔다.

　헉, 하고 숨을 들이킨 카피레가 고장 난 기계처럼 천천히 옆을 돌았다. 촛불이 턱 아래에서 일렁이며 깡마른 얼굴에 그림자가 춤추었다.

　"……미스터 블랙?"

카피레는 말없이 창턱에 몸을 기대고 무너졌다. "미, 미스터 블랙? 어디 안 좋으세요?" 하는 목소리가 산울림처럼 멀어졌다.

"헛!" 하고 정신을 차렸을 땐 고작 1분도 지나지 않은 때였다. 자신을 내려다보는 로이의 낯에 화색이 번졌다. 일렁이는 촛불 탓에 무시무시한 그림자가 음영을 더했다.

"다행이다. 막 마틴을 부를까, 하던 참이었어요. 혹시 저 때문에 많이 놀라셨어요?"

"그 숭한 거 치워! 쫄긴 누가 쫄았다고 그래!"

카피레는 괜히 큰소리치며 벌떡 일어섰다. 후들후들 떨리는 다리에 힘을 바짝 주었다. 로이가 얌전히 호루라기를 옷 속에 감추며 말했다.

"야밤에 무슨 일이세요? 불도 없이."

"……흥. 고독한 사나이의 고민이랄까."

"고, 고독한 사나이의 고민이요?"

로이가 눈을 번쩍 떴다. 창에 비친 달빛이 카피레의 얼굴을 비추었다.

빛과 그림자가 절묘한 조화를 이루었다. 밤을 그대로 옮겨 낸 듯 빛을 반사하는 흑발, 진주처럼 고운 피부, 성화와도 같은 아름다움에 로이는 눈이 부실 지경이었다.

미스터 블랙을 곤란하게 하는 사나이의 고민이라니!

때마침 로이도 마음이 소란해 잠에 들 수 없어 밤 산책에 나온 길이었다. 좋은 이야기 상대가 될지도 모른단 생각에 로이의 심장이 콩닥콩닥 뛰었다.

"대체 뭐가 고민이세요, 미스터 블랙?"

"후, 실은……."

카피레가 기다렸다는 듯이 말을 꺼냈다. 창백했던 얼굴에 바로 생기가 도는 것이 꼭 누가 말 걸어 주기를 기다리고 있던 것처럼도 보였다.

겁에 질려 개다리 춤을 추던 추태는 두 사람 모두 까맣게 잊어버렸다.

'실은 우리 두 사람, 엄청난 빚을 지고 도망쳐 온 거예요. 빚쟁이를 피해서요. 집도 뭐도 다 뺏기고 남은 건 우리 둘, 몸뿐이에요. 개, 개구리 저주도 그때 얻은 거고요. 잡히면 어떻게 될지 몰라요. 같이 있지 못할 수도 있어요. 그러니까 이름 가지고 잔소리하지 말고 시키는 대로 해요. 알겠죠?'

카피레는 젬의 발언에 생략과 첨언을 버무려 전달했다. 로이가 심각한 얼굴로 고개를 끄덕였다.

"미스터 블랙은 여자 흉내도 잘 내시네요."

"내가 못 하는 게 없긴 하지만, 여기서 할 말이 그것밖에 없냐."

"빚 좀 졌다고 개구리 괴인 저주를 걸다니, 그쪽 마법사도 실력이 제법인걸요."

"아, 나도 그 생각했어."

로이가 뒷머리를 긁적였다.

"……그래서 이런 산골까지 오게 된 거구나. 두 분 다 힘드셨겠어요."

"일단 의식주는 해결됐지만 앞으로를 위해선 돈도 벌어야 할 테니까. 후, 내가 무엇을 할 수 있을지 생각하고 있었어."

"미스터 블랙……!"

사나이의 고민! 카피레의 한숨에 로이가 두 손을 맞잡고 눈을 빛냈다. 카피레가 머리칼을 쓸어 올리며 곁눈질했다.

"……너 꽤 좋은 녀석이구나. 새집 머리랑 닮긴 했지만 속은 딴판이야. 거들먹거리지도 않고."

"하하, 말씀도……."

둘 사이에 오가는 눈빛만 보면 십년지기 친구라 해도 믿을 법했다. 카피레가 흠흠, 헛기침한 뒤 물었다.

"그러는 넌 왜 야밤에 이런 곳까지?"

로이가 입을 오물거리다가 고개를 푹 숙였다. 달빛에 드러난 귓가가 달군 숯처럼 시뻘건 색으로 물들었다. 카피레가 눈을 가늘게 떴다.

"사랑의 고민이야? 응?"

"노, 놀리지 마세요."

"누가 놀린다고 그래! 누구나 거쳐 가는 과정 아니겠어? 사랑을 모르는 자는 진정한 사나이가 될 수 없지."

"미, 미스터 블랙!"

카피레는 젬을 떠올리며 웃음 지었다. 아이가 들었다면 웃다가 배 아파 바닥을 부서져라 두들기고도 남을 발언이었다.

로이가 감격한 듯 눈가를 훔쳤다. 카피레가 로이의 어깨를 두드리며 목소리를 깔았다.

"자, 뭐가 문제야. 얼른 털어놔 봐."

누가 들어도 호기심이 앞선 목소리였으나 청자가 고팠던 로이는 눈치채지 못하고 후우, 후우 심호흡했다.

"시, 실은 초, 초초초초……."

"초초?"

"아, 안 돼요. 못 하겠어요. 저 이런 건 처음이라……."

"어이, 누구나 처음이란 건 있는 법이야. 처음이 없다면 어떻게 있겠어. 부끄러워하지 말고 말해 봐."

으으, 신음하던 로이가 겨우 입을 뗐다.

"처음엔 분명 별생각이 없었는데 이상하게 그 얼굴이 생각난다고?"

로이가 말없이 고개만 끄덕였다.

"예쁘다고 생각해 본 적도 없는데 이상하게 반짝반짝 빛나는 것 같고? 후광처럼 말이지?"

로이의 고갯짓이 격렬해졌다. 더 들어 볼 것도 없었다. 카피레는 어린 소년의 풋사랑을 기꺼이 응원해 줄 마음의 준비가 되어 있었다. 그때였다.

"야밤에 쥐새끼처럼 쫑알쫑알쫑알쫑알…… 대체 누구야."

음산한 목소리가 밤공기를 갈랐다. 복도 저편 계단에서 도깨비불 같은 것이 일렁이며 내려왔다.

로이가 헉, 하며 몸을 움츠리는 바람에 촛불이 크게 흔들렸다. 맞은편에서 무언가 물 위를 미끄러지듯 가까워졌다.

카피레는 두 눈을 의심했다. 희끄무레한 형상에 시체 같은 여자 얼굴이 환영처럼 겹쳐졌다. 나무 인형처럼 딱딱한 입술이 뻐금뻐금하며 무언갈 호소하고 있었다.

숨을 들이켤 새도 없이, 시야가 거꾸로 돌았다. 카피레는 그대로 까무러지고 말았다.

*　　*　　*

"제가 말씀드렸죠! 카피레는 몸이 약하다고요! 사람을 이 정도로 놀래키면 어떡해요!"

"아무리 그래도 이 정도면 사는데 큰 지장은 없지 않아? 네 말만 들으면 인간이 아니라 수수깡 인형이잖아."

"사람을 이렇게 기절시켜 놓고 그게 할 말이예욧!"

"어휴, 어휴."

한숨 소리가 뒤를 이었다. 심드렁한 목소리가 가까이 왔다.

"……그냥 담이 약한 거 아냐?"

"지금껏 그런 기색은 없으셨는데……."

"그건 기억을 잃기 전 얘기고."

인기척이 일었다. 잠시 부스럭거리는 소리가 이어지더니 이내 후, 하고 연기 뱉는 소리가 났다.

"머리에 달리 외상도 없어 뵈는데 기억까지 잃었을 정도면, 꽤 괴로운 일이 있었던 모양인데. 그것 때문 아니겠어?"

"그런 걸까요……?"

"인간의 정신이란 건 말이야. 엄청 섬세한 거거든."

"……마틴이 그런 말하니까 진짜 안 어울려요."

옅어졌던 담배 냄새가 다시금 짙어졌다. "뭐어, 이놈은 그렇다 치고" 하며 마틴이 낄낄 웃었다.

"말해 봐. 뭐 달라진 거 없어?"

"예? 아뇨, 저 마틴한테 그 정도로 관심 없어서요. 머리라도 다듬으셨어요?"

"딱!" 하고 해골 갈라지는 소리가 났다. 숨죽인 신음이 뒤이었다.

저놈이 내 잼을 때려?

카피레는 당장 자리를 박차고 싶었으나 가위에 눌린 것처럼 사지를 꼼짝할 수 없었다. 온몸에 밀랍을 굳혀 놓은 듯, 몸이 제 것이 아닌 것처럼 느껴졌다.

"야, 나 말고 너 말이야, 너. 눈에 뵈는 거 말고 달리 달라진 거 못 느끼냐구. 그 녹즙 피부 말고 말이야."

"아야야…… 전혀 모르겠는데요? 맞다, 아이가 그러는데 제 기운이 퍽 깨끗해졌대요."

"둔해 빠졌긴. 저런 근본 모를 요정이랑 계약했다고 했을 때 알아봤어야 했어. 마법사도 아니면서 그 냄새하며……."

"아이가 뭐 어때서요!"

"너 솔직히 말해 봐. 요정이랑 뭐라고 하고 계약한 거야?"

"그, 그건 왜 물으세요? 그냥 가르쳐 주시는 거 아니었어요, 마법?"

마법? 처음 듣는 이야기였다. 젬이 수상한 약을 만드는 건 익히 알았지만 마법이라니. 아무리 기억이 없는 카피레도 그게 평범한 일이 아님은 바로 알 수 있었다.

"내가 한 치료는 시간을 미세하게 조정하는 거였어. 네 영혼이 상처받기 전으로. 몸에 이상이 나타나기 전으로 말이지. 아주 복잡하고 손이 가는 작업이지."

잠깐 뒤. 마틴이 말을 이었다.

"네 영혼에 섞인 이질적인 힘은 시간을 조금 돌린다고 사라지는 종류가 아니더군. 상처는 메웠어도 영혼에 새겨진 약속은 벗길 수 없었어."

"마틴, 무슨 소린지 모르겠어요."

"어휴."

매서운 바람 소리와 함께 히익, 하는 신음이 들렸다. 얌전히 듣고만 있던 카피레까지 움찔할 뻔했다.

"어쭈, 피해?"

"폭력 반대!"

"사랑의 매 몰라, 사랑의 매?"

저놈이 어디서 사랑 운운이야. 속으로 이를 가는 카피레를 아는지 모르는지 허리 부근에 따뜻한 무게감이 느껴졌다. 젬이 가까이 앉은 모양이었다.

"단순히 요정과 일대일 계약이라면 이 정도까지 깊은 흔적은 남지 않아. 남을 리가 없지. 영혼에 새겨질 정도의 약속이라면 두 가지뿐이야. 이미 마법을 배웠거나, 금서와 계약을 했거나."

잠시 침묵이 흘렀다. 파도처럼 밀렸다 물러나는 담배 연기가 코를 간질였다. 젬이 이불을 움켜쥐는 감촉이 느껴졌다. 마틴이 후, 소리 내어 연기를 뱉곤 말했다.

"마법을 배운 적 없다고 했지. 거짓말이 아니라면 답은 하나뿐이지. 저 요정, 금서랑 관련된 것 맞지?"

젬의 목소리가 들리지 않았다. 마틴이 재촉하는 않는 것으로 보아 고갯짓이라도 했겠거니, 싶었다.

"마법사는 동류를 알아보는 법이거든"

"……닥터 유리도 제게 계속 물었어요. 금서와 어떤 계약을 했느냐고."

카피레는 순간 숨이 멈추는 줄 알았다. 그런 자신에게 또 놀라 어안이 벙벙했다.

왜 이리 심장이 아프게 뛰는 걸까? 닥터 유리라니, 난생처음 듣는 이름인데도 말이다. 심드렁한 목소리가 한숨 같은 소릴 냈다.

"그래?"

"마치 그게 엄청 중요한 것처럼요. 왠지 말하면 안 될 것 같아서 입 다물긴 했는데."

"계약 내용은 본인만 아는 편이 좋아. 여러모로 말이야. 잘했어. 그런데, 나한테도 안 알려 줄 거야?"

1초가 1분처럼 흘렀다.

"……싫어요."

"히히, 잘했어."

나른한 목소리에 장난기가 섞였다.

"어쨌든 마법 교육은 취소야. 금서와 계약한 사람에게 마법의 힘 따위 따로 깨칠 것도 없고. 지금껏 혼자 잘해 왔을 거잖아?"

"아니, 그것이 말입니다요……."

젬이 뭐라 소곤소곤 말하기 시작했다. 마법은 뭐고 금서는 또 뭐야. 카피레는 귀에 온 신경을 집중하려 애썼다.

손끝을 약간이라도 움직이기 위해 소금 맞은 지렁이처럼 있는 힘껏 몸부림을 쳤다. 못질한 관에 담긴 듯 옴짝달싹 못 하는 가운데, 거짓말처럼 눈이 번쩍 뜨였다.

카피레는 숨을 흡 들이켰다. 사방이 아지랑이에 잠긴 것처럼 어지러운 가운데 난생처음 보는 얼굴이 코앞에서 자신을 보고 웃고 있었다. 몸뚱이는 없고 얼굴만 허공에 똑 떨어진 형상이었다.

무서워서 목 아래로 눈을 돌릴 수도 없었다. 차마 시선을 옮기지도 못하고 그저 놈의 눈을 마주 본 채 박제처럼 굳어 있었다.

박제?

허공에 뜬 얼굴이 입을 길게 찢어 미소 지었다. 유난히 길고 가는 눈매가 호선을 그리며 여우처럼 접혔고, 얇은 입술이 귀까지 찢어졌다. 등 뒤로 소름이 달렸다.

여우 얼굴 너머로 시꺼먼 관 같은 환영이 점차 가까워지고 있었다. 세로로 선 관에 희디흰 인형이 두 손을 모으고 누워 있었다. 인형? 시체? 아니다. 카피레의 본능이 속삭였다.

저건 박제야.

네 ……의 시체로 만든 거지.

뭐라는 거야. 카피레는 시선을 돌리고 싶었으나 누가 고개를 고정하고 눈꺼풀에 박음질을 해 놓은 듯 몸을 통제할 수 없었다.

낡은 수레가 굴러 오듯 다가오던 그것이 어느 순간 자리에 뚝 멈췄다. 그 충격에 박제의 목만 바닥에 똑 떨어져 공처럼 굴렀다.

돌돌돌.

돌돌돌.

쇠구슬 구르는 소리가 점차 가까워지더니 눈앞에서 딱 멈추었다. 여우 얼굴과 나란히 모로 누운 그것은 꼭 카피레, 자신처럼 보였다.

으아아아아아아악!

어디선가 비명이 들렸다. 내장을 헤집듯 끔찍한 목소리였다. 멀고도 가까운 소리에 고막이 쾅쾅 울렸다.

눈물 나리만치 소름 끼치는 음색에 짜증이 울컥 솟았다. 안 그래도 무서워 죽겠는데 괴성까지 더해지니 심장이 터지기 일보 직전이었다.

'제발 누가 저 새끼 입 좀 막아 줬으면!' 하던 때였다. 따뜻한 감촉이 어깨를 감쌌다. 뺨을 쓸어내리고 얼음장 같은 손을 꼭 잡아 주었다.

"뭐지? 갑자기 왜 이러시는 거예요!"

"난들 아냐. 그냥 좀 놀란 것 같은데."

"의사잖아요. 어떻게 좀 해 봐요!"

카피레는 그제야 깨달았다. 이거 지금 난가? 내가 소리 지르는 건가?

여전히 고막을 찢는 괴성에 눈살을 찌푸리면서 카피레는 그런 생각을 했다.

왜 이렇게 현실감이 없지?

눈앞에 있던 대가리 둘이 웃는 것처럼 달각달각 진동하더니, 돌돌돌, 소리를 내며 어둠 속으로 굴러갔다.

돌돌돌.

돌돌돌.

"왕자님! 카피레!"

카피레는 헉, 하고 눈을 떴다. 따뜻한 공기가 얼굴을 감쌌다.

몽롱한 담배 연기가 코를 간질였고 땀에 젖어 등에 달라붙은 옷감의 감촉이 선명하리만치 불쾌했다. 뜨겁고 축축한 무엇이 손을 아프도록 쥐고 있었다.

아득한 시야로 짙푸른 솜사탕이 먹구름처럼 흩어졌다. 젬답지 않은 우중충한 색에 카피레는 눈물이 왈칵 솟았다.

카피레는 본능적으로 알았다. 젬은 카피레를 걱정하고 있었다. 이 오색구름은 단순한 사랑의 화학 반응이나 눈 장난이 아니었다. 젬의 감정 그 자체였다.

"괜찮아요? 많이 놀랐어요? 어디가 아픈 거예요?"

"……젬, 나 아파."

카피레는 저도 모르게 젬의 품에 고개를 묻었다. 눈에 뜨겁고 열이 몰렸다. 눈, 코, 입에 끓는 물을 부은 듯 뜨거웠다.

등을 쓰다듬는 손길에 아기처럼 매달렸다. 아까 헛것을 본 탓인지, 방구석 그림자에서 금방이라도 돌돌돌, 정체 모를 머리통들이 굴러 나올 것 같았다.

"……무서워. 아파. 아파."

카피레는 스스로에게 말하듯이 웅얼거렸다. 귀 기울이지 않으면 들을 수 없을 크기였다. 자꾸 눈에서 물이 흘렀다. 딱히 어디가 아픈 건 아니었는데 왜 이런 말이 나오는 걸까.

카피레의 중얼거림을 들었는지, 젬이 등을 쓰다듬다 말고 힘주어 꼭 안았다.

"괜찮아, 괜찮아요, 카피레. 다 괜찮아요."

젬의 목소리가 꿈결처럼 아득했다. 카피레는 어디까지가 꿈이고 어디부터가 현실인지 알 수 없었다.

기왕이면 모두가 꿈이길 바랐다. 현실이라기엔 너무도 무섭고 끔찍했다. 허공을 날아다니는 사람 목이라니. 공포 소설에나 나올 법했다.

잠시 뒤, 이성이 돌아올락 말락 한 경계선에서 카피레가 침을 꿀꺽 삼켰다. 등줄기로 식은땀이 주룩 흘렀다.

젬에게 듬직한 사나이로 보이고자 했던 자신의 계획이 물거품으로 화하기 일보 직전이었다. 그것도 지금껏 비밀로 하던 야산 도피의 이유를 젬이 말해 준 직후였다.

듬직한 남자로 보이기 위해서 당장 칼춤을 추어도 모자랄 판에, 천금 같은 기회를 이렇게 날려 버리다니! 꼭 꿈이어야 했다. 아무리 헛것을 보았다고 해도 이렇게 아가처럼 어리광을 부리고 말다니!

기억은 잃었어도 내 감정은 그대로라 전하기 위해 완벽한 플랜을 짤 생각이었거늘……!

카피레는 저도 모르게 살짝 훌쩍이고 말았다. 츳츳, 혀 차는 소리와 함께 딱딱한 손이 이마를 짚었다.

'어, 뭐야. 이거 젬의 손이 아닌데?'

생각하자마자 잠이 쏟아졌다. 따뜻한 손길도 거짓말처럼 멀어졌다. 꿈이었으면, 하는 와중에도 현실이길 바랄 만큼 보드라운 포옹이 있었다. 그 따뜻한 감촉 역시 안개처럼 흩어졌다.

17.
우물에 비친 달빛

　마틴은 마지못한 태도로 조언을 약속했다. 금서의 메커니즘, 초급용에서 중급, 고급으로 갈수록 늘어나는 기괴한 재료 등등. 젬이 별의별 얘기를 주워섬기던 중, 마틴이 손을 들었다.

　"저 요정이 레시피에 피를 넣지 말라고 했다고?"

　"네에, 금기라고요."

　"금서 그 자체인 녀석이 무슨 귀신 씻나락 까먹는 소릴……."

　마틴이 어이없다는 의자 등받이에 어깨를 걸치고 낄낄 웃었다. 늘어트린 곰방대 끝에서 푸르스름한 연기가 뱀 꼬리를 그렸다. 아이가 허리에 두 손을 얹은 채 마틴의 코앞을 비행했다.

　말은 안 통해도 속내가 다 읽혔다. '뭐가 귀신 씻나락 까먹는 소리냐! 반론할 테면 반론해 봐라!' 하며 아이가 콧김을 퐁퐁 뿜었다. 마틴이 곰방대를 입에 물었다.

"금서는 마법적인 힘으로 소원을 이루기 위한 도구야. 애초에 그걸 위해 존재하는 거고."

"하지만 금기를 범하면……."

"금기는 금기니까. 뭐 수명이 깎이거나 행운을 갉아먹거나 뭐 그런 부작용이 있긴 하지."

마틴의 담담한 대꾸에 아이가 젬 곁으로 날아왔다.

젬, 저 인간 말하는 본새 좀 봐요. 저 말 듣지 마.

젬은 아이와 마틴을 번갈아 보았다. 그녀로선 마틴의 말을 무시하기 어려웠다.

아이가 초조한 낯으로 "제엠!" 하며 날개를 털었다. 핑크색 빛가루가 진눈깨비처럼 후두둑 떨어졌다. 그 꼴을 보고 마틴이 낄낄 웃었다.

"보면 볼수록 신기하네. 대체 무슨 수로 요정을 거기까지 꾀어낸 거야?"

"꾀, 꾀다니요?"

"정말 모르겠어? 네 요정은 네가 오래 살길 바라는 거잖아. 무탈하게, 굴곡 없이. 위험 부담을 안고 소원을 이루기보다 시시한 마법약이나 만들면서 오래도록 함께 지내고 싶은 거지."

아이가 쏜살같이 날아가 마틴의 얼굴에 몸통 박치기를 날렸다. 마틴이 빛의 속도로 두 팔을 교차해 얼굴을 가렸다. 가린 것이 무색하게도 우당탕탕 소리와 함께 의자가 뒤로 넘어갔다.

빛 가루가 밀가루 폭탄처럼 터지며 방을 가득 채웠다. 마틴이 끙끙 소릴 내며 겨우 바닥을 짚었다.

"괘, 괜찮으세요?"

"눈깔 대신 단추를 달았냐. 이게 괜찮아 보여? 이 빌어먹을 성격 파탄 다혈질 요정 같으니라구!"

젬이 마틴을 부축하며 중얼거렸다.

"다혈질은 맞지만, 성격 파탄은 아녜요, 악!"

"이게 진짜 약 올리나. 야, 치워, 치워!"

마틴이 넘어지면서도 꾹 쥐고 있던 곰방대로 젬의 이마를 두들겼다. 젬이 아이고, 아이고 하며 몇 발자국 물러섰다.

아이가 아무것도 모른다는 듯 젬의 어깨에 살포시 앉았다.

젬은 오도 가도 못 하고 이마만 부지런히 문질렀다. 금 간 의자 기둥을 살피며 마틴이 깊게 한숨 쉬었다.

"저 요정이 버티고 있는 한 네 마법적 성장은 무리 아냐? 그냥 알콩달콩 여기서 사는 건 어때? 네 왕자 쪽도 제법 잘 적응하고 있는 것 같던데. 유린지 뭔진 잊어버리라구."

젬이 엉망진창이 된 나무 탁자 주변을 정리하며 기어들어 가는 소리로 말했다.

"그럴 순 없어요."

"왜."

"……누구랑 약속한 게 있어서요."

마틴의 못마땅한 시선이 가시처럼 따가웠다.

"저는 그냥 닥터 유리의 마법에 휘둘리고 싶지 않을 뿐이에요."

"왜, 아주 없애 버리고 싶다고 하지 않구?"

마틴이 기울어진 의자에 다시 궁둥이를 걸치며 비웃음을 날렸다. 젬은 입술 거스러미를 물어뜯었다.

카피레는 기억을 찾을 기미가 보이지 않았다. 마틴은 그의 기억이 돌아올지, 돌아오지 않을지 장담할 수 없다고 했다.

돌아온다 해도 각오가 필요하다고 했다. 기억을 잃기 전과 후, 모두를 기억하는 케이스가 있는가 하면, 기억을 잃었을 때의 인격을 통째로 날려 버리는 수도 있다는 거였다.

젬은 나르시스트 카피레 왕자든, 야생 원숭이 카피레든 뿌리는 같은 사람이라고 생각하고 있었다. 그러나 마틴의 말에 심장이 덜컹인 건 사실이었다. 젬이 고개를 흔들었다.

"없앨 수 있어요?"

"갓 태어난 쥐 새끼가 구렁이에게 덤비는 격이지."

"닥터 유리는 이상한 술수를 써요. 가까이서 얘기하다 보면 꼭 최면에 걸린 것처럼……."

"공간을 장악하지. 맞아. 마법사들이 곧잘 쓰는 수법이야."

곰방대에 연기가 식었다. 마틴이 귀찮은 기색으로 담뱃대를 털었다. 멀쩡한 재떨이 놔두고 의자 등받이에 두드린 탓에 바닥에 잿가루가 소복이 쌓였다.

젬은 연회장에 마틴이 들어오던 때를 떠올렸다. 본이 할아버지 팬들에게 둘러싸이고 젬이 꼼짝없이 유리에게 끌려가기 직전, 마틴이 본을 불렀고 일순 연회장 공기가 달라졌더랬다.

"그런 건 어떻게 배워요?"

"그 자체론 어렵지 않아. 그냥 기 싸움 같은 거거든. 영혼에 마법의 힘이 얼마나 쌓였는가에 따라 다르달까."

"마법의 힘이요?"

"마력은 영혼의 상처에 고여. 찰거머리처럼 질기고 악착같은 놈이지. 금서는 마력을 모으기 위한 최적의 도구라 할 수 있어. 마력이 많으면 많을수록 강력한 마법을 쓸 수 있게 되는 거야. 네 경우엔 마법약이겠지만, 어쨌든 일장일단인 거지."

금서를 사용하면 영혼에 상처가 생긴다. 수명이 깎이거나 불행을 맞을 수 있다. 그러나 그 대가로 마력이 쌓인다. 쌓으면 쌓을수록 마력이 강해진다.

젬은 속으로 중얼거렸다. 살을 깎아 뼈를 취하는 수법이 아닌가.

"금서와 계약할 때 맨 처음 소원을 말하지? 일종의 안전장치야. 자기 소원만큼만 영혼을 상처 입히고, 수명을 보존할 수 있도록. 큰 소원일수록 리스크가 크니까 말이야. 뭐어, 대가가 복불복이라고 해도 말이지."

마틴이 연초 가루를 꺼내 곰방대에 꾹꾹 눌러 담았다. 누가 봐도 얘기보다 담배에 관심이 쏠려 있었다.

아이는 연초 가루 위에서 흙 발로 탭 댄스를 추고 싶은 기분이었으나 꾹 참았다. 힘도 기억도 완전하지 않은 상태라지만 알 수 있었다. 마틴의 말은 거짓이 아니었다.

마틴이 젬을 힐끔 보았다.

"무사 안전하게 오래 살 것인지, 기왕 손에 넣은 힘 팍팍 쓰며 인생을 건 도박에 응해 볼 건지. 옳고 그름의 문제가 아니야. 선택의 문제지. 남의 말 들을 필요 없어."

젬……

젬은 대답하지 않았다. 영혼이니 목숨이니 다 남의 일처럼 멀게만 느껴졌다. 잠시 침묵하던 젬이 품을 뒤적이더니 너덜너덜한 가죽 책을 꺼냈다. 닳고 닳아 제목까지 사라진 가죽 표지. 금서였다.

"……닥터 유리가 말한 적 있어요. 자기가 이 책의 주인이었다고."

"그래?"

"헤이트 학파의 금서라고, 더 이상 필요 없게 돼서 버렸다고 했어요. 금서와의 계약을 끝낸 것처럼 보였죠. 그리고……."

아이의 반쪽을 실험에 사용했다고 했다. 녹았던 얼굴과 팔이 새것처럼 돋아나고, 손가락 하나로 아이를 쥐락펴락하는 인물이었다.

마틴의 말로 추측하자면, 유리가 금서와의 계약을 완전히 끝냈다면, 그의 소원은, 그리고 그 대가는 대체 무엇이었단 말인가.

적지 않은 시간 동안 나라 제일의 학자로 군림하는 그였다. 수명 걱정이나 불행 따윈 닥터 유리와 상관없는 이야기로만 보였다.

마틴이 흐음, 하며 곰방대 끝으로 턱을 긁었다. 그때 "으으으 응……" 하며 카피레가 몸을 뒤척였다. 젬이 얼른 카피레의 가슴을 두드려 주었다.

찌푸린 미간이 살살 펴지며 아기처럼 고운 얼굴이 돌아왔다. 카피레가 입맛을 쩝쩝 다시며 다시금 깊은 잠에 빠져들었다.

아까까지 비명을 지르며 발작하던 인물로는 보이지 않았다.

"헤이트, 헤이트……" 하고 중얼거리던 마틴이 다시 곰방대를 입에 물었다. 연기 나지 않는 곰방대를 우물거리던 그가 불쑥 뱉었다.

"그런데 너 걔랑 무슨 사이냐? 사귀기라도 해?"

젬보다 아이의 반응이 빨랐다. 잠자리 날개에서 핑크색 빛 가루가 팡팡 터졌다. 젬이 꽃가루를 정면으로 들이마신 듯 괴로운 얼굴로 한참 재채기하다 겨우 물었다.

"방금 뭐라고 하셨어요?"

"너네 사귀냐고. 이거냐고."

마틴이 새끼손가락을 들어 보였다. 젬이 헛웃음을 터트렸다.

"하하, 마틴. 지금까지 한 농담 중에 가장 웃겼어요. 바나나를 먹으면 반하나? 같은 것보다 백배 낫네요."

사과가 웃으면 풋사과 어쩌고보다도요.

마틴이 연기 안 나는 곰방대를 잘근잘근 씹었다.

"그렇고 그런 사이 아니야?"

"그럴 리 없잖아요."

젬이 볼을 부풀렸다. 아이가 옆에서 똑같은 표정으로 팔짱을 꼈다. 마틴이 "그럼" 하며 곰방대를 입에서 뗐다.

"그럼 배다른 남매라거나?"

"미친, 이 아니라 마틴. 카피레가 누군지 정말 몰라서 하는 소리에요?"

젬이 침대에서 일어나 마틴의 맞은편에 앉았다. 마틴이 젬을 위아래로 훑어보더니 "하긴, 그럴 린 없겠네" 하고 중얼거렸다. 맞는 말인데 이상하게 기분이 나빴다.

그가 곰방대를 아무렇게나 내려놓곤 품에서 작은 병을 하나 꺼냈다.

투명한 유리병에 갈색 액체가 반쯤 담겨 있었다. 마틴은 피로 회복약을 마시듯 그것을 몇 모금 혼자 들이켰다. 목울대가 꼴깍 꼴깍 움직였다.

그가 "파!" 하며 입을 닦는데 술 냄새가 젬의 코까지 끼쳤다. 젬이 반사적으로 눈썹을 찌푸렸다.

"진짜 마음에 안 드네."

"아니, 뭐가 불만이에요? 왜 사람을 앞에 두고 혼자만 마셔요?"

"보면 볼수록 닮았어."

"누가 누구랑요!"

"……빌어먹을 초록 마녀."

이 인간이 또 무슨 소릴 하는 거람. 젬의 표정이 코 푼 휴지처럼 구겨졌다. 녹즙 인간에서 보통 인간으로 개화한 지 얼마나 됐다고 또 초록 마녀 타령이란 말인가.

젬과 눈이 마주친 아이가 고개를 절레절레 젓다가 빠르게 끄덕였다. 엄지손가락도 척 세웠다. 녹즙 피부 아님. 인간 맞음의 신호였다. 젬의 눈에 저절로 힘이 들어갔다.

"마틴, 눈이 많이 침침한가 봐요. 초록색하고 살색도 구분 못 하다니요. 혼자만 마시니까 그렇죠."

"애인도 아니고 가족도 아닌데 왜 놈한테 그렇게까지 하는데?"

"거참, 애인이나 가족 아니면 챙겨 주지도 못해요? 마틴 친구 없죠?"

쉿! 젬! 친구 없는 사람한테는 그런 거 묻는 거 아녜요.

젬이 헉, 하고 입을 가렸다. 마틴이 술병을 테이블에 쾅 내려놓았다.

"야, 네 눈엔 저 원숭이가 아직도 왕자로 보이냐?"

왕자가 기억을 잃은 것을 뜻하는 말이리라. 순간 카피레와 똑 닮은 얼굴의 모지리가 망막을 스치고 지나간 것은 어쩔 수 없는 반사 작용이었다.

마틴 입에서 술 냄새가 확 풍겼다.

"저놈은 지금 돈도, 지위도, 기억도 없다구? 단순 의리로 뒷바라지하기엔 손이 너무 많이 가지 않아?"

마틴이 몇 모금에 취한 양 술병을 도장처럼 쾅쾅 찍었다. 젬은 카피레가 깰까 봐 조마조마한 심정으로 술병에 시선을 고정했다. 여차하면 바로 술병을 뺏을 작정이었다.

생각해 본 적도 없는 문제였다. 카피레는 기억을 잃었고, 혼자였다. 씀씀이가 후한 계약자이자 미워할 수 없는 떼쟁이 왕자님이기도 했다. 마틴이 "아하" 하며 입꼬리를 올렸다.

"놈이 기억만 찾으면 돌아가서 크게 한탕 할 생각이구나. 그렇지?"

"크게 한탕 뭐요. 내가 마틴인 줄 알아요?"

"내가 뭐 어쨌는데!"

뭐, 준다고 하면 거절할 이유는 없지만. 젬은 속으로 중얼거렸다. 하지만 그런 날이 과연 오기나 할까.

만약 카피레가 끝까지 기억을 찾지 못한다면 젬은 혼자서라도 닥터 유리에게 접근할 생각이었다.

젬에겐 친구 찬스가 남아 있었다. 킨이 마과부 연구원인 게 이렇게 다행인 날이 오다니. 세상사 요지경이란 말이 딱 맞았다.

"실없는 소리 그만하고 정신 차려요."

"……꼬셔 먹을 생각이라거나? 하긴, 기억 없는 순진한 원숭이 살살 꾀어서 옆자리 하나 꿰차면 인생이 편하긴 하겠다."

이 인간이 오늘따라 왜 이리 비뚤게 구는가. 젬이 크게 한소리하려던 찰나였다.

아이가 마틴의 코앞에서 맹렬히 날개를 털었다.

빛 가루가 눈코입에 다 들어간 마틴이 요란한 소릴 내며 의자에서 떨어졌다. 푸엣춰, 쿨럭쿨럭쿨럭 하는 소리에 급기야 물기까지 섞였다.

"저 빌어먹을 요정 새끼가……!"

마틴이 중얼거리며 고개를 들었다. 눈꺼풀도 콧구멍도 벌에 쏘인 듯 벌겋게 부었다. 눈물 콧물 침으로 얼굴에 윤기가 번들번들했다.

아이가 보란 듯이 높이 날아 커튼 뒤로 숨었다. 마틴이 소매로 얼굴을 벅벅 닦으며 소리쳤다.

"이게 다 너 때문이야!"

"이 사람이 진짜. 마틴이 멋대로 말하니까 그렇잖아요!"

"니가 사람 열 받게 하잖아!"

내가 뭘 어쨌단 말인가! 곰방대 휘두르는 대로 다 맞아 주고, 말인지 방군지 모르겠는 헛소리에 손바닥 비비며 맞장구라도 쳐 줘야 한다는 말인가!

마틴이 "에이 씨!" 하며 바닥에 이마를 쿵쿵 찧었다. 짐승 털을 깔아 놓은지라 큰 소리는 안 났으나 윤기 흐르는 회색 털에 축축한 얼룩이 생겼다.

척 봐도 마틴의 상태가 심상찮았다. 술 한 모금에 인사불성이 됐을 리는 없고, 제 성을 제가 감당 못 하는 모양이었다.

젬이 우왕좌왕하다 급한 대로 금서를 꺼내 마틴의 얼굴과 바닥 사이에 끼웠다. 마틴이 가죽 표지에 이마를 쿵 박곤 잠시 몸부림을 멈추었다. 그리고 천천히 고개를 들었다.

이마에 동그랗게 발간 자국이 남아있었다. 그가 코를 훌쩍였다.

"책 곰팡내……."

"일단 얼굴부터 닦는 게 좋겠어요."

젬이 손에 잡히는 천을 아무거나 잡아 건넸다. 마틴이 두말없이 행주에 코를 풀었다.

"마틴. 솔직히 말해 봐요. 난 편견 없어요."

마틴이 고개를 끄덕였다.

"정신병 있어요?"

대답 대신 코 푼 행주가 얼굴에 날아왔다.

*　　　*　　　*

젬은 마틴과 나란히 우물가에서 세수를 했다. 가로등 하나 없는 시골 한밤에 높이 뜬 달이 어찌나 밝고 둥근지, 젬은 처음으로 밤이 아름답다는 생각을 했다.

"달이 무지 예뻐요" 하며 마틴을 돌아본 젬이 찔끔 놀랐다. 한결 차분해진 마틴이 젬을 물끄러미 보고 있었다.

"……야. 너 키스해 본 적 있냐."

"뭐예요. 뜬금없이."

"너 원숭이 좋아하냐."

"아, 진짜! 쫌!"

마틴이 찬물에 얼굴을 담갔다 꺼냈다. 아이는 자동적으로 떠오른 안 좋은 기억에 얼굴을 찌푸렸다.

그것은 다름 아닌 정신을 잃은 젬에게 약초를 씹어 먹이던 마틴의 모습이었다.

"내가 좀 이상해진 것 같아."

"제 생각도 그래요. 원래도 이상했지만, 오늘 밤은 한층 더 심하시네요."

젬이 일어서서 코트를 털었다. 마틴이 멍하니 젬의 코트 밑단을 보며 중얼거렸다.

"아무리 생각해도 다 너 때문이야."

"내 생각엔 마틴이 취한 것 같은데. 지금 어딜 보고 말하는 건진 알고 있어요?"

"기분 나쁠 정도로 닮았어."

"저 말이에요? 그거 혹시 욕이에요?"

"야."

마틴이 비틀거리며 자리에서 일어섰다. 젬이 행주를 탁탁 털며 그를 힐끔 보았다.

"……아까 헤이트 학파라고 했지."

"네?"

"네 금서 말이야."

마틴이 찬물이 뚝뚝 떨어지는 앞머리를 대충 쓸어 넘겼다. 추위 탓인지 얼굴에 핏기가 하나도 없었다.

그가 "에이, 씨" 하며 등을 돌렸다. 젬이 "잠깐만요!" 하며 그 뒤를 따랐다.

"뭐예요! 얘기하다 말고. 중요한 얘기 아녜요?"

"……내 직감이 방금 알려 줬는데, 자다 깬 야생 원숭이가 엄마 찾아 엉엉 울고 있을 것 같대."

"헉, 카피레!"

젬이 고무공 튀듯 빠른 속도로 계단을 올랐다. 감시하듯 주위를 맴돌던 핑크 요정이 마틴을 빤히 보았다. 마틴이 한쪽 입꼬리를 올렸다.

"뭐 할 말 있어?"

핑크 요정은 심히 못마땅한 표정이었으나 소리가 통하질 않으니 한계가 뻔했다. 위협하듯 허공에 잠시 셰도우 복싱을 하던 아이가, 쏜살같이 젬의 뒤를 따라 사라졌다.

마틴이 후우, 한숨 쉬며 하늘을 보았다. 시린 밤공기에 살이 에이는 듯했다. 우물물 냄새와 이끼 비린내가 한데 섞여 뜨거운 콧속을 식혀 주었다.

유라레에서 카피레 왕자가 사라졌단 소식은 들리지 않았다. 공식 석상에도 이따금 얼굴을 비춘단 소식이었다.

그렇담 트리비아에 있는 카피레 왕자는 대체 누구란 말인가.

유라레에 있는 카피레는 또 누구고.

마틴은 유라레에서 만난 흰머리 남자를 떠올렸다. 심상찮은 기운이 흐르는 남자였다.

마법사는 동류를 알아보는 법. 그는 마법사가 분명했다. 그것도 보통 수준이 아니었다. 게다가 그 느낌이 어딘가 익숙했다.

산에서 다시 만난 젬의 몸엔 이질적인 마력이 희미하게 감돌고 있었다. 그것은 핑크 요정과 비슷했으나 분명 달랐다.

닥터 유리라는 남자, 혹은 다른 어떤 힘이 남긴 흔적이었다. 젬과 카피레 왕자는 유라레에서 이곳까지 마법으로 날아온 게 분명해 보였다.

그렇다면 왜? 어떻게? 무슨 이유로?

마틴의 직감이 빨간불을 외치고 있었다. 보통 복잡한 일이 아니라고, 모른 척하는 게 상책이라고 말이다.

녹즙 피부 여자를 성에 데려온 것 자체가 문제였는지 몰랐다.

첫인상부터 강렬한 여자였다. 번듯하게 차려입은 고위 인사들, 높은 천장에 별처럼 수놓인 샹들리에, 꽃과 얼음으로 장식한 화려한 무대. 그 뒤에서 얼쩡거리는 검은 코트는 꽃밭에 홀로 선 해골 표본처럼 이질적이었다.

어쩌다 벗겨진 후드 속에서 시퍼런 피부의 여자가 튀어나온 그 순간을, 마틴은 평생 잊을 수 없을 것이다.

여자는 이야기 속 초록 마녀와 놀라울 정도로 닮아 있었다. 희귀 피부병 환자 운운하는 시선 속에서 홀로 꼿꼿이 버티고 선

모습이 특히 그랬다.

그 때문이었다. 마틴이 답지 않은 오지랖을 부린 것은.

단순히 변덕이라고만 여겼던 일이 벽돌처럼 하나둘 쌓이고 쌓여 점차 마음에 집 한 채를 짓고 있었다. 아직 완성되지 못한 그 집의 이름이 무엇이 될지, 마틴 자신도 알 수 없었다.

"너무 오래 살았어……."

마틴의 중얼거림이 입김을 타고 허공에 흩어졌다.

*   *   *

"정말 괜찮으신 거 맞아요? 얼굴이 이렇게 붉은데."

"가, 가끔 이럽니다. 신경 쓰지 마세욧!"

거한 뻑사리에 로이의 얼굴이 한층 붉게 익었다. 너무 익은 토마토처럼, 볼을 쿡 찍으면 터질 것처럼 붉었다.

젬은 장작불 옆에 앉은 듯 후끈후끈한 열기에 질려 몸을 살짝 뒤로 뺐다.

"설마 약 안 먹고 버리시는 건 아니겠죠?"

"저, 절대 그렇지 않습니닷!"

조금만 더 놀리면 울릴 수도 있을 것 같았다. 젬은 잠시 고민했으나 예민병 환자 마틴을 떠올리곤 얌전히 물러나기로 했다.

고슴도치 뺨치는 양반이라 로이에 관한 일이라면 물불 안 가리고 반응하는 경향이 있었다. 로이가 한숨을 포옥 쉬며 손바닥을 바지에 문질렀다.

최근 로이의 반응이 이상했다. 녹즙 인간이었을 땐 '초록 마녀 님!' 하며 졸졸 따르던 그였건만, 젬이 인간의 형상을 되찾자 슬금슬금 눈을 피하기 일쑤였다.

사람 좋아하던 강아지가, 낯가리는 들고양이로 변한 기분이었다. 젬이 "맞다" 하며 품을 뒤적였다.

"이건 보너스예요. 항상 약 먹는 거 힘들어하시니까. 이건 좀 나을 거예요. 새콤달콤하거든요."

어떻게든 친밀도를 다시 쌓으려는 시도였다. 로이가 두 손으로 약병을 받았다. 수전증이라도 있는지 손이 풍 맞은 노인마냥 덜덜덜 떨리고 있었다.

"새콤달콤이요?"

"후후, 비타민폭탄이에요. 마틴에겐 비밀이에요. 로이에게만 주는 거니까."

"저, 저저저저한테만요?"

"몇 개 안 만들어 놔서요."

물론 젬과 카피레 것은 제외한 수치였다. 젬이 한쪽 눈을 찡긋하자 로이가 약병을 가슴에 폭 끌어안으며 귀에서 증기를 뿜었다.

아이의 표정이 서리 맞은 봄꽃처럼 삽시간에 시들었다.

"정말 괜찮으신 거 맞아요?"

"물론입니닷!"

대답은 백 점 만점에 백오십 점을 줄 만했다. 내내 오묘한 표정으로 팔짱을 끼고 있던 아이가 젬의 어깨에 앉으며 뭐라 중얼거렸다.

젬이 "아이?" 하고 되묻자 아이가 아무것도 아니라며 고개를 저었다. 방을 나서는 발걸음이 올 때보다 한결 가벼웠다.

녹즙 인간에서 그냥 인간으로 승격한 지 며칠째. 사람들의 반응은 아쉬움 반, 섭섭함 반이었다. 세상에서 녹즙 피부를 싫어하는 사람은 젬밖에 없는 듯했다.

"우리 초록 마녀님이……" 하며 대놓고 한숨 쉬는 사람도 있었다.

카페레만 해도 뭐가 불만인지 젬을 볼 때마다 후드를 깊게 씌우곤 했다. 젬은 금 간 손거울에 얼굴을 요리조리 비춰 보며 "내 눈이 이상한가" 하고 중얼거리게 되었다.

마틴은 헤이트 학파에 관해 더 말해 주는 것을 꺼리는 듯했다. 그날 이후, 젬에게 마틴은 잘못 건드렸다간 어떻게 터질지 모르는 폭탄이나 마찬가지였다.

젬은 호시탐탐 기회를 노리고 있었다. 때를 노려 마틴을 잘 구워삶아 볼 작정이었다.

'이렇게 된 이상 내겐 금서밖에 없다.'

젬은 배 쪽에 숨긴 금서에 손을 올렸다. 판판한 감촉이 손에 닿자 마음이 고요히 가라앉았다.

아이는 더 이상 금기가 어쩌고 하는 말을 입에 담지 않았다.

젬이 무슨 생각을 하는지 눈치챈 탓이었다.

"애인도, 가족도 아닌 상대한테 왜 그렇게까지 하는데?"

마틴의 열 끓는 목소리가 다시금 귓가에 메아리쳤다. 젬이 부르르 얼굴을 털었다.

왜긴 왜야. 왜긴 왜겠어. 그냥······.

젬은 더 생각하기를 멈추고 성큼성큼 발을 옮겼다. 구름다리에 딱딱한 발소리가 퍼졌다. 서늘하고 깨끗한 공기가 성 전체에 짙게 깔려있었다.

창밖이 드물게 뿌옜다. 유난히 안개가 짙은 날이었다. 멀리 눈 덮인 산꼭대기가 잠시 모습을 드러냈다가 이내 구름 같은 안개에 묻혀 사라졌다.

마틴이 주문한 약은 한두 가지가 아니었다. '환자 하나만 맡아라'고 말한 주제에 젬을 무슨 1인 약 공장 취급했다.

처음엔 "이렇게 많은 약을 한 사람에게 먹였다간 밥도 못 먹고 배 터져 죽을 것이다. 생 고문이나 다름없다!"고 당황한 젬이었으나 오해는 금방 깨졌다.

젬이 만드는 피로회복약, 숙변제거제, 수면유도제, 숙취해소약 등등 생활 밀착형 마법약은 마틴의 개인실과 학교 양호실로 고루 옮겨졌다.

첫날, 마틴은 젬의 쪽방을 슥 보더니 제 공방을 빌려주겠노라

선뜻 말했다. 아닌 게 아니라 젬의 쪽방은 가마솥이 하나뿐이라 어마무시한 주문량을 도저히 감당할 수 없었다.

그리하여 젬은 반나절간 죽어라 약을 만들고 출퇴근하는 나날을 맞이하게 된 것이었다.

그나마 카피레가 로이와 친하게 지내는 게 천만다행이었다. 나이 차이는 좀 난다 해도, 보아하니 정신연령이 엇비슷한 수준이었다.

젬은 오늘치 목표량 피로회복약 열 병, 숙취해소약 스무 병을 외며 복도를 가로질렀다. 마틴의 공방으로 향하는 길이었다.

*   *   *

높고 넓은 공간에 끓는 소리와 연기가 가득했다. 큼지막한 유리창으로 눈부신 햇살이 들어와 실내를 비추었다. 공기 중을 떠다니는 먼지며 연기가 손에 잡힐 듯 선명했다.

한쪽 벽에 검은 솥단지가 일정한 간격으로 줄을 이었다. 하나같이 보글보글 끓는 중이었다.

단지 걸이에 작은 시계가 하나씩 달려 있었다. 젬은 소매를 팔뚝까지 걷어붙이고 부지런히 국자를 젓거나 재료를 보충하거나 했다.

마틴은 창가에 붙은 작은 책상에 다리를 올린 채 삐딱하게 앉아 있었다. 두꺼운 서류를 보는 둥 마는 둥 깃펜을 씹던 그가 "요즘 왕자님이 수상해" 하며 불쑥 말을 던졌다.

한참 답이 돌아오지 않자 그가 목소리를 높여 다시 한 번 외쳤다.

"요즘 왕자님이 이상하다니까!"

젬이 "그래요?" 하며 시계를 조작했다. 정확히 5분 뒤 재료를 보충해야 했다.

펄펄 끓는 솥단지에 둘러싸인 탓에 사우나가 따로 없었다. 팔뚝에 힘줄을 세워 가며 국자를 젓는 젬의 곁에서 아이가 부지런히 땀을 닦아 주었다.

마틴이 깃펜 꼭지를 기어코 부러뜨리곤 춧, 혀를 찼다.

"분명 뭔가 숨기는 게 있어. 고민이 있단 말이야."

"그럴 만한 나이잖아요. 몇 살이라 그랬더라."

"이런 적이 없었단 말이야. 왜 나한테 고민 상담을 안 하지?"

그냥 하소연하고 싶을 뿐이로군. 대충 대꾸해도 되겠다. 젬은 아이와 힐끔 눈을 마주치곤 고개를 끄덕였다.

"그러게요. 왜일까요."

성의 없는 대꾸에 마틴의 눈썹 곡선이 한층 가팔라졌다. 젬은 다음 솥단지 앞에 서서 약의 색을 확인했다.

마틴이 급한 대로 주문해 받아 왔다는 대형 솥단지는 동화책에 나오는 마녀의 것처럼 크고, 두껍고, 윤기가 잘잘 흘렀다.

세트로 받은 국자도 키가 크고 큼지막하니 잘생긴 놈이었다. 물건값을 월급에서 제한다거나 하는 말이 나올까 젬은 조마조마했으나, 마틴은 '부족한 게 있으면 말해' 하고 한마디 딱 던졌을 뿐이었다.

예민병 환자 주제에 배포가 제법 두둑했다. 그 대가라 생각하면 썰렁한 아저씨 말장난이나 넋두리 하소연 정도는 너그럽게 들어 줄 수 있었다.

"야, 내 말 듣고 있어? 왜 그런 것 같냐니까."

"원래 그 나잇댄 가족보다 친구가 좋은 법 아네요? 말하기 쑥스러운가 보죠."

예를 들면 카피레라던가. 젬은 요즘 들어 금붕어 똥처럼 붙어 다니는 두 사람을 떠올렸다.

"친구우?"

마틴의 음성에 짜증이 섞였다. 마법사님께서 또 뭐가 심기에 거슬리셨나. 젬은 슬금슬금 맨 구석 솥단지로 자리를 옮겼다. 지나치게 넓은 공방이 이럴 때는 도움이 되었다.

노성을 기다리며 초를 세던 젬이 "응?" 하고 뒤를 보았다. 의자에 삐딱하게 앉은 마틴이 허공에 연기로 도넛을 만들고 있었다. 크고 흐리게 번져 이윽고 사라지는 연기가 보였다. 알싸한 담배 냄새가 묵직한 약 냄새와 섞여 공방에 진동했다.

저게 폭풍 전의 고요인지, 아니면 불발탄인지 가늠이 쉽지 않았다. 때마침 삐삐삐삐, 하고 시계 소리가 터졌다. 젬이 게걸음으로 이동해 준비했던 원액을 들이부을 찰나였다.

친구, 친구라, 중얼거리던 마틴이 젬을 불렀다.

"야, 주문 좀 하자."

"또 뭔데요."

"……자백제 같은 거 만들 수 있어?"

젬이 차분히 원액 통을 비운 뒤 국자를 두어 번 휘저었다. 뒤돌아선 젬 앞에 한껏 진지한 표정의 마틴이 서 있었다. 젬이 팔짱을 꼈다.

"예의상 묻겠어요. 어디다 쓰시려고요?"

"바보냐. 당연히 왕자님의 비밀을 캐내는데 써야지."

젬이 어이없다는 듯 픽 비웃음을 날렸다. 어깨도 한번 으쓱했다. 그간 마틴에게 보고 배운 보람이 있었다. 마틴이 약 오른 표정으로 "뭐, 왜, 뭐" 하며 미간을 찡그렸다.

젬이 품에서 종이를 꺼내 빨간 줄을 찍찍 그었다.

"오늘치 분량 끝이에요."

"야. 내 말 못 들었냐. 추가 주문이라니까."

"세상에 사춘기 자식이 내 맘대로 안 된다고 약 먹이는 부모는 없어요."

"부, 부모?"

"나이 차이를 생각하세요, 진짜! 새파랗게 어린애 상대로 부끄러운 줄도 몰라요?"

젬이 "흥!" 콧바람을 날리곤 주르륵 늘어선 솥단지에 불을 조절했다. 내일 와서 마무리 작업만 하면 끝이었다.

"저 먼저 가요" 하는 젬에게 답이 돌아오지 않았다. 마틴이 멍하니 솥단지 앞에 서서 얼굴을 더듬고 있었다.

"……나 그렇게 늙어 보이냐?"

안타깝게도 젬은 너무 멀리 있어 듣지 못했다. 매정하게 닫히는 문소리에 마틴의 낯이 시꺼메졌다.

아이는 마틴의 중얼거림을 들었으나 홍홍 콧바람만 불었다. 변비 환자가 쾌변하듯 속이 뻥 뚫리고 시원했다. 어쨌든 아이에게 마틴은 '주는 것 없이 미운 놈'인 것이다.

18.
듣고 싶은 말

"뭐라구? 상사병?"

"그렇다니까요!"

젬이 놀라 뒤돌아보았다. 헤드에 몸을 기댄 채 헛웃음을 짓고 있는 카피레와 열성적으로 고개를 끄덕이는 로이가 보였다.

"예법 담당 안소니 선생님이요. 시름시름 앓으면서도 굳이 학교에 와선 말이에요. 차림새는 또 여간 화려한 게 아니에요. 거동도 불편할 텐데 다 말라 터진 입술에 립밤인지 뭔지까지 촉촉이 바르고…… 수업은 아예 양호실 침대에서 한다니까요? 애들은 바닥에 다 앉혀 놓고요. 하도 힘이 없어서 골골대느라 뭐라 하는지도 못 알아먹겠는데……."

"……거참 직업 정신이 투철하신 분이로군."

"그건 절대 아녜요!"

로이가 휙휙 소리 나게 고개를 저었다.

"안소니 선생님은 '그분이 오실지도 몰라!'란 생각 하나로 학교 까지 기어 오는 거고요. '기왕지사 양호실 침대를 축낼 거라면 자 릿값이라도 해라!'라는 양호 선생님 호통에 어쩔 수 없이 수업하 는 척을 하는 거라구요. 가장 큰 피해자는 우리 학생들이에요. 강 제로 알아먹지도 못할 옹알이를 들어야 하는 우리라고요!"

평소 온화한 언행을 유지하던 로이가 버럭 소리치니 박력이 남달랐다. 정말 사춘기일지도 몰라. 젬은 고민 상담이랍시고 자 백제를 요구하던 마틴을 떠올렸다.

젬이 그 불쌍한 선생에게 피로회복약이라도 나눠 줄까 고민 하던 찰나였다. 로이가 카피레의 손을 덥석 쥐었다.

"뭐, 뭐야."

"정말 모르시겠어요, 미스터 블랙? 안소니 선생님이 기다리는 '그분'이 누군지?"

"알게 뭐야, 이거 놔. 땀 차."

"미스터 블랙! 당신이잖아요!"

젬도 카피레도 눈이 휘둥그레졌다. 얘기를 들어 보니 카피레 가 처음 학교에 간 날, 그의 미모에 단단히 혼이 난 선생이 한 명 있던 모양이었다.

예법 선생 안소니. 통칭 멋쟁이 안소니라고 했다.

평소 패션과 미학에 대단히 관심이 많아 '계집애 같다'는 소리도 듣긴 했지만 이렇게까지 광적으로 치장에 집착하는 인물은 아니었다는데, 최근 들어 정신병에라도 걸린 게 아니냔 얘기까지 돈다고 했다.

"제일 유력한 설은 '지랄병설'과 '상사병설'이에요."

로이가 카피레를 힐끔 보았다.

"요즘 들어 입에 달고 살거든요. 미의 화신님인지 뭔지를요. '하늘에서 내려온 천사님, 그분은 언제 다시 오실까. 아아 칠흑의 악마 같은 당신이여, 아니 마이 엔젤' 어쩌구저쩌구 하는데 진짜 심각해요. 양호 선생님은 홀홀 웃기만 하고 영 도와줄 생각이 없으시고요. 미스터 블랙, 지금이야말로 블랙이 나설 때라고요!"

젬이 카피레와 로이를 번갈아 살폈다. 호칭이야 어찌 되었든 둘 사이가 제법 친근했다.

카피레가 우쭐한 얼굴로 코를 세웠다.

"그으래? 훗, 이 몸께 그리 애가 닳았단 말이지. 걱정 마라 로이. 이 미스터 블랙이 폭풍을 잠재워 주마."

"와아! 역시 미스터 블랙밖에 없어요!"

야생 원숭이와 새끼 원숭이가 서로 털을 골라 주는 장면을 훔쳐보는 기분이었다. 어쩜 저리 쿵짝이 잘 맞는지 불가사의할 지경이었다.

사춘기 열다섯 소년과 스무 살 기억 상실 청년. 어린 애와 다 큰 어른의 조합이건만 둘 수준이 비슷하다 못해 로이 쪽이 한결 어른스러워 보이기까지 했다.

카피레가 이불을 획 걷어 냈다.

"자, 그럼 지금 당장 출동이……!"

"잠깐."

젬이 미지근해진 약병을 들고 침대가에 섰다.

막 침대를 박차고 나오려던 카피레가 한쪽 다리만 내놓은 채 굳었다. 시꺼멓게 물들인 머리가 새하얗게 탈색되어 보이는 건 눈의 착각이 아니리라.

"자, 젬 특제 보약 아침 분이요. 아직 안 드셨잖아요."

"……뭐가 들어갔는지 왜 말 안 해 주는 건데."

"몸에 좋은 거라니까요."

"수상하잖아! 이 냄새를 봐! 백 년 묵은 웅덩이 똥물이라도 섞은 게 아니라면 사람 먹는 거에서 어떻게 이런 냄새가 나!"

젬이 입을 떡 벌리며 언성을 높였다.

"정말 너무하시네요! 어떻게 그렇게 말씀하실 수 있어요?!"

"이런 걸 사람한테 먹이려는 네가 더 너무한 거 아냐? 진짜로……?"

카피레가 억울하다는 듯 입술을 물었다.

젬은 새벽 내내 연구해 완성한 특제 보약병을 꾹 쥐었다. 검은 기름이 떠 있는 회색 병에 시무룩한 얼굴이 비쳤다.

오랜만에 잡은 금서였다. 계약이 어쩌고저쩌고 마틴의 말에 겁먹었으나 금서는 평소처럼 움직여 주었다.

젬이 가장 원했던 건 심신이 불안한 카피레를 도와주는 약. 금서는 처음 보는 페이지를 열어 주었다.

일명 불끈불끈약, 고급편.

다행히 필요한 재료는 모두 성에 있었다.

밤새 약을 준비하며 젬은 멍하니 시간을 보냈다. 언젠가 지불해야 할 백지 수표에 끊임없이 0을 채워 가는 기분이었다.

솥단지 밑에서 벌어지는 화려한 불꽃의 춤을 눈도 깜박이지 않고 감상했더랬다.

젬의 눈썹이 절로 내려가고, 입술이 우물우물 말려들었다. 금서가 알려 준 레시피 중에서도 귀한 약재가 가장 많이 들어가는 것을 골라 새벽 내내 끓인 약이건만. 끙끙 앓는 카피레를 위해 성심성의를 다했건만…….

젬의 먹구름 낀 눈가에 그림자가 짙어졌다. 실핏줄이 터질락말락 피곤에 절은 눈동자에 촉촉한 물기도 서렸다.

그 모습이 어찌나 처량한지 카피레는 본능적으로 몸을 움직였다. 이성이 뭐라 한 마디 하기도 전에 "에잇!" 하며 약병을 낚아채 한입에 들이켰다.

목구멍으로 쓰고 비리고 화하고 걸쭉한 액체가 퉁퉁 불은 떡 삼키듯 넘어갔다. 절로 오만상이 찌푸려지며 손가락 발가락에 힘이 바짝 들어갔다.

카피레가 물에 빠졌다 나온 사람처럼 헐떡헐떡 숨을 내쉬었다.

옆에서 소리 없이 경악한 로이가 재빨리 알사탕 하나를 까 카피레 입에 물려 주었다. 카피레의 눈에 로이의 등에 찬란한 날개가 비추었다. 카피레는 최신형 청소기가 되어 사탕을 맹렬히 요리조리 쪽쪽 빨았다.

젬이 감동한 눈으로 빈손을 쥐었다 폈다 했다.

"카피레……!"

"돼, 됐지?"

"후후. 다 드실 거면서 왜 그러셨어요! 어때요, 막 몸에 불끈불끈 힘이 솟지 않으세요? 이게 보통 약이 아니라구요. 여기 뒷산에 깔린 것들 덕에……."

힘이 불끈불끈한지는 모르겠고, 갑작스러운 충격에 심장이 갓 잡힌 잉어처럼 펄떡거리긴 했다. 온몸에 진땀이 삐질삐질 흘렀다.

카피레는 기시감에 고개를 갸웃했다. 꼭 전에도 이렇게 강렬하게 맛없는 약을 먹어 본 것 같았다.

카피레는 생각의 실마리를 잡으려 했으나 충격이 너무 커 이내 잊고 말았다. 그런 카피레와 젬을 복잡한 눈으로 보던 로이 앞에 회색 병이 떡하고 나타났다.

"……젬, 님?"

"뭘 그렇게 보세요? 텃밭 주인도 드셔야죠. 자, 한 번에 쭈욱 들이켜세요. 몸에 좋은 거예요."

로이의 낯이 백지장처럼 허옇게 탈색되었다. 방금 일어난 참상을 두 눈으로 똑똑히 보았건만 저 끔찍한 약을 내 입에 넣겠다니! 일전에 먹은 약과는 비교도 안 될 정도로 무서운 맛일 게 틀림없었다.

경직된 웃음으로 '제가 지금 속이 안 좋아서요' 하고 거절하려는 찰나, 로이는 젬과 눈이 마주치고야 말았다. 안 그래도 신난 기색이던 젬이 이를 살짝 드러내며 씩 웃었다.

젬의 눈이 가늘게 접히며 초승달과 같은 곡선을 그렸다. 반쯤 접힌 눈이 꼭 별 가루가 빛나듯 반짝였다.

마법 같던 시간, 코앞에서 초록 마녀가 반짝이는 소녀처럼 보이던 그 순간이 로이의 망막에 겹쳤다. 로이의 귀로 증기가 뿜어져 나왔다.

"얼굴이 붉은데, 갑자기 열이라도 나세요?" 하며 고개를 갸웃하는 젬의 손에서 로이는 약병을 낚아채 한입에 들이켰다. 스치듯 닿은 젬의 피부 감촉이 손에 화상처럼 남아 사라지지 않았다.

손뼉 치며 좋아하는 젬에겐 불행하게도, 잠시 뒤 로이는 바닥에 물약을 모조리 토해 버리고 말았다. 도저히 인간이 먹을 수 있는 맛이 아니었다.

"역시 미스터 블랙⋯⋯!"

중얼거리는 로이를 보고 젬은 패배감에 휩싸였다. 곧바로 남은 약병을 기울여 맛을 확인한 젬은 입맛을 쩝쩝 다셨다. 맛없긴 하지만 토할 정도는 절대 아니었다!

결국 카피레와 로이가 학교로 향한 것은 등교 시간을 한참 넘겨서였다.

＊　　＊　　＊

"으음, 생각보다 심각한걸?"

"제가 말한 대로죠? 보세요, 저 게슴츠레한 눈빛! 푹 꺼진 볼살! 맥아리 없는 손짓!"

카피레가 참담한 낯으로 고개를 끄덕였다. 안소니는 무덤에서 기어 나온 시체처럼 생기가 쪽 빠진 형상이었다. 처음 봤을 땐 그래도 촌것치고 말끔한 인상이었는데 말이다.

윤기가 빠져 푸석푸석한 금발에 애써 에센스를 떡칠한 티가 역력했다. 혈색 없는 얼굴을 감추기 위해 과하다 싶을 정도의 볼터치가 양 볼을 수줍게 장식하고 있었다.

가뭄 맞은 논처럼 쩍쩍 갈라진 입술에 기름칠이 겉돌고, 앙상한 쇄골을 화려한 프릴 레이스 장식이 가리고 있었다.

카피레는 저도 모르게 크으, 하며 눈을 가렸다. 양호실 침대에 반쯤 기대어 누운 선생 아래에 영혼이 나간 표정으로 허공을 바라보는 학생 군단이 있었다.

복도까지 흘러나오는 안소니 선생의 조곤조곤한 옹알이에 카피레의 영혼도 머나먼 여행을 떠나기 직전이었다. 로이가 카피레의 어깨를 쥐고 흔들었다.

"정신 차리세요, 미스터 블랙!"

"헛, 미, 미안하다."

"후우. 그 심정 충분히 이해합니다. 처음 본 사람에겐 충격이 크겠지요. 그래도 생각해 주세요. 며칠째 이 수업을 강제 감상하고 있는 학생들의 고충을……!"

로이의 눈꼬리에 한 방울 눈물이 반짝였다. 카피레는 심장이 찢어지는 듯했다. 간밤의 일은 이미 우주 저 멀리 날아가 버렸다.

내 지나친 미모가 한 선생을 저리 망가뜨리다니. 그 덕에 죄 없는 학생들까지 피해를 보는구나.

아, 죄 많은 미모, 죄 많은 남자 미스터 블랙이여.

"다 끝났으면 좀 지나도 될까?"

카피레와 로이가 화들짝 놀라 벽에 몸을 붙였다. 김이 모락모락 피어오르는 머그잔을 든 노부인이 다른 손으로 안경을 고쳐 썼다. 안경알이 빛을 반사한 탓에, 노부인의 표정을 읽을 수 없었다.

"호오, 이게 누구신가. 우리 땡땡이 상습범 왕자님이랑, 오, 미스터 블랙!"

"양호 선생님!"

로이가 자세를 바로 하고 꾸벅 인사했다. 카피레는 주춤주춤 벽에서 떨어졌다. 노부인의 얼굴에 미소가 짙어졌다.

"왕자님이 큰일을 해냈구만. 수업을 밥 먹듯이 빠지더니 이런 식으로 나오다니. 홀홀홀. 잘했네, 잘했어요. 자자, 어서 들어감세."

넘칠락 말락 달달 떨리는 머그잔을 들고, 양호 선생이 힘차게 문을 열었다. 나무 문이 벽 두드리는 소리가 쾅쾅 복도에 울려 퍼졌다. 학생 일동의 시선이 한데 모였다.

"자, 보시게 안소니! 자네가 기다리고 기다리던 그분이 왔다네!"

날개 펼친 공작새처럼 양팔을 활짝 벌린 양호 선생 뒤로 우수에 찬 표정을 한 카피레가 한 걸음 내디뎠다. 학생들 사이에 소곤거림이 파도처럼 번졌다.

"허, 허억!"

안소니가 급히 가슴 부근을 움켜쥐고 몸을 바짝 움츠렸다. 핏줄 선 손아귀 아래 한껏 부풀린 프릴 레이스가 형편없이 구겨졌다.

파도가 갈라지듯 학생들이 양옆으로 비켜선 자리에 카피레가 사뿐사뿐 모델 워킹을 했다. 얼굴에 자동 장착된 찬란한 휘광에 안소니는 윽, 하고 눈을 찌푸렸다.

카피레가 계산된 동작으로 앞머리를 쓸었다. 본능적으로 알 수 있었다. 자신의 옆얼굴이 가장 돋보이는 각도였다.

"……얘기 많이 들었어. 나 때문에 많이 아팠다며?"

"처, 처처처처처처천부당 만부당 하신 말씀……."

"고생 많았어. 음, 더 무리하지 말고 잠시 쉬는 건 어때. 여기네 휴식을 바라는 사람이 참 많은 것 같은데 말이야."

"요즘만 같아선 아주 그냥 인생을 쉬어 버려도 될 것 같다네. 홀홀홀."

양호 선생이 고개를 끄덕였다. 학생 일동 또한 오뚝이 인형이 되어 일사불란하게 고갯짓을 했다. 카피레가 "봤지?" 하며 은근한 미소로 안소니를 보았다.

안소니는 가슴팍을 쥔 손에 힘을 바짝 주었다. 방심한 순간 몸이 땡볕 아래 얼음처럼 녹아 바닥으로 흐를 것 같았다. 눈가가 파들파들 경련하고 코는 미의 화신의 냄새를 쫓아 벌름거렸으며 무의식중에 침이 꼴깍꼴깍 넘어갔다.

안소니가 "시, 신이시여……" 하며 애써 몸을 일으키려 할 때였다.

카피레가 "일어나지 마라니까" 하며 손가락 끝으로 안소니의 이마를 눌렀다.

이마에 차고 매끄러운 감촉이 닿은 순간, 안소니는 "……끼요오옷!" 하고 닭 멱따는 소리를 남긴 채 눈을 까뒤집고 말았다. 미라처럼 바짝 마른 인간이 침대 위로 시체처럼 축 늘어졌다.

"주, 죽었어?"

"설마……! 손가락 하나로!"

학생 일동 사이에 수군거림이 파문처럼 번져나가는 가운데, 카피레는 조용히 검지를 이불에 문지르고 있었다. 껍질이 벗겨져라 사납게 움직였다.

"소독약 좀 줄까?" 하는 양호 선생의 중얼거림에 로이가 "예, 얼른 주세요" 하고 답했다.

몇 시간은 깨어나지 않을 것 같다는 양호 선생의 진단에 학생 일동은 운동장으로, 교실로 삼삼오오 흩어졌다. 자동으로 다음 수업까지 자유 시간으로 변경된 셈이었다. 학생들 연령대가 십대 초반에서 후반까지 다양했다.

카피레는 로이를 힐끔 보았다. 흩어지는 학생 중 누구도 로이에게 소리 내어 인사하는 이가 없었다. 데면데면한 눈길만 오갈 뿐이었다.

카피레는 턱을 긁다가 코를 살짝 찡그렸다. 검지에서 아직도 소독약 냄새가 진동을 했다.

후루룩, 차 마시는 소리에 시선이 몰렸다. 양호 선생이 머그잔을 들어 보였다.

"곡물 차 한잔하시겠는가? 제법 구수하다네."

*　　*　　*

동네 친구 대접하듯 스스럼없는 양호 선생의 태도에 카피레도 어느 순간 긴장을 놓았다. 돌이켜 보면 처음 본 날도 이와 비슷한 흐름이었던 것 같았다.

로이에게 몇 가지 묻던 양호 선생이 카피레 쪽으로 화살을 돌렸다.

"그래, 미스터 블랙. 회색탑은 지내기 어떤가."

"……쓸데없이 크고, 춥고, 마음에 안 드는 녀석이 살아."

"이런 이런, 마법사님 말씀이구먼. 홀홀홀."

양호 선생이 머그잔을 내려놓으며 "그 인간이 좀 괴팍하긴 하지. 아, 방금 내가 한 말은 비밀로 해 주시게" 했다. 로이를 보며 한쪽 눈을 찡긋하는 것도 잊지 않았다.

로이가 "하하" 어색한 웃음을 흘리는 꼴을 보니 이런 일이 한두 번이 아닌 듯했다. 카피레의 양호 선생에 대한 호감도가 수직 상승했다.

"자네 일행이 그 초록 마녀 맞지? 마법사님 제자로 들어갔다는 게 사실인가?"

상승하던 호감도가 다시 하강 곡선을 그렸다. 마법, 금서, 마틴. 젬이 카피레에게 알려 주지 않는 것들이었다.

카피레의 표정이 딱딱해졌다. 로이가 눈을 굴리며 소리 없이 차를 삼켰다.

"난 모르는 얘기야."

"흠, 자네는 어떤가. 심심하진 않고?"

"심심하다기보다……."

카피레가 말끝을 흐렸다. 심심하다기보다 불안했다. 차근차근 계단을 오르는 젬을 구덩이에 속에 숨어 올려다보는 기분이었다.

창밖의 소란함이 멀게만 느껴졌다. 이따금 "으으윽, 마이 엔젤……" 하고 터지는 안소니의 신음에 귀가 괴로웠다. 로이만이 커튼이 둘린 양호실 침대를 힐끔거릴 뿐이었다.

로이가 머그잔을 두 손으로 쥔 채 양호 선생과 카피레를 번갈아 보았다. 양호실 공기가 살짝 무거워지려는 찰나, 호로록 소리가 정적을 깼다.

"자네, 학교에 나와 보지 않겠나?"

"……어이, 지금 내가 학교 다닐 나이로 보여?"

"훌훌. 선생에게 나이가 무슨 상관인가."

'상관있지! 무지 많이 있지!' 하려던 카피레가 테이블을 짚은 채 "응?" 하고 되물었다. 양호 선생이 또박또박 되풀이해 주었다.

"선생에게 나이가 무슨 상관이냔 말일세."

"선생?"

"예법 선생 어떤가. 내 보니 자네 앉고 서는 자세며, 먹는 폼이 예사롭지 않구만."

"저 치가 예법 선생이라고 하지 않았어? 남 원한 사는 짓은 안 해."

카피레가 보란 듯이 팔짱을 꼈다. 부담스럽긴 해도 저가 너무 좋아 기절까지 한 사람의 생계를 앗을 수는 없는 노릇이었다.

"아, 걱정 말게. 저 인간은 역사 겸 지리 겸 예법 선생이거든. 자기 입으론 예법 선생이라 밝히고 다니지만, 내가 보기엔 영 글렀어. 예법을 모조리 자기식으로 해석해서 엉뚱한 것만 가르치기 일쑤거든. 식당에서 학생들이 죄 새끼손가락을 바짝 들고 물 마시는 꼴을 보고 있자면 내 속에서 천불이 솟을 지경이야……!"

갈수록 거칠어지는 양호 선생의 어조에서 그 진심을 엿볼 수 있었다. 양호 선생이 곡물 차를 벌컥벌컥 들이켜더니 후우, 하고 숨을 골랐다. 살짝 열이 올랐던 낯이 점차 제 색을 찾았다.

"어쨌든 저 인간 밥줄 끊길 걱정은 하지 말게."

"그, 그것 참 다행이군⋯⋯" 하고 중얼거린 카피레가 "아니, 아니, 그게 아니지!" 하고 도리질 쳤다. 비록 기억이 오락가락할지언정 상식만큼은 일반인 수준이라 자부하는 카피레였다.

"뭔 선생을 이렇게 대충 뽑아? 내 뭘 보고? 사기 아냐? 여기 자격증 같은 거 안 봐?"

"홀홀. 여기 선생 중에 그런 거 가진 사람 아무도 없네. 보면 모르겠는가? 학생이래 봐야 전부 합쳐 100명이 될까 말까 해. 선생 수는 더 말할 것도 없고. 트리비아에서 선생을 뽑는 건 오로지 교장 재량이야."

"그럼 그 교장은 어딨는데."

양호 선생이 "음?" 하며 안경을 고쳐 썼다.

"자네 눈앞에 있지 않은가."

"뭐?"

"양호 선생님은 양호 선생님 겸, 체육 선생님 겸, 교장 선생님이세요."

로이의 속삭임에 카피레가 입을 뻐끔뻐끔했다. 양호 선생 겸 교장이 씨익 웃었다.

"내 들은 게 맞다면, 자네, 아직 이곳에서 할 일을 찾지 못했을 테지? 이곳에서 자네처럼 곱상한 친구는 달리 할 일을 찾기 힘들 걸세. 홀홀. 여기 사람들은 머리보다 몸 쓰는 일을 좋아하거든.

이 일이 박봉이긴 하지만 월급은 제때 나오니 없는 것보단 나을 게야."

높이 솟은 침엽수림에 둘러싸인 작은 분지. 영토 대부분을 차지하는 논밭. 만년설 아래 파도치는 황금 밀밭은 동화책 속으로 들어온 듯 몽환적인 매력이 있었다. 트리비아는 주민 대다수가 나무를 베거나 밭을 매거나 광석을 캐는 작은 동네였다.

확실히 기억이 없는 지금, 카피레가 할 수 있는 일은 제한적이었다. 젬은 낮 동안 마틴의 일을 도와야 한다고 했다. 먹고 자는 건 걱정하지 말라 가슴을 두드리는 꼴을 보아 협상을 마친 듯했다.

그래. 카피레도 가만히 있을 수 없었다. 이래서야 꼭, 꼭 기둥서방……

그때 "와아!" 하는 소리가 창밖에 터졌다. 세 사람의 시선이 창밖으로 향했다.

부러진 나뭇가지와 자갈을 품은 회오리바람이 운동장에 춤추고 있었다. 학생 몇이 그것을 보고 아이고, 엄마야 탄식하고 있었다. 그네를 타다 급히 피신한 듯 보였다.

"츳츳, 요즘 들어 회오리가 잦구먼."

"……기둥이 다 날아갔네요. 다친 사람은 없는 것 같아 다행이에요."

"마법사님 심기가 불편하신가? 츳츳, 그네랑 철봉을 다시 세워야겠구만."

카피레는 말없이 창밖을 보았다. 나무 기둥을 대충 못 박아 만든 철봉이 한쪽으로 기울어 있었다. 그네는 줄이 끊긴 모양인지 삼각기둥만 외로이 서 있었다. 잠시 자리를 맴돌던 회오리가 거짓말처럼 사라졌다.

양호 선생이 아무 일도 없던 것처럼 머그잔에 남은 곡물 차를 마지막 한 방울까지 싹싹 핥아먹었다. 로이 역시 흥미를 잃고 자리에 앉았다.

보아하니 이런 일이 일상인 모양이었다. 카피레도 얼결에 의자에 다시 궁둥이를 붙였다. 마법사 놈이랑 회오리가 무슨 상관인지 알고 싶었으나, 놈의 이름을 입에 담기가 싫었다. 양호 선생이 씩 웃었다.

"자, 어쩌시겠는가, 미스터 블랙?"

"흠흠" 목소릴 다듬던 카피레가 넌지시 물었다.

"……월급이 얼맙니까?"

커튼 뒤에서 자그맣게 "신이시여……" 중얼거리는 소리가 들렸다.

*　　　*　　　*

"선생님이요? 카피레가?"

카피레가 "엣헴!" 하며 뒷짐을 졌다. 로이와 한갓지게 놀러 나가더니 이게 어찌 된 영문인지 알 수가 없었다.

'설마 나이 든 학생인 게 부끄러워 선생으로 거짓말하는 건 아니겠지?' 하는 젬에게 카피레가 손가락을 세워 가며 월급 액수를 강조했다.

몇 초가 지나도 젬의 표정이 떨떠름하기만 하자 카피레가 뒷짐을 풀고 팔짱을 꼈다.

"뭐야, 그 반응은?"

"아, 아뇨. 카피레. 왜 갑자기 이런 결정을? 선생님이라니. 그런데 관심도 없었잖아요."

"관심 많거든!"

물론 돈에 관한 관심이었다. 카피레는 첫 봉급을 받는 대로 이 빌어먹을 옷가지를 불태워 화형 쇼를 벌이리라 다짐, 또 다짐했다. 무지개 할매 바지와 구멍 난 가죽조끼만 아니라면 뭐든 좋았다.

젬의 저 백 년 묵은 걸레짝 같은 박쥐 망토도 때깔 좋은 새것으로 싹 맞춰 줄 생각이었다. 젬이 좋아서 까무러치는 장면을 상상하면 걷다가도 몸이 하늘로 솟을 지경이었다.

그런데 젬의 반응이 영 마뜩잖았다.

"아니, 왜 그러긴요. 카피레 힘들까 봐 그렇죠. 그냥 편히 쉬어도 되는데…… 아, 맞다. 오늘 마틴한테 제가 뭘 얻어 왔게요?"

카피레의 반응이 심상찮자 젬이 애써 화제를 돌렸다. 카피레는 대답하지 않았다.

미간에 계곡이 한층 깊어지며 관자놀이에 혈관이 볼록 솟았다. 핑크 요정이 조용히 베개 맡 수면 주머니 속으로 들어갔다.

"짠! 손거울이에요. 좀 낡긴 했지만 세공이 제법 화려하죠? 후후, 젬 특제 보약이 효능을 인정받았단 뜻이에요. 카피레 생각나서 이걸로 얻어 왔어요. 어때요?"

침묵만 돌아왔다. 젬이 "하하⋯⋯" 하며 어색하게 손을 내렸다.

"좀 낡아서 그래요? 어쩔 수 없네. 제가 박박 닦아서 새것처럼 만들어 줄 테니까 기다려 보세요. 깜짝 놀라실걸요?"

"⋯⋯좋아할 줄 알았어."

"네?"

카피레가 팔짱 낀 손에 힘을 꾹 주었다.

"네가 좋아할 줄 알았다고. 내가 교사 일을 한다고 하면. 우리 돈 없다며. 벌이가 둘이면 훨씬 살 만할 거 아냐."

"좋, 좋아요. 기쁘고 말고요! 그치만 카피레는 몸도 약하고, 그러니까 힘들까 봐⋯⋯."

"내가 다섯 살 애새끼로 보여? 아니면, 기억이 오락가락하니까 진짜 모지리 같아?"

카피레의 언성이 높아졌다. 젬이 손거울을 내려놓았다.

"카피레. 무슨 말을 그렇게 해요? 내 말은 그런 뜻이 아니잖아요!"

"그런 뜻이 아니면 뭔데!"

카피레가 팔짱을 풀고 주먹을 쥐었다. 발밑이 모래 파도에 잠기는 기분이었다.

외진 산맥에서 눈을 뜬 순간부터 지금까지. 카피레는 한 번도 진심으로 안심할 수 없었다. 잊을 만하면 머릿속을 간질이는 못된 속삭임 때문이었다.

"정말 네게 살 만한 가치가 있냐고 생각하니?"

그것은 가느다란 남자의 목소리기도 했고, 환청 같은 여자의 목소리기도 했으며, 중후한 남성의 목소리이기도 했다. 어느 곳에서든 고막을 파고드는 거머리처럼 끈질겼다.

도대체 기억을 잃기 전, 자신이 무슨 일을 겪은 것인지 짐작이 가질 않았다. 어쩌면 자신은 겉만 번지르르할 뿐, 내면은 음침하고 부정적인 인간이었는지도 몰랐다.

혹은 정신병을 앓고 있었는지도 몰랐다. 기분 나쁜 환청이 그 단서였다. 젬은 알고 있을까? 아니, 카피레는 고개를 입술을 깨물었다. 젬만은 모르길 바랐다.

카피레는 그럴 때마다 귀를 꼭 막고 아아아아, 작게 웅얼거리곤 했다. 흥, 개소리. 다 개소리였다. 일이야 어쨌든 자신은 잘생겼다.

비록 거울 보기가 불편해 확인은 어려워도 사람들의 반응을 보다 보면 자연스레 알 수 있었다.

사람은 시각에 의존하는 생물이다. 그 가운데 외양이 빼어나단 것은 제법 유리한 고지에 서 있단 말이 아니겠는가.

기억은 채우면 되고, 돈은 벌면 된다. 자신에겐 젬이 있었다. 기억이 오락가락한 데다 굳은살 하나 없는 자신을 달콤한 솜사탕처럼 맞아 주는 젬이.

하지만 그것만으로는 부족했다.

"네가 종일 뭘 하고 있던 간에 난 방에서 애완견처럼 기다리고 있으란 거야?"

"그런 뜻이 아니잖아요!"

처음엔 젬의 녹즙 피부에 놀랐던 것도 같았다. 달밤의 착각이라 여겼던 색이 태양 아래 환하게 밝혀졌을 땐 말이다. 솜사탕이나 불꽃이 터지는 아름다운 광경 역시, 제 눈에만 보일지언정, 거짓이 아니었다.

카피레는 속으로 안심했다. '저런 외양이라면 사람들이 멀리할지도 모른다. 내가 기억을 잃었어도 젬은 나를 버리지 않을 것이다!' 하는 생각을 잠시 했다. 못난 생각임은 카피레 스스로도 알고 있었다.

그러나 카피레의 상식으로는 도저히 이해할 수 없는 일만 일어났다. 사람들은 초록 마녀와 금발 소년, 요정 운운하며 젬에게 친근하게 대했다.

마을 노인은 물론, 성에서 왔다는 새집 머리도, 선생도, 말라깽이 소년도 누구 하나 젬을 꺼리는 이가 없었다.

제 모습을 찾은 지금은 더 불안했다. 자신에게는 젬밖에 없는데, 젬 주변엔 사람이 끊이지 않았다.

"……새집 머리 마법사랑은 낮 동안 단둘이 대체 뭐하는 건데."

"뭘 하긴요. 그냥 이것저것 심부름하고, 약 만들고……."

"사람들은 네가 마법사님의 제자라고 수군대더라. 왜 나한텐 그런 말 안 해?"

"제, 제자라구요?"

"진짜야?"

젬은 두 눈을 똥그랗게 뜨고 입만 뻥긋거렸다.

역시. 카피레는 손바닥을 파고드는 손톱을 느끼며 주먹에 힘을 주었다. 그 밤, 환청으로 치부했던 이야기는 모두 거짓이 아니었던 것이다.

금서니, 계약이니, 비밀스레 소곤소곤 새집 머리와 속삭였더랬다. 젬은 카피레에게 그 비슷한 말도 꺼낸 적 없었다. 마틴과 대화하는 젬은 카피레와 있을 때와는 사뭇 달랐다. 툴툴거리면서도 어딘가 의지하는 기색이 역력했다.

카피레는 입술을 질끈 물었다. 아픔이 멀게만 느껴졌다.

어쩌면, 처음부터 다 착각이었을지도 모른다는 생각이 들었다. 젬과 연인 사이였을 거라 한 치의 의심 없이 믿었건만, 그게 아니었던 것이다.

그냥 집만 같이 쓰는 사이일 뿐, 카피레의 짝사랑이었는지도 몰랐다.

카피레는 주먹에서 힘을 빼려 노력했다. 이거고 저거고 간에 죄 엿이나 먹으라고 하고 싶었다.

"내가 그런 말을 몰래 숨어 듣고 남한테 얻어들어야 해?"

"카피레……."

"난 네 애가 아니야! 애완견도 아냐!"

카피레는 바닥을 보고 소리쳤다. 말이 혀를 때리고 입 밖으로 나온 순간, 카피레는 아차 했다.

추태에도 정도가 있었다. 카피레가 가장 화내고 싶은 대상은 젬이 아니었다. 기억을 잃은 자신이었다.

눈에 열이 몰리며 절로 코에서 훌쩍이는 소리가 났다.

젬이 덜컥 놀라 "카피레, 괜찮아요? 그런 게 아니라니까……" 하며 가까이 오려 했다.

손끝이 어깨에 닿으려는 순간, 카피레는 반사적으로 "손대지 마!" 하며 젬의 손을 쳐 냈다. 생각지도 않게 큰 소리가 터졌다.

젬이 한 손을 든 채 얼떨떨하게 굳었다. 황망한 눈동자에 울기 직전처럼 얼굴을 일그러트린 카피레가 비쳤다.

카피레는 미안하단 한 마디도 못 뱉고 뒤돌아 뛰었다. 머리가 돌아가기 전에 몸이 먼저 움직여 버렸다.

지상 최강의 못난이 등장이었다.

"카피레!" 하고 외치는 소리가 한참을 따라오다 멀어졌다. 그 목소리에 물기가 서린 것도 같았다.

차가운 밤공기가 얼굴을 때렸다. 눈앞이 뿌옇게 얼룩졌다. 발소리가 돌벽을 때리며 멀리멀리 퍼졌다. 카피레는 무의식중에 구름다리로 뛰었다.

다리 맞은편, 성 쪽에서 작은 불이 일렁이고 있었다. 밤 산책을 나오던 중이었을까. 로이가 등불을 든 채 굳어 있었다. 카피레가 천천히 속도를 늦추었다.

눈을 가늘게 뜨고 카피레를 확인한 로이가 "미스터 블랙? 무슨 일 있으셨어요?" 했다.

카피레가 말없이 한참을 헐떡이는 동안, 로이는 땀에 젖은 등을 두드려 주며 잠자코 기다렸다. 착한 자식. 카피레는 코를 훌쩍였다.

"나 오늘 니 방에서 잘 거야."

카피레가 툭 뱉은 말에 로이가 눈을 깜박였다. 부탁이나 권유라기보다 명령에 가까운 말투였다.

카피레는 부러 두 눈에 바짝 힘을 주었다. 자꾸 얼굴 코와 입에 힘이 풀려 훌쩍임이 샜다. 얼굴 근육이 제멋대로 경련했다. 정신없는 와중에도 쪽팔림이 앞섰다.

갑자기 불안감이 엄습했다. 놈 역시 카피레 외모에 사로잡힌 시각의 포로 중 한 명이었다. 지금 꼴이 너무 우스워 정이 다 떨어졌으면 어떡하지? 놈이 거절하면?

새집 머리 마법사에겐 갈 수 없으니 선택지가 없었다. 아무 골방에서 새우잠을 자거나 복도에서 쪽잠을 자야 할지도 모르는 일이었다.

잠시 침묵하던 로이가 천천히 카피레에게 걸어왔다. 등불에 비춘 표정이 꼭 놀란 강아지를 달래듯 온화했다. 그 어색한 미소에 카피레는 어이가 없어 웃음이 샜다.

"언젠가 미스터 블랙을 꼭 제 방에 초대하고 싶었는데, 오늘에야 기회가 왔군요."

따뜻한 목소리였다. 로이가 등불을 얼굴 높이로 들고선 개구지게 씩 웃어 보였다.

"같이 가요, 미스터 블랙. 아, 뭐 마실 거라도 가져가요, 우리. 마틴이 숨겨 놓고 먹는 과일주가 있는데 그거 맛이 기가 막히거든요."

카피레에게 손짓하는 로이의 표정이 어찌나 순진무구한지, 얼굴만 보면 술이 아니라 과자 먹으러 가자는 줄 착각할 법했다. 카피레는 뭐라 잔소리하는 대신 코를 훌쩍이며 로이의 뒤를 따랐다.

신세 지는 주제에 염치가 있었다. 잔소리는 방에 들어간 뒤에 해도 늦지 않았다. 당연히 새집 머리의 과일주는 카피레가 독차지할 거고 말이다.

*　　　*　　　*

잠시 문밖으로 나갔던 로이가 어색한 미소와 함께 돌아왔다. 눈에 익은 회색 약병을 두 개나 들고서 말이다.

말 안 해도 뻔했다. 젬이 왔다 갔겠지. 문틈으로 먹색 솜사탕 구름에 힘 빠진 불꽃놀이가 멀어졌다.

카피레는 뭐라 묻는 대신 과일주를 한 모금 삼켰다. 향긋한 사과 향에 머릿속이 몽롱해지면서 몸에 따끈따끈 열이 올랐다.

오렌지색이 드리운 벽난로 앞이었다. 이따금 장작 갈라지는 소리, 불똥 튀는 소리가 귀를 간질였다.

얼굴도 손도 발도 땀이 날 정도로 따끈했다. 헛것처럼 일렁이는 장작불이 천사의 머리카락처럼 보였다가 악마의 혓바닥처럼 변하길 반복했다.

"하하, 바깥 공기가 차네요."

로이가 카피레 곁에 엉덩이를 내리며 어색하게 웃었다. 카피레는 대답 대신 로이 쪽으로 안주 그릇을 밀었다. 멀리 바람 부는 소리가 창을 때렸다. 두꺼운 갈색 커튼이 파도처럼 일렁였다.

목덜미에 끼치는 한기에 카피레가 몸을 움츠리며 생각했다. 젬이 감기 몸살에서 회복한 지 얼마 안 된 시점이었다. 이런 야밤에 돌아다니는 건 좋지 않았다.

잘 챙겨 입고 나왔겠지? 야밤에 뭐 큰 볼일이라고 여기까지 찾아오고.

손톱을 깨무는 카피레 곁에서 슬금슬금 눈치보던 로이가 보란 듯이 페이지를 한 장 넘겼다. 감상을 기다리는 강아지 같은 눈빛에 카피레가 할 수 없이 사진집을 힐끔 보았다.

"……잘생겼다, 잘생겼어."

책 읽듯 성의 없는 말투에도 아랑곳하지 않고, 로이의 반응은 폭발적이었다.

"그죠? 그죠? 아름다우시죠? 전 이보다 아름다운 분을 뵌 적이 없어요. 아, 물론 미스터 블랙도 엄청 멋지시지만요! 들어 보세요. 이분은 얼굴만 완벽한 게 아녜요. 세기의 미인으로 일컬어지던 유라레 왕비님 적통, 진짜 진짜 왕자님에다 나라 최고 학자한테 학문을 배워 아카데미 석사 과정까지 어린 나이에 한 번에 통과했대요. 너무 잘생겨서 존재 자체가 살아 있는 왕실 홍보 전광판이라고 그러더라고요. 유라레 국민들이 왕실 호감도가 높은 게 다 이 왕자님 덕분이라나요."

"흐음."

"그뿐만이 아니에요. 왕세자 인터뷰로 미루어 볼 때, 성격도 천사나 다름없는 모양이에요. 대륙에서 가장 멋진 왕자 1위, 세상에 가장 잘생긴 남자 1위! 지상 최강의 왕자님이세요! 동화책에서 튀어나온 것 같다니까요! 아아, 정말이지, 제 롤모델이세요!"

카피레는 "그러냐" 하며 안주로 내온 건과일을 꼭꼭 씹었다. 입에 든 것이 말린 자둔지, 짐승 쓸갠지 맛을 알 수 없었다.

로이가 자랑하듯 꺼낸 하드커버 사진집을 처음 볼 때부터, 아니, 로이의 방에 들어선 순간부터 감각이 이상하게 돌아갔다. 지금도 그랬다.

숨겨 무엇하랴. 카피레는 내심 '자신보다 아름다운 인간이 있을까' 하고 자만하고 있었다. 무엇을 변명하리. 눈앞에서 자신을 미의 신이라 부르며 눈을 까뒤집은 인간도 본 것이다.

그러나 카피레는 오늘에서야 세상이 넓고 깊단 사실을 깨달았다. 이렇게 생긴 사람이 실제 존재한다면 말이다.

로이가 넋 놓고 감상 중인 화보엔 금을 녹인 듯 물결치는 머리

칼에 진주처럼 뽀얀 피부, 갓 딴 산열매처럼 붉은 입술의 미남자가 사과를 보고 있었다. 사진이 아니라 상상화라 해도 믿을 만한 미모였다.

로이의 방은 벽지가 보이지 않을 정도로 이 남자가 가득했다. 심지어 문이나 창, 커튼에도 사진이 붙어 있었다. 그 탓일까, 로이의 방은 이상한 느낌이었다.

처음 본 방인데 이상하게 그리운 느낌이 들었다. 있어선 안 될 곳에 온 것 같은 께름칙함도 함께했다.

로이의 환한 표정과 향긋한 과일주에 휘말려 벽난로 앞에 자리 잡긴 했지만……

"이거 뭐 사진에 붓질한 거 아냐? 사람이 어떻게 이렇게 생길 수 있어?"

카피레의 발언에 로이가 처음으로 눈에 불을 키웠다. 절대 후가공 처리가 아니다, 타고난 절대 미남, 세계 제일의 미모, 미의 여신이 손수 빚어내리신 보물이라 찬양했다. 그리고 덧붙였다.

"진짜 모르시겠어요, 미스터 블랙? 누구랑 좀 닮은 것 같지 않아요?"

"누구?"

"아이참, 미스터 블랙말이에요!"

"내, 내가?"

카피레는 찬찬히 남자의 얼굴을 뜯어 보았다. 어차피 고개를 돌리면 돌리는 대로 눈에 들어오는 게 놈의 사진이었다. 전신,

반신, 얼굴 클로즈업, 종류도 다양했다.

확실히, 어딘가 눈에 익은 얼굴 같기는 했다. 금발이란 점도 비슷했다. 비록 지금 카피레가 까마귀 흑발을 하고 있긴 하지마는……

카피레는 "글쎄, 그런 것 같기도 하고 아닌 것 같기도 하고……" 하며 대충 얼버무렸다.

별로 거울을 보면서까지 확인하고 싶진 않았다. 로이는 그 반응에 살짝 실망한 모양이었으나 페이지를 넘기며 다시 헤헤 웃었다.

카피레는 술잔을 만지작거리다 다시 내려놨다. 한 모금 마시려 할 때마다 젬의 목소리가 귓가에 맴돌아 술이 넘어가질 않았다.

"술, 담배 절대 금지에 내복 필수!"를 목청 높여 외치던 그 모습이 눈앞에 선명했다.

"캬아. 술 잘 받는다! 내일 마틴이 엉엉 울지도 모르겠네요."

카피레는 낄낄 웃는 로이를 말없이 바라보았다. 순한 줄만 알았던 집토끼가 야생 거대 개구리를 씹어 먹는 꼴을 목도한 기분이었다.

로이는 술 도둑질 경험이 한두 번이 아닌 듯했다. 술 마시는 자세가 웬만한 주당 못지않았다.

마틴의 비밀 창고엔 과일주뿐만 아니라 양주, 독주, 맥주, 약주, 투명한 증류주까지 종류별로 갖춰져 있었다.

카피레의 질린 표정에 로이가 "마틴의 수집품엔 아저씨 유우

머집만 있는 게 아니거든요" 하며 씩 웃었다. 그 미소가 새집 머리 마법사와 조금 닮아 있어 카피레는 등골이 오싹했다.

"제가 몸이 좀 부실하잖아요. 마틴이 술에 관심이 많다 보니까 약주 같은 것도 곧잘 조금씩 줬거든요. 마음이 시릴 땐 사실 술만 한 친구도 없어요. 자, 미스터 블랙도 사양 마시고!"

그렇게 카피레는 과실주를 딱 두 모금 마셨더랬다. 로이가 과실주 반병을 비울 동안 말이다. 영 진도가 안 나가는 카피레에게 로이는 이것저것을 권했다.

장작불에 구워 매콤한 냄새를 풍기는 육포와 소시지, 적당히 쫀득한 건과일과 할아버지 양말 냄새가 나는 치즈. 모두 마틴의 보물 창고에서 가져온 거라 했다. 카피레는 처음으로 마틴이 약간 불쌍해졌다.

술이 얼큰하게 들어간 로이는 이 상황이 퍽 즐거워 보였다. 마신 양에 비하면 놀라울 정도로 멀쩡한 상태긴 했다.

꼴꼴꼴, 하는 소리와 함께 유리잔에 황금색 액체가 가득 찼다. 로이가 자기 잔을 카피레의 잔에 짠 부딪치며 히히 웃었다.

"너무 좋아요!"

"불청객이 좋긴 뭐가 좋아."

"술도 있고, 미스터 블랙도 있고, 몸도 따뜻하고……."

혀가 살짝 풀린 발음에 주정뱅이의 억양까지 들어간 터라 알아듣기가 쉽지 않았다. 카피레가 헛웃음을 터트리자 로이가 "앗, 웃었죠!" 하며 히히, 이를 드러냈다.

"미스터 블랙도 웃고, 사방엔 왕자님이 가득하고! 좋아요, 좋아!"

"너 원래 이러고 노냐? 친구 불러서? 까져 가지곤."

"……미스터 블랙이 제 친구해 줄 거예요?"

술기운이 그득한 눈동자에 물기가 어렸다. 카피레가 아차 해서 입을 다물었다.

낮에 봤던 어색한 양호실 상황을 상기해 보면, 로이는 또래 친구와 별 교류가 없어 보였다. 왕자가 또래와 시시덕거려서 뭐 좋을 게 있겠느냐마는, 분위기가 분위기였다.

카피레가 "이제 그만 마셔" 하며 로이의 어깨를 밀었다. 로이가 비틀비틀 몸을 흔들었다.

카피레가 슬쩍 냄새 독한 술병부터 하나둘 뒤로 숨겼다. 로이는 볼을 부풀리긴 했으나 굳이 말리진 않았다.

그의 품엔 아까 젬이 두고 간 회색 약병이 꽂혀 있었다. 카피레의 시선을 따라 본 로이가 뒷머리를 긁었다.

"아, 하나는 미스터 블랙 거고요, 하나는 저 먹으라고 주셨어요."

"기껏 좋은 술 먹고 입맛 버릴 일 있냐. 이리 줘."

카피레가 툴툴대며 손을 내밀었다. 로이가 두어 번 헛손질 끝에 한 병을 건네며 중얼거렸다.

"……그런데 초록 마녀, 가 아니라 젬 님 말인데요. 너무 멋진 것 같아요."

"뭐?"

카피레는 제 귀를 의심했다. 과실주 한 모금에 취한 건 아닐 테고, 귓밥 청소를 게을리한 탓일까? 로이가 술기운에 몸을 좌우로 흔들며 웃었다.

"마법약 같은 것도 뚝딱뚝딱 만들고, 착하고, 상냥하고…… 요즘엔 후광까지 비치는 것 같아요. 저 왕자님처럼요."

"야, 야야. 너 이거 먹어 봤잖아. 너 먹고 토했잖아. 대체 지금 무슨 소릴 하는 거야."

카피레가 회색 약병을 꾸욱 쥐었다. 이놈이 술에 취해 헛소릴 하는 게 분명했다. 그게 아니라면 카피레가 모르는 젬이란 이름의 또 다른 약장수가 여기 살던가!

카피레의 심정을 아는지 모르는지 로이가 크게 고개를 끄덕였다.

"그럼요! 먹어 봤지요! 효과 좋아요!" 하며 엄지를 척 들었다.

카피레는 눈앞이 노랗게 변했다. 시야가 팽글팽글 태풍 속 바람개비처럼 돌았다. 마시지도 않은 술기운이 파도처럼 정신을 덮쳤다.

로이가 중얼중얼 말을 이었다.

"멋져요. 근사해. 마틴한테 기죽지 않는 것도 최고야. 이건 비밀인데, 마틴도 어린 것이 제법이라고 칭찬했어요. 마틴은 원래 진짜 칭찬에 짜거든요. 남 좋은 말이라곤 퇴장 선언밖에 못 하는 인간인데 말이에요. 후후, 검은 박쥐 코트도 어찌나 귀여운지.

끝부분이 먼지떨이처럼 너덜너덜한 것도 꼭 일부러 그렇게 한 것 같아. 안소니 선생님이 자주 말하는 '빠숀 아이템'이란 게 그런 거겠죠? 미스터 블랙의 무지개 바지처럼요."

카피레는 안색이 창백한 와중에도 "그, 그건 아냐" 하고 중얼거렸다. 로이의 붉은 낯이 술기운 탓인지, 젬 탓인지 헷갈리기 시작했다. 대체 언제, 어디서부터 잘못된 것일까!

로이가 첫 만남에 젬에게 백허그를 시도하긴 했으나 그뿐이었다. 이후로는 수상한 낌새 같은 걸 전혀 느끼지 못했거늘!

눈을 데굴데굴 굴리던 카피레가 헉, 하고 천장을 보았다. 얼마 전, '녹즙 피부 원상 복귀 사건'의 마지막 단계에서 한 가지 의문이 남았었다.

자신과 새집 머리가 우물물을 찾아 떠난 길, 눈치 싸움과 구보 경주, 힘자랑을 겨루던 때였다. 물 양동이가 어찌나 무겁고 미끄러운지 한 걸음, 한 걸음 힘겹게 계단을 오르고 있었더랬다.

새집 머리 마법사 놈은 허수아비처럼 깡마른 주제에 물이 가득 찬 양동이를 한 손으로 가볍게 쥐곤 소풍 가듯 가볍게 걷고 있었다.

아예 눈에 안 보이면 편할 것을 꼭 몇 계단 위에서! 일정 간격을 유지하며! 이따금 뒤를 돌아보며 비웃음 날리는 것까지 잊지 않았다!

카피레는 이를 뿌득뿌득 갈며 '두고 봐라. 내 언젠가 풍선 근육맨이 되어 네놈 얼굴에 발자국을 찍어 주고 말리라' 다짐, 또 다짐하고 있었다. 그때였다.

계단 위에서 "우아이아아아악!" 하는 소리가 쩡쩡 울려 퍼졌다. 젬이 있던 방 쪽이었다. 카피레는 저도 모르게 초인적인 힘을 발휘하여 계단을 세 개씩 껑충껑충 뛰었다. 물 양동이를 든 것도 잊었다.

그래, 카피레가 도착했을 때 젬의 마법은 이미 풀려 있었다. 산딸기처럼 시뻘겋게 익은 로이를 보며 젬의 녹즙 인간 저주가 로이에게 딸기 인간 저주로 옮겨 간 것이 아닌가 몇 초 의심도 했더랬다.

당황한 로이가 도망치듯 방을 빠져나가고, 젬은 영문을 모르겠단 표정으로 멀뚱멀뚱 눈만 깜박였다. 젬의 모습에 놀라 미처 달리 깊게 생각하지 않았던 문제였다.

그러나 지금 이 순간! 벼락처럼 깨달음이 내렸다!

'서, 설마!'

카피레가 바닥을 짚었다. 손등에 지렁이 같은 힘줄이 볼록볼록 자기주장에 나섰다.

침대 근처에 쓰러진 나무 의자, 저주로 착각할 만치 얼굴을 붉히고 있던 로이 왕자, 동화 속 공주님처럼 마법에서 풀려난 젬!

카피레의 머릿속에 천둥 번개 회오리바람이 휘몰아쳤다. 맨몸으로 우박을 맞듯 머리가 띵했다.

"어떻게 이렇게 한순간에 사람을 좋아하게 될 수 있을까요? 스스로도 신기할 정도예요. 갑자기 젬의 모든 게 귀여워 보이구, 막

주변에 핑크빛이 감도는 것 같구, 옆을 스칠 때마다 막 꽃향기가
나는 것 같구, 그럼 나는 막 벌이나 나비가 된 것 같구……."

"그, 그만! 그만해!"

카피레가 두 손으로 귀를 막고 "아아악!" 소리를 냈다. 미치고
팔딱 뛸 노릇이었다. 로이의 증세가 정확히 카피레와 일치했다.
틀림없는 사랑의 징후, 러브러브 증상이었다.

안 돼!

카피레가 로이의 눈앞에 손바닥을 펴 먼지 털듯 흔들었다.

"어, 어이. 로이. 너 지금 제정신 아니지? 얼른 헛소리라고 말
해! 얼른!"

취기가 올랐는지 양옆으로 기우뚱대던 로이가 베시시 웃으며
카피레의 손바닥을 짝, 치며 "하이파이브!" 했다.

빌어먹을! 카피레는 얼얼한 주먹으로 바닥을 쳤다. 안주 그릇
이 달그락 달그락 춤을 추었다.

비록 외양은 이쪽이 번드르르하다고 하나 로이는 왕자였다!
그것도 새집 머리 능구렁이를 수족처럼 부리는 이곳 유일한 왕
족! 낡긴 했으나 성도 한 채 가졌다! 기억 잃은 빚쟁이가 덤비기
엔 너무나 거대한 벽이었다.

저주에 걸린 공주와, 저주를 푼 왕자. 흡사 동화 속에서 튀어
나온 듯했다. 그럼 카피레의 역할은 뭔가! 공주를 도와주는 '난
쟁이 요정'? 동네에서 공주를 짝사랑하던 '엑스트라 1'?

안 돼! 카피레가 도리질하다 헉, 하고 몸을 빳빳이 굳혔다.

카피레가 지금 젬에게 뭘 하고 나왔던가! 애 취급한다고! 남자 취급 안 해 준다고 빽빽 울다 도망친 것이 아닌가! 안 돼! 아니 된다!

카피레가 떨리는 손으로 약병을 따 한입에 들이켰다. 입 안을 향긋하게 감돌던 과일 향이 가뭄 맞은 과수원처럼 시들고 고약한 시궁창이 삽시간에 입 안에 자리 잡았다.

카피레는 잠재된 인내력을 모두 끌어모아 그것을 힘겹게 삼켰다. 차마 코로 숨을 쉴 수 없어 뻐금뻐금 잉어 호흡을 하며, 카피레가 자리에서 일어섰다.

"화장실일?" 하며 로이가 고개를 들었다. 거기다 대고 카피레가 참았던 숨을 "파!" 하고 뱉었다.

로이의 낯이 발그스름한 봄꽃 색에서 수의처럼 희디희게 표백되었다. 그러곤 힘없이 옆으로 쓰러졌다.

"우우웁, 우우우웁" 하며 헛구역질 소리와 함께 몸을 꿈틀거렸다. 카피레가 떨리는 손으로 이마에 식은땀을 훔쳤다.

"흥…… 미안하단 말은 하지 않겠다."

코맹맹이 소리로 중얼거리며 카피레가 로이를 침대까지 옮겼다. 대충 바닥을 발로 치운 뒤, 술병을 잘 보이게 탁자 위에 늘어놓았다.

바닥에 깔린 짐승 가죽에 안주 부스러기도 살살 뿌렸다. 새집 머리가 발견하면 잔소리깨나 먹을 터였다!

밑 작업을 마친 뒤, 카피레는 머리맡에 서서 로이를 내려다보았다. 아무렇게나 사지를 늘어트린 채 으으음, 신음하는 꼴이 아주 조금, 개미 솜털만큼은 가여워 보이기도 했다.

카피레는 두꺼운 이불을 대충 덮어 주며 놈의 귀에 얼굴을 가까이 댔다.

"젬은 블랙 거다, 젬은 블랙 거다, 젬은 블랙 거다, 젬은 블랙 거다, 젬은 블랙 거다, 젬은 블랙 거다, 자, 따라해 봐."

"으으으으으으으으으으음!"

카피레에게서 풍기는 특제 보약 냄새에 로이의 눈꼬리에 눈물까지 맺혔다. 카피레는 비정한 암살자에 빙의해 얼굴을 딱딱하게 굳혔다. 그 눈매에 인정이라곤 한 톨도 남아 있지 않았다.

"명심해라. 젬을 넘보려면, 천 년 묵은 하수구 똥물 정도는 원샷 할 수 있어야 한다는 걸 말이야. 푸우우―."

"히익! 우우우우우우……."

카피레가 혼신을 다해 뿜어낸 독가스에 로이의 두 눈에서 뜨거운 눈물이 줄줄 흘렀다. 술도 푸지게 먹었겠다, 한동안 정신을 못 차릴 것이 분명했다.

카피레는 "흥!" 하고 코웃음 치곤 로이 몫으로 남은 회색 약병을 침대 옆 협탁에 보란 듯이 올려놓았다. 잠에서 깨자마자 바로 보이도록 각도까지 섬세하게 조절했다.

상대가 마법사를 부리는 왕자든 뭐든, 이렇게 끝낼 수는 없었다!

카피레가 미련 없이 문을 박찼다. 구름다리를 건너 탑 계단을 부지런히 밟았다. 시린 밤공기도 카피레의 열기를 식힐 수 없었다.

헐레벌떡 뛰어간 끝에 눈에 익은 나무 문이 보였다. 젬과 카피레의 보금자리였다. 문틈으로 따뜻한 빛이 새어 나와 바닥에 긴 선을 그렸다.

그제야 카피레는 숨을 가다듬으며 얼굴에 땀을 닦았다. 긴장으로 심장이 갈비뼈를 부수고 나올 기세였다.

마른침을 꿀꺽 삼켰다. 카피레는 속으로 젬에게 할 말을 정리했다. 몇 번이고 되뇌었다. 안에서 움직이는 기척이 났다.

늦기 전에 카피레가 문을 벌컥 열었다.

*   *   *

카피레는 요즘 눈 코 뜰 새 없이 바빴다. 돈벌이를 시작한 것은 물론, 얹혀사는 집주인이 사랑의 라이벌임을 깨달은 것이다.

카피레는 야생 원숭이 대신 의젓한 사나이 가면을 쓰기 위해 노력했다. 카피레의 노력이 빛을 발한 탓일까. 최근 젬이 자신을 보는 눈빛이 조금 달라진 것 같기도 했다.

그러거나 말거나 로이는 카피레 속도 모르고 이것저것 물어보기 일쑤였다. 젬이 좋아하는 음식, 젬이 좋아하는 책 취향, 취미는 뭔지, 어떤 꽃을 좋아하는지, 심지어 무슨 향수를 쓰는지까지 물었다!

카피레의 무의식 최면이 아무 소용 없던 모양이었다. 생각지 못한 로이의 열정에 카피레는 입술을 잘근잘근 씹으면서도 가슴 깊이 반성했다.

왜냐.

무엇 하나 바로 답할 수 있는 게 없던 것이다!

"아니, 원래 가까울수록 모르는 게 많다고 하잖아요" 하고 로이가 위로할 만치 카피레는 분했다. 기억이 있었다면 달랐을 터였다.

기억만 있었다면 로이 놈 엉덩이를 뻥뻥 차 줬을 터였다. 자신감에 부풀었을 터였다. 흥, 그랬다면 동네 사람 다 보는 앞에서 젬과 찐하게 뽀뽀까지 한판 했을 것이다.

그러니까 기억만 있었다면 말이다!

속으로 빽빽 울부짖으며 뜀뛰기를 해도 현실은 현실, 희망 사항은 희망 사항일 뿐이었다. 방과 후 석양이 내린 빈 교실. 카피레는 끄응, 신음하며 책상에 이마를 박았다. 덜컹거리는 소리에 로이가 깜짝 놀라 어깨를 떨었다.

"지, 진짜로 괜찮으신 거예요, 미스터 블랙? 안색이 아주…… 붉으세요."

"혈기가 끓어오른단 증거다. 매일 아침 점심 저녁으로 젬의 특제 보약을 원샷 했더니 이렇게 되더군."

"허억, 아침 점심 저녁으로 그, 특제 보약을……!"

로이가 두 손으로 입을 가리며 한 걸음 물러섰다. 흥, 그럴 만도 했다. 젬에게 듣자 하니 로이 놈은 특제 보약의 악독한 맛을 견디지 못해 하루 한 병을 세 번에 걸쳐 겨우 비운다고 했다. 그 것도 물에 10분의 1로 희석해서 말이다!

효과가 반감된다며 울상 짓던 젬의 앞에서 보란 듯이 약병을 원샷 한 기억도 새록새록 떠올랐다. '역시 카피레가 최고예요, 후후' 하며 웃던 젬의 얼굴도. 그 주위에 봄꽃처럼 오색 빛깔을 뽐내던 솜사탕 구름도 말이다.

먹다 보니 후각과 미각이 마비됐는지 전만큼 먹기가 힘들진 않았다. 카피레의 담담한, 그러나 뼈 있는 대꾸에 로이가 힘없이 시선을 바닥으로 떨구었다.

"후우, 정말 존경스러워요, 미스터 블랙. 저도 본받아야 할 텐 데…… 이래서야 젬 님을 마주 볼 자격이 없어요."

카피레는 "흠" 하며 로이의 어깨를 두드려 주었다. "너도 곧 나 처럼 먹을 수 있을 거야" 따위 빈말은 나오지 않았다. 그저 얼른 알아서 포기해 주기만을 매일같이 빌 뿐이었다.

누구를 탓하리. 카피레는 눈을 질끈 감았다 떴다. 제 무덤을 제가 판 격이었다.

마틴의 보물 창고를 턴 이튿날, 로이는 끔찍한 숙취를 호소하 며 비틀비틀 젬을 찾아왔다. 이미 한바탕 쏟아 내고 왔는지 얼굴 이 시꺼멓게 죽어 해골이 따로 없었다.

힘이 풀려 게슴츠레한 눈에 젬만 보면 은하수가 반짝거리는 꼴이 어찌나 아니꼬운지 카피레는 바닥에 침을 뱉을 뻔했다.

전날 밤, 젬은 카피레와 성공적으로 화해한 터라 몹시 기분 좋은 상태였다. 그녀가 "끝내주는 숙취해소약 레시피가 있다!"며 잠시 자리를 비운 사이, 로이가 슬금슬금 카피레에게 붙었다.

몇 마디 안부와 왜 안 자고 그냥 갔느냐는 인사가 오가고, 로이가 이가 본론을 꺼냈다.

"저어기, 혹시나 해서 여쭤 보는 건데요."

"뭔데."

"혹시 제가 큰 실례를 저지른 건가 해서요."

"뭐냐니까."

카피레는 이미 야생 원숭이에서 산적 고릴라로 화하기 직전이었다. 불만 가득한 카피레의 음성에 로이가 어깨를 잔뜩 움츠리고 속삭였다.

"호호호혹시 미스터 블랙과 젬 님이 혹시……!"

카피레의 두 눈이 번쩍 뜨였다. 평생 장님이 기적을 체험하듯 바들바들 경련하는 눈가에 로이가 헉, 하고 놀라 몸을 뒤로 뺐다.

카피레가 부리부리한 눈으로 로이를 빤히 보고 있었다. 심지어 눈을 깜박이는 것도 잊은 듯했다.

"……젬과 내가, 뭐?"

로이가 마른침을 꼴깍 삼켰다. 얼굴에 파도가 요동치고 있었다. 불안과 초조가 뒤범벅된 표정이었다.

"호, 호호호호혹시 그런, 이러저러그러한, 그런!"

카피레의 내면에서 일대 전쟁이 일어났다. 불꽃놀이가 펑펑 터지고 폭탄이 오갔다.

야생 원숭이가 소리 높여 울부짖었다.

'천재일우의 기회가 왔도다! 어서 젬은 내 것이다 선포하지 못할꼬!'

거기에 맞서 기억 상실 의기소침 원숭이가 우물우물 땅을 팠다.

'그치만 아직 젬과 완전히 재결합한 게 아니지 않느냐. 젬의 마음이 변했다면 어쩔 것이냐.'

'알게 뭐냐! 그때 일은 그때 가서 생각하는 거다!'

야생 원숭이가 양손에 폭탄을 쥐고 사방팔방에 마구 던졌다. 의기소침 원숭이가 "으아악!" 하며 흙구덩이 아래 묻혔다.

그래, 결론은 하나밖에 없었다. 카피레가 "그래, 이제야 깨달았느냐. 젬의 왕자님은 네가 아니라 바로 나, 카피레니라. 지금껏 숨겨서 미안하지만, 젬과 나는 둘만의 비밀스러운 애칭도 교환하는 사이다. 죽을 때까지 함께 할 예정이므로 미안하지만 네 자린 없을 것이다. 첫사랑은 본디 쓸개 같은 법. 로이, 이제 그만 이루어질 수 없는 사랑과 굿바이, 아듀 할 시간이도다" 하고 멋들어지게 대사를 읊을 찰나였다.

로이의 뒤에서 찰그락찰그락 찰진 소리가 들렸다. 카피레가 포즈를 잡다 말고 고개를 기울였다.

"그게 뭐야?"

"아, 마틴이 가져다주라고 한 거예요. 제법 묵직해요."

로이가 아무렇지 않게 뒤에서 주머니를 꺼내 보였다. 검은 주머니에서 짤랑짤랑 동전 부딪치는 소리가 났다. 한눈에 봐도 보통 무게가 아니었다.

"이, 이게 뭔데."

"월급 같은 거 아니겠어요? 예산은 모두 마틴이 관리하니까 자세히는 모르지만요. 헤헤."

로이의 어색한 웃음에 왕자의 여유가 후광처럼 비쳤다. 카피레는 목이 꽉 막혔다.

이, 이게 무슨 일이냐. 갑자기 왜 소리가 안 난담? 어째서 저 검은 돈주머니가 바닥을 구르는 사람 머리만큼 무서워 보이는지 알 수가 없었다.

카피레가 목을 쥐고 입을 뻐끔거리자 로이가 "미스터 블랙, 괜찮으세요?" 하며 서둘러 등을 쓸어 주었다. 그 바람에 돈주머니가 땅에 떨어져 동전 몇 개가 바닥을 굴렀다.

카피레가 눈을 깜박였다. 번쩍번쩍 묵직한 빛. 떼구르르 구르는 저 동그란 몸체. 착각이 아니라면 저것은, 분명한 금화였다.

젬이 "무슨 일 있어요?" 하며 쪽방에서 고개를 내밀었다. 카피레가 푸드득 몸을 떨었다.

"아뇨, 미스터 블랙께서 목이 아프신 모양이라."

젬이 "뭐라고요?" 하며 쪽방에서 뛰쳐나왔다. 무슨 짓을 하고 있었는지 코에 검댕을 잔뜩 묻히고 있었다. 카피레는 나 괜찮다는 뜻을 담아 힘껏 도리질했다. 소용없었다.

종종걸음으로 다가와 어디가 아프냐 종알대던 젬의 시선이 바닥에 잠시 멈추었다. 로이가 급히 덧붙였다.

"마틴이 젬 님께 전해 달라고요."

"그, 그런가요."

로이가 떨어진 동전을 모아 주머니에 담았다. 젬이 주머니 속을 확인하더니 슬금슬금 올라가는 입꼬리를 주체 못했다. 코를 찡긋거리고 입술을 오물오물 씹었다.

오색구름이 여름날 만개한 꽃밭처럼 환해졌다. 지금껏 봤던 반응 중 손꼽히게 밝았다.

그 반응을 이끌어 낸 요인은 명백했다. 금화였다. 돈이었다. 젬은 무의식인 듯 주머니에 코를 대고 킁킁대다가 핑크 요정에게 꿀밤까지 맞았다.

카피레는 고개를 바닥으로 떨구었다. 가슴이 찢어지는 듯했다. 젬 주변에 불꽃놀이가 팡팡 터지고 있었다.

카피레는 그 파편에 심장이 푹푹 뚫리는 듯했다. 젬이 저렇게까지 돈을 좋아하다니. 저렇게까지!

해일처럼 덮쳐 온 패배감에 카피레 심장에 금이 갔다. 산적 원숭이가 가슴을 북처럼 두드리고 의기소침 원숭이가 훌쩍훌쩍 눈물지었다.

아아, 이를 어찌하면 좋단 말인가. 나는 왜 돈 많은 왕자로 태어나지 못했단 말인가!

안 그래도 금 간 탑처럼 불안하던 자신감이 와르르 무너져 내렸다. 고개를 들지 않는 카피레와 당황한 표정의 로이를 번갈아 보던 젬이 약을 가져오겠다며 서둘러 자리를 피했다.

"……가족 같은 사이야."

"네?"

"젬은 나보고 동생 같다고 했어."

거기까지 말한 카피레는 더 잇지 못하고 조개처럼 입을 꾹 다물었다. "저, 정말이신가요!" 하는 로이의 목소리가 숨길 수 없는 희열에 차 있었다.

때마침 양손에 약병을 들고 온 젬이 그중 하나를 카피레에게 쥐여 주었다.

"어제 내복 입고 잔 거 맞죠? 목 계속 아프면 꼭 얘기해요. 자, 젬 특제 보약 아침분!"

해맑게 웃는 얼굴이 노란 꽃처럼 환하고 귀여워서, 카피레는 잠자코 약을 받아들였다. 로이는 보는 것만으로도 괴로운지 "우웁!" 하며 간신히 구역질을 참는 모습이었다.

그에게 젬이 비슷한 색의 약병을 건넸다. 아까 말한 숙취약이리라. 홋. 그게 무엇이든 간에 특제 보약보다 맛없을 린 없었다. 카피레는 눈물을 꾹 참고 뚜껑을 열었다.

"로이 님도 어서 드세요!"

로이는 사약을 권유받은 얼굴로 마지못해 "……예에" 하며 약을 입에 댔다. 잔뜩 찡그린 로이의 미간을 보며 카피레는 제 몫을 호기롭게 원샷 했다. 보란 듯이 꿀꺽꿀꺽 소리 내어 넘겼다.

목과 코가 악취로 뻥 뚫렸다. 카피레의 두 눈에서 뜨거운 물이 줄줄 흘렀다. 옆에서 찔끔찔끔 약을 삼키던 로이가 잠시 휴식 선언을 했다. 젬의 표정이 약간 시무룩해졌다. 카피레가 속으로 노성을 내질렀다.

약해 빠진 자식! 돈만 많으면 다냐!

카피레는 누가 눈치챌세라 얼른 눈물을 닦았다. 속에서 천불이 솟았다. 야생 원숭이가 철천지원수를 만난 듯 이를 갈았다. 의기소침 원숭이도 눈물 그득한 눈으로 원통함을 호소했다.

'……이대로 포기할 셈인가!'

'……안 돼!'

야생 원숭이와 의기소침 원숭이가 한마음 한뜻으로 외쳤다. 카피레 내면에 사나운 모래 폭풍이 휘몰아쳤다.

그래. 그날 맹세하지 않았던가! 돈은 벌면 되고, 기억은 찾으면 된다! 저렇게까지 젬 약을 못 먹는 인간에게 젬의 옆자리를 넘길 순 없었다!

카피레는 빈 약병을 꾸우욱 쥐며 다시금 결의를 다졌더랬다.

그러나 이미 뱉은 말은 주워 담을 수 없는 법. 로이는 카피레를 잠재적 처남으로 보고 있는 듯했다. 몹시도 배알 꼴리는 일이 아닐 수 없었다.

"얼른 돌아가요, 미스터 블랙. 젬 님이 기다리시겠어요."

크으윽, 카피레는 신음을 속으로 삼키며 자리에서 일어섰다. 타는 듯한 석양이 꼭 제 마음 같았다.

19.
[막간극] 마과부 102호

킨에게 발신인 불명의 편지가 처음 도착한 것은 몇 주 전 일이었다. 그가 자리를 비운 사이, 책상 위에 덩그러니 흰 봉투가 놓여 있었더랬다. 비서는 자신이 놓은 게 아니라며 어리둥절해 했다.

킨은 '102호 자리를 탐내는 녀석의 장난이 아닐까' 혹은 '뇌물이라도 먹이려는 수작인가'를 의심하며 잔뜩 긴장해 봉투를 뜯었다. 안에 들어 있던 건 종이 한 장이 전부였다.

비밀리에, 카페 거리 25번지, 마카롱, 매주 수요일 16시부터 17시까지.

안부 인사는커녕 흔한 미사여구 하나 없이 용건만 간단한 편지였다. 아니, 편지라기보다 통지서에 가까웠다.

킨은 코웃음을 픽 날렸다. 누가 이런 것에 넘어갈까 보냐. 안 그래도 사사건건 시비 거는 인간이 산처럼 쌓인 상황이었다. 학회에서 총공격을 당하고 온 게 바로 며칠 전이었다.

킨은 쓰레기통에 종이를 날렸다. 할 일이 태산이었다. 때마침 호출 벨이 울렸다. 닥터 유리의 부름이었다.

킨은 가운에 묻은 커피 자국을 손으로 대충 문지르며 문을 나섰다. 속으로 삭인 한숨에 가슴이 답답했다.

'카피레 왕자 습격 사건' 이후, 유라레 왕성은 급류에 올라탄 뗏목처럼 흔들리고 있었다. 왕위를 계승한 보르누 왕세자와 심신 미약을 이유로 칩거 중인 카피레 왕자가 그 중심에 있었다.

오랜 세월 왕세자로 기반을 다져온 보르누였으나 갑작스러운 습격 사건과 전왕의 정신 이상으로 안 좋은 뒷말이 돌고 있었다. 그간 몸을 숙이고 지켜보던 순혈 귀족과 원로들이 하나둘 으르렁대기 시작했다.

카피레 왕자를 손주처럼 아끼던 팬클럽 실버 회원 중 일부가 여기 속했다.

보르누 왕세자가 범인을 찾지 못하는 것, 하룻밤 새에 왕과 정통 계승자가 횡액을 당한 것에 연관성이 있다고 보고 사사건건 보르누 트집 잡기에 여념이 없었다.

'카피레 왕자 습격 사건'은 킨에게도 의미가 컸다. 다름 아닌 젬을 잃어버린 날이었다.

그로서도 뭐가 뭔지 단정할 수 없는 상황이었으나, 킨은 확신했다. 보르누 왕세자가 범인일 리 없었다.

킨은 102호의 주인이 된 뒤 자체적인 조사에 들어갔다. 습격날, 사라진 사람은 젬뿐만이 아니었다. 두 명의 왕자 중 한쪽 역시 행방을 감췄다.

닥터 유리는 딱히 숨길 생각도 없는 눈치였다. 킨이 102호에 처음 출근한 날, "따로 부탁할 사람이 없다"며 마담 D 저택의 실험실 정리를 부탁하기까지 했었다.

*　　　*　　　*

당시 킨은 내키지 않는 걸음으로 저택을 향했다.

법원에서 해방된 마담 D는 남편의 재산을 모두 정리할 생각이라고 했다. 주인 없는 저택에 정리 안 된 숲길. 귀신이 살 것같은 음침한 기운이 감도는 공간이었다.

킨이 밀대 걸레 하나를 들고 실험실 문 앞에 섰다.

조명 아래 말라붙은 핏자국이 모습을 드러냈다. 농작물처럼 파이프 사이에 끼워져 있던 왕자의 솜 인형은 자취를 감춘 채였다. 천장에 뻥 뚫린 구멍하며 여기저기 금 간 자국까지. 명백한 전투의 흔적이 남아 있었다.

그러나 킨을 가장 놀라게 한 건 그쪽이 아니었다. 금발의 왕자가 갇혀 있던 실험관에 새 손님이 들어가 있었다.

눈을 반쯤 뜬 채 유리 벽에 손가락을 갈퀴처럼 세운 이는, 다름 아닌 본 잉겔 경이었다.

킨은 홀린 듯 실험관 가까이 섰다. 본의 모습이 포르말린 병에 담긴 표본처럼 보였다.

살아 있는 건 분명 하나 의식이 없었다. 유리 너머로 본의 가슴에 난 상처가 보였다. 습격 사건의 시간을 고려하면 틀림없는 관통상이었다.

바로 그 순간, 킨의 머릿속에 어긋난 퍼즐 한 조각이 제자리를 찾았다.

본 잉겔 경은 유라레 왕성에서도 손꼽히는 기사였다. 닥터 유리가 손수 키운 인간 병기였다.

그런 자에게 관통상을 낸다? 생과일주스를 맨손으로 만들어 먹고 칼도 이로 씹어먹는다는 천하무적 본 잉겔 경에게?

이건 칼로 낸 상처가 아니었다. 이건······.

킨이 유리 벽에 손을 댔다. 차가운 감촉에 등골이 오싹했다. 반쯤 뜬 본 경의 눈에서 흰자가 한 바퀴 돌아갔다. 멍든 것처럼 불그스름한 눈 밑에 검은 핏줄이 돋아 있었다.

킨은 저도 모르게 한 발짝 물러섰다. 얼음물이 혈관을 타고 전신을 도는 듯했다. 공포가 정신을 잠식했다. 킨은 천 길 낭떠러지 앞에 서 있었다.

'내가 잘못 생각하고 있었는지도 모른다.'

닥터 유리의 비도덕, 비윤리적 연구는 같은 학자 입장에서 볼 때 대단히 흥미로웠다. 께름칙할망정 백번 양보한다 치면 그 심정을 이해할 수도 있었다.

그러나 연구의 여파가 제 주변까지 끼친다면 얘기는 달라졌다.

본 경의 상처, 사라진 '왕자 2'와 친하게 지내던 젬. 전투의 흔적이 명백한 실험실 풍경.

밀대가 바닥에 툭 떨어졌다. 파이프 관에 손잡이가 튕겨 통통 바닥을 두드리다 이내 잠잠해졌다. 생각이 미친 미꾸라지처럼 날뛰며 머릿속을 진흙탕으로 만들었다.

그때, 실험관 옆 검은 기계에서 삐삐삐 소리가 터졌다. 킨이 머리를 감싸 쥔 채 굳었다.

'저게 뭐지?'

킨은 기계 위에 적힌 낙서 같은 흔적을 빠르게 훑었다. 검은 관처럼 생긴 기계 틈에서 쉬이익, 소리와 함께 증기가 새어 나왔다.

시큼하고 매운 악취에 킨이 코와 입을 막았다. 물에 잠긴 것처럼 눈앞이 이지러졌다.

킨은 본능적으로 뒤돌아 문 쪽을 향했다. 다리에 힘이 풀려 비틀거리며 결국 파이프에 발이 걸려 넘어졌다. 어디를 잘못 부딪쳤는지 무릎이 뜨거웠다.

입에서 쌕쌕 소리가 샜다. 목에 염산을 부은 듯 폐까지 따가웠다. 이젠 혈관에 피 대신 불이 흐르는 듯했다. 킨은 파이프를 짚고 바닥을 기었다. 땀으로 미끄러지는 손에 악착같이 힘을 주었다.

활짝 열린 문이 너무도 멀었다. 실험실 안에 안개가 낀 듯 시야가 뿌옜다.

아니, 안개가 아니었다. 눈물 탓이었다. 얼굴에 뜨거운 것이 흐르고 있었다.

그럴 상황이 아닌데도 헛웃음이 터졌다. 102호 주인 타이틀을 딴지 한 달도 안 된 터였다. 부귀영화는 무슨, 아비에게 본때는 무슨, 젬과 결혼은 무슨…….

킨은 지금껏 원수의 줄에 매달려 꼭두각시 노릇을 하고 있던 것이다.

서늘한 실바람이 눈물을 식혔다. 문이 코앞이었다. 킨이 떨리는 두 팔에 힘을 줘 몸을 끌었다. 그때였다. 기계에 적혔던 낙서의 의미가 머릿속에서 완성되었다.

킨은 저도 모르게 몸에서 힘이 쭉 빠졌다. 목에서 "하" 하고 소리가 터졌다.

암호처럼 두서없는 단어의 나열은 분명, 지난 102호를 거쳐 갔던 연구원들의 이름이었다. 킨이 그 자리에 앉기 전, 소리 소문 없이 사무처를 그만두고 고향에 은신한다던 동료 연구원의 이름도 거기에 섞여 있었다.

닥터 유리는 가문이나 학벌 대신 실력을 높이 사는 사람으로 유명했다. 실제 102호를 거쳐 간 이 중 이름난 집안사람은 거의 없었다.

아니, 아예 없었다. 그리고 랑퀴니에 역시, 시골 출신에 가문과 거의 연을 끊다시피 한 외톨이가 아닌가.

가물가물 흐려지는 시야에 검은 문이 비추었다. 지옥 괴물의 아가리처럼 검고 축축한 그것이, 전신을 삼키는 듯했다.

킨은 더러운 바닥에 이마를 박았다.

*　　　*　　　*

"아, 정신이 들었군요. 다행이에요. 정말 큰일 나는 줄 알았지 뭡니까."

부드러운 목소리에 웃음기가 가득했다. 킨은 몽롱한 와중에도 몸을 흠칫 굳혔다. 물속에 갇힌 듯 시야가 뿌옜다.

새하얀 머리카락이 눈앞에 실타래처럼 늘어졌다. 간질간질한 감촉에 피부에 소름이 돋아났다. 닥터 유리였다.

"가엾게도. 내가 예약 버튼을 잘못 눌러 놨지 뭐예요. 랑퀴니에 군도 깜짝 놀랐지요? 미안합니다. 내 나이를 먹으니 가끔 이렇게 깜빡깜빡하곤 해요."

"저, 제가……" 하던 킨이 켁켁거리며 얼굴을 찡그렸다. 닥터 유리가 온화한 미소로 킨의 가슴팍을 부드럽게 두드렸다.

킨의 전신에 백 발 달린 지네가 기어가는 듯했다. 어느 밤, 왕을 재우던 유리의 미소가 눈앞에 겹쳐졌다.

킨은 뱀 앞에 선 개구리처럼 몸을 긴장시켰다. 본능적인 반응이었다. 관과 닮은 검은 기계, 거기서 샌 고약한 악취가 아직도 생생했다. 귀에 가느다란 이명이 달렸다. 유리가 눈을 가늘게 접었다.

"……랑퀴니에 군은 영특하지요. 눈치도 빠른 편이고요. 적당히 현실과 타협할 줄도 알아요. 저는 그런 사람을 좋아한답니다. 긴장할 필요 없어요."

킨은 주저하면서도 유리와 시선을 마주쳤다. 유리의 두 눈동자에 흥미가 서려 있었다. 적어도 왕에게 향하던 가짜 미소는 아니었다. 킨의 방황하는 눈동자에 유리가 시무룩한 표정을 꾸며 보였다.

"랑퀴니에 군. 그러지 말아요. 전 당신이 퍽 마음에 들었다니까요? 우리 약속했잖아요. 미스 젬을 찾는 것도 제가 직접 도와주겠다고요."

젬.

킨은 입을 달싹였으나 아무 소리도 나오지 않았다. 차라리 다행이었다. 저도 모르게 섣부른 말이 튀어나올 것 같았다.

차가운 손이 킨의 이마를 부드럽게 쓸었다.

"랑퀴니에 군?"

킨은 저도 모르게 눈을 질끈 감았다. 만년 설산에 맨몸으로 선 것처럼 몸이 떨리고 있었다. 달각, 달각, 달각 이 부딪치는 소리가 고막을 두드렸다. 유리가 어쩔 수 없다는 듯 미소 지었다.

"랑퀴니에 군. 제발요. 요즘 마과부에 적당한 인재도 없다고요. 미스 젬은 어쩌고요. 만나고 싶다고 엉엉 울었잖아요."

만나고 싶었다. 젬을 보고 싶었다. 그러나 이 상황에서 닥터 유리의 손을 빌어 젬을 찾는다 해도 어쩔 것인가. 유리를 믿을 수 없었다.

그래. 그래도, 그러나 지금은.

랑퀴니에가 입술을 질끈 물었다. 천천히 그러나 분명히, 떨림이 가라앉기 시작했다. 유리의 목소리에 웃음기가 짙어졌다.

"랑퀴니에 군?"

킨이 유리의 시선을 곧게 마주 보았다. 흔들림 없는 눈동자에 불안한 의지가 담겨 있었다. 유리가 고개를 살짝 끄덕였다. 입매를 길게 찢어 여우 같은 웃음을 보였다.

"다행이에요. 아까 한 말은 거짓이 아니거든요. 앞으로도 잘 부탁해요, 랑퀴니에 군."

유리는 갓난아기를 달래듯 부드럽게 가슴을 쓸어 주었다. 다음에 갔을 때, 실험관은 텅 비어 있었다. 푸른 용액과 사람이 빠진 그것은 골동품처럼 낡아 보였다.

실험실 한구석엔 주변과 어울리지 않는 상자가 하나 놓여 있었다. 때 탄 상자 속에 알록달록 낡은 솜 인형이 잔뜩 들어 있었다.

이후 일에만 집중한 나날이었다. 킨은 머리를 비우기 위해 갖은 노력을 다했다. 그러지 않고는 버틸 수 없었다. 이름 없는 흰 봉투는 예고 없이 찾아온 불청객이었다.

킨의 기분에 아랑곳하지 않고, 흰 봉투는 일주일 내내 같은 시간, 같은 장소에서 킨을 기다렸다. 편지 내용도 토씨 하나 다르지 않았다. 킨은 더 이상 비서에게도 알리지 않은 채 기계적으로 봉투를 처리하곤 했다.

처리하기 전, 내용을 확인하는 건 몸에 밴 습관이자, 버리지 못한 한 가닥 기대 탓이었다.

그러던 어느 날, 킨은 종이 한 부분에서 이상한 얼룩을 발견했다. 일부러 남겨 놓은 듯 부자연스러운 흔적이었다. 킨은 홀린 듯 그것을 들고 개인 실험실로 향했다. 설마설마하며 불에 비춰도 보고, 이것저것 시약을 떨어뜨려도 보았다. 그러다 발견했다.

종이에 숨겨진 문양이 모습을 드러냈다. 매일같이 뉴스에서 볼 수 있는 표식. 다름 아닌 보르누 왕세자, 이제 왕이 된 남자의 상징이었다.

* * *

카피레 왕자 습격 사건 이후, 몇 번인가 공식 석상에 모습을 드러낸 카피레는 '형님의 즉위를 축하드린다. 아버지 일은 불행한 사고'라며 자신은 '닥터 유리와 함께 치료에 전념하겠다'는 입장을 고수했다.

팬클럽 실버 회원을 비롯, 보르누 왕세자는 안타까운 표정을 숨기지 않았다. 닥터 유리의 최측근 중 한 명으로서 킨 역시 그 장면을 눈앞에서 지켜보았다.

인터뷰가 끝나고 유리가 사람들에게 둘러싸인 짧은 시간, 보르누는 카피레에게 접근해 잠시 이야기를 나눴다.

킨은 두 명의 왕자에 대해 알고 있는 만큼 가슴이 조마조마했다. 그가 알고 있는 '왕자 1', 리스페는 유아 퇴행에 가까운 이상 증세를 보이곤 했다.

몸이 부실하긴 해도 나르시즘만 빼면 정상인에 가까운 '왕자 2', 카피레와는 전혀 다른 사람이었다.

리스페는 유리가 '왕자 1'을 부르는 이름이었다. 왕실 족보에 올라간 이름은 카피레였으니 킨으로서는 의문인 점이기도 했다.

먼저 태어난 쪽은 '왕자 1'인데, 어째서 이름을 올린 자는 카피레인지. 가져선 안 될 의문임을 모르지 않았기에, 한 번도 입에 담은 적은 없었다.

유리가 뭐라 당부했는지는 몰라도, '왕자 1'은 시킨 일은 곧잘 하는 편이었다. 다만 비참하리만치 임기응변에 약했다.

카피레 정신 이상설이 돌기 전에, 심신 미약을 핑계로 방에 가둬 두는 게 상책이었다.

'왕자 1'은 보르누 앞에서 콧물을 흘리진 않았으나 카피레라면 상상할 수 없는 해맑은 미소를 짓고 있었다.

주변에서 훔쳐보던 할아버지 팬들이 심근경색을 호소하고 눈물을 훔치는 등 난리가 났다. 보르누는 웃는 얼굴을 유지했으나 어딘가 석연찮은 기색이었다.

'그래. 그렇게 물고 빨던 형제 사이가 아닌가. 알아봐라. 제발 알아봐 줘.'

킨은 입술을 잘근잘근 물었다. '왕자 1'와 '왕자 2'는 몸만 같을 뿐, 내용물은 전혀 다른 개체였다.

문제는 보르누가 이 현상을 동생의 심신 미약 탓으로 생각할지, 아니면 보다 깊은 문제가 있음을 알아차릴지에 달려 있었다.

닥터 유리는 젬을 찾아 주겠다고 했다. 원체 거짓말을 모르는 양반이었다.

젬이 살아 있을 가능성은 반수 이상으로 봤다. 카피레 왕자 역시 마찬가지였다. 킨이 아는 젬은 그런 상황에서 왕자를 그냥 둘 사람이 못됐다.

킨도 마냥 기다리기만 한 것은 아니었다. 유명한 정보상을 수소문해 찾아봤으나 헛돈만 날렸다. 유라레 내부에 없는 게 아니냐는 불확실한 대답이 전부였다. 킨의 능력으로 그 이상은 역부족이었다.

만약 이 일을 도와줄 사람이 있다면?

킨의 유일한 희망은 보르누였다.

* * *

거리에 커피콩 볶는 냄새가 진동을 했다. 깔깔 웃음소리와 즐거운 대화가 주변을 스쳤다.

줄지은 가로등에 앙증맞은 꽃바구니가 하나씩 달려 있었다. 그 속으로 뾰롱뾰롱 작은 새가 쏙 들어갔다.

퍽 따뜻하고 세련된 공간이었다. 그중에서도 25번지, 카페 마카롱은 남자 혼자 들어가기 대단히 어려운 분위기를 풍기고 있었다.

크고 폭신폭신해 보이는 솜 인형들, 레이스가 주렁주렁 달린 통통한 쿠션들, 파스텔톤 마카롱으로 높이 쌓은 장식용 케이크가 시선을 사로잡았다. 조화와 생화로 장식한 탓일까. 달콤하고 향긋한 냄새가 주변에 은은히 깔렸다.

과연 사전 조사한 보람이 있었다. 평소 차림으로 왔다면 죽어도 못 들어왔을 가게였다. 그러나 지금, 랑퀴니에는 그냥 랑퀴니에가 아니었다.

'당당하게! 자신 있게!'

킨은 주문처럼 되뇌이며 문앞에 섰다. 상호명이 박힌 유리문이 양쪽으로 갈렸다. 멀끔히 차려입은 종업원이 "어서 오십시오" 하며 고개 숙여 인사했다.

얼굴을 드는 순간, 종업원의 멀끔한 좌우대칭이 사정없이 찌그러졌다.

"이, 일행분은?"

"조금 있다 올 거예용."

"아, 안내해 드리겠습니다."

종업원은 어색한 미소로 앞장섰다. 후후. 보아하니 자기보다 키 큰 여자는 처음 봤나 보군. 때는 마법과학 시대. 남자보다 키 크고 덩치 좋은 여자가 없으란 법은 없느니.

킨은 콧바람을 흥흥 쏘며 성큼성큼 종업원의 뒤를 따랐다. 본능처럼 벌어지는 팔자걸음을 교정하느라 온 신경이 다 쏠렸다.

펑퍼짐한 치맛자락 밑으로 찢어질 듯 늘어난 흰 스타킹이 드러났다. 걸을 때마다 앙증맞게 흔들리는 리본과 프릴로도, 킨의 터질듯한 다리 근육을 감출 순 없었다.

도란도란 담소하던 손님들이 킨이 지날 때마다 일순 조용해졌다. 뒤통수에 꽂히는 시선에 킨의 콧바람이 기세를 더했다.

쿵쿵쿵쿵쿵쿵!

돌개바람 못지않은 그 박력에 종업원의 정수리 머리카락이 나풀나풀 춤을 추었다.

"주, 주주주주문은?"

"크림치즈 초코 파르페 하나용."

종업원은 메뉴판을 꺼내려다 급히 갈무리하곤 뒷머리를 정리하며 도망갔다. 혼이 나간 표정이었다.

후후, 메뉴판을 외워 온 보름이 있었다. 남은 일은 상대를 기다리는 것뿐.

킨이 하트 모양 가방을 레이스 쿠션에 기대어 놓곤, 손거울을 꺼내 화장을 확인했다. 핑크색 블라우스에 흰 가루가 소복이 쌓여 있었다. 킨이 서둘러 분가루를 탁탁 털었다.

레이디 매너 책을 닳도록 숙지했건만 화장은 너무 어려웠다. 학문과는 차원이 다른 영역이었다. 킨이 장미 모양 립스틱 뚜껑을 열어 입술을 짙게 바르고 음파음파 했다. 푸르스름한 턱수염 자국이 조금 신경 쓰이긴 했지만 못 봐 줄 정도는 아니었다.

늠름한 눈썹만은 차마 포기할 수 없어 앞머리로 가렸으나 고데기가 서투른 탓에 자꾸 갈라졌다. 산적 두목 못지않은 눈썹이 강력히 자기주장을 펼치고 있었다.

눈 화장은 요즘 유행이라는 밤하늘 메이크업을 목표로 진주 가루가 들어갔다는 남색을 집중적으로 펴 발랐다. 긴 속눈썹도 예의상 붙여 봤더니 눈 크기가 평소보다 두 배나 커졌다.

킨은 거울을 가까이 대고 눈을 깜박여 보았다. 공들인 시간이 아깝지 않았다. 이것으로 젬에게 화장술도 가르쳐 줄 수 있었다.

"킨, 어쩜. 너무 섬세하다. 고마워" 하며 젬이 볼에 뽀뽀라도 해 준다면⋯⋯. 킨은 입맛을 쩝쩝 다시며 헤헤 웃다가 화들짝 놀라 거울을 점검했다. 쥐를 생으로 씹어 먹은 듯 이가 시뻘겋게 물들어 있었다.

'화장이란 참으로 어렵도다' 하며 맛없는 루즈를 열심히 혀로 핥아먹던 참이었다.

"크험, 험험, 쿨럭쿨럭"

머리 위에서 쏟아진 헛기침 소리에 킨이 고개를 들었다. 안 그래도 커진 눈이 찢어질 듯 팽창했다.

얼굴 반을 가리는 선글라스에 요란한 핑크색 장발, 중지를 바짝 세운 프린트 티셔츠에 "FUCK!"이란 글자가 선명히 박혀 있었다.

걸레처럼 찢어진 청바지에 뾰족뾰족한 징이 고문 기구처럼 줄줄이 박혔고, 운동화엔 시뻘건 눈을 한 해골이 크게 아가리를 벌리고 있었다.

상대의 입에서 노란색 풍선이 부풀어 오르다가 딱, 소리와 함께 터졌다. "이, 일행분이십니다" 하고 종업원이 기어들어 가는 소리로 중얼거렸다. 몇 번인가 딱딱 소리를 내며 껌을 씹던 놈이 그것을 바닥에 찍 뱉었다.

핑크색 풍선껌이 해골 운동화 코부분에 딱 붙었다. "이런……" 상대가 중얼거리며 잠시 침묵했다. 킨이 조용히 손거울을 내려놓고 티슈를 뽑아 껌을 떼어 주었다.

상대가 시무룩한 목소리로 "고맙네" 했다. 귀에 익은 목소리. 보르누였다.

*　　*　　*

종업원이 주문을 받고 사라졌다. 보르누는 킨 앞에 놓인 크림 치즈 초코 파르페에 큰 관심을 보였다.

"예쁘기만 한 게 아니라 맛도 좋군, FUCK!"

"……말끝마다 붙이지 않으셔도 될 것 같아용. 조용히만 말한다면용."

"그, 그런가, FUCK……."

보르누가 티스푼을 우물거리다 얼른 뺐다. "너무 열심히 연습한 모양이야. 나도 모르게 열중하게 되는군" 하며 어색하게 웃는 모습에 킨의 내부에서 동질감이 용솟음쳤다.

그것과 별개로 왕에게 저런 변장을 추천한 누군가의 정신 상태를 의심하지 않을 수 없었다.

보르누는 오래도록 답이 없어 포기할 뻔했다는 말로 서두를 시작했다.

평소엔 다른 이가 와서 기다리던 모양으로, 킨의 거동이 수상쩍다 싶자 때가 왔음을 느끼고 보르누가 직접 행차한 것이라고.

"그래도 어찌 이리 직접……."

"지금 내게 이보다 중요한 일이 뭐가 있겠는가."

보르누가 티스푼을 탁 소리 나게 내려놓았다.

"나는 왕이기 이전에 양부의 아들이고 카피레의 형이야. 가만있을 수 없었네."

"……그 말씀은?"

"내 이미 사정은 들었네. 시종장이, 주인을 위해서였다며 눈물로 호소하더군."

킨은 스푼을 든 채 잠시 바닥을 보았다. 아름답게 조형되었던 파르페가 파도에 휩쓸린 모래성처럼 무너져 있었다. 꼭대기에 섰던 체리가 진흙 같은 크림치즈 초코 바다에 깊이 잠겨 있었다.

킨은 가슴이 답답해졌다. 미쳐 버린 왕을 충심으로 섬기던 노인이었다. 노인의 꼿꼿한 뒷모습이 지금도 눈에 선했다.

"그가 자네에 대해서도 말해 주었네. 중매 선생을 위해 그에게 도움을 청한 적이 있다고?"

"예?" 하고 되물은 킨이 아, 하고 탄식했다.

시종장이 알현실로 젬을 불렀을 때 얘기였다. 왕과 닥터 유리가 젬을 불렀단 소리에 안절부절못했더랬다. 왕이 먼저 알현실을 나왔으나 젬과 유리는 소식이 없었다.

킨은 급한 마음에 시종장에게 양해를 구했다. 왕이 부른단 소리에 유리는 쉽게 젬을 놓아주었다. 새삼 돌이켜 생각하니 먼 옛날 일처럼 아득했다.

"……별것 아니었습니다."

"시종장은 그 태도를 높이 산 모양이야. 자네라면 나를 도울 수 있을지도 모른다 추천했지. 듣자 하니 중매 선생과 퍽 절친한 사이라지?"

킨이 얼굴을 딱딱하게 굳혔다. 보르누가 고개를 끄덕였다. "하나만 답해 보게" 하며 보르누가 선글라스를 고쳐 썼다.

커다란 검은 렌즈에 요란한 화장의 여장 남자가 비추었다.

"지금 왕자궁에 있는 카피레는, 카피레가 아닌 게 확실한 게지?"

킨이 침을 꿀꺽 삼키고 답했다.

"……왕자님이십니다."

"자네……."

"하지만 폐하께서 알고 계신 카피레 왕자님은, 분명 아니겠지요."

보르누가 천장을 보고 한숨 쉬었다. 조용한 탄식에 뭐라 형용하기 힘든 감정이 짙게 배 있었다.

보르누가 테이블 가까이 몸을 숙였다. 킨이 이끌리듯 귀를 기울였다.

"시종장에게 사건의 전말을 들었네. 카피레의 정체가 무엇이든 간에 그 애가 내 동생이야. 그건 변치 않는 사실이야."

"카피레 왕자님의 행방은……."

"적어도 유라레 내에 없는 건 확실해. 정보부에선 무언가 마법적인 힘이 작용한 게 아닌가 추측하더군."

내가 정보상에 아주 헛돈을 쓴 건 아닌가 보군. 킨은 떨리는 손을 굳게 맞잡았다. 입이 자꾸 말라 침 넘기기가 힘들었다.

"닥터 유리께서도, 젬을 찾아볼 거라 하셨습니다."

"증거를 남기지 않기 위해서겠지. 내 동생과 중매 선생이 함께 있을 가능성을 정황상 배제할 수 없네."

보르누가 동의를 구하듯 고개를 까딱했다. 킨이 느리게 눈을 깜박였다.

"자네를 부른 건 다름이 아니야. 내 최선을 다할 테지만 닥터 유리가 먼저 꼬리를 잡을 시 그를 교란시키고 내게 정보를 넘겨

줄 조력자가 필요해."

"조력자……."

"중매 선생과 카피레가 마법적인 일에 말려들었다면, 내가 할 수 있는 일엔 한계가 있어."

맞는 말이었다. '마법'이란 단어는 일상생활에 멀리 떨어진 말이었다. 닥터 유리가 대체 무슨 술수를 부렸는지는 모르나, 킨이 알기로 유라레 왕국에 마법사로 불릴 만한 사람은 그 외에 달리 없었다.

킨의 주위로 어두침침한 공기가 깔렸다.

실험실에서 독가스를 맞고 죽을 뻔한지 불과 한 달도 채 안 됐다. 생각만 해도 목덜미에 솜털이 바짝 섰다. 아직도 코끝에 시큼한 냄새가 감도는 듯했다.

"어려운 부탁인 것 아네."

보르누가 가라앉은 음성으로 말했다.

"닥터 유리의 측근으로 자네가 누릴 것이 무궁무진하다는 것도 알아. 하지만 나는 더 이상 그를 묵과할 생각이 없네. 이런 건 연구라 부를 수 없어. 그저 미친 짓일 뿐이야."

말이 이어질수록 보르누 목소리에 섞인 노기가 진해졌다. 킨이 조심스레 보르누의 얼굴을 마주 보았다. 표정을 읽을 수 없는 선글라스 아래로 경직된 호선을 그린 입술이 보였다.

"나는 그를 용서할 생각이 없네. 그저 기다릴 뿐이야. 다행히 난 인내심이 퍽 좋은 편이지. 언젠가 교육계, 학계 할 것 없이 유라레 전체에 일대 광풍이 몰아칠 거라 내 장담하겠네."

보르누가 선글라스를 고쳐 썼다. 딱딱한 어조 아래 확고한 의지가 엿보였다.

'내 닥터 유리를 끌어내리고야 말 것이니 불똥 맞기 싫으면 협력해'란 뜻이었다.

킨은 저절로 어깨에 힘이 들어갔다. 쉽지 않은 일이었다. 닥터 유리는 유라레를 대표하는 학자이자 살아 있는 위인이었다. 거의 모든 학문을 아우르는 대 스승이기도 했다.

이제 막 왕위에 오른 왕세자, 그것도 구설에 오르내리기 바쁜 청년 왕이 상대하기엔 분명 벅찬 상대였다. 킨의 이성은 닥터 유리의 우세를 점쳤다. 그러나……

"앞으로 연락은 어떻게 하면 됩니까."

킨의 답은 정해져 있었다. 보르누의 말에 틀린 것이 하나 없었다. 아무리 흥미롭다 한들, 닥터 유리가 한 짓은 연구가 아니었다.

보르누의 입매가 조금 부드러워졌다. 그가 너덜너덜한 바지에서 손바닥만 한 휴대폰을 꺼냈다.

"정보부에서 만든 물건일세. 절대 아무에게도 빌려줘선 안 되네."

"이것뿐입니까?"

"후후, 나보다 더 자주 볼 사람을 소개해 주지. 잠시 기다려 보게."

종업원이 "주문하신 얼그레이 쉬폰 케이크와 밀크티 나왔습니다" 하며 테이블을 세팅했다. 이보다 더 어색할 수 없는 표정에 '얼른 이 테이블에서 도망가고 싶다'는 마음과 '서비스 정신'이 팽팽히 맞서고 있는 것이 보였다.

킨은 급히 '레이디 매너'를 떠올리며 "어마, 정말 맛있어 보여용!" 하고 호들갑을 떨었다. 보르누가 선글라스를 고쳐 쓰며 "홋. 한 입 정도라면 나눠 줄 수도 있다, FUCK" 하고 중얼거렸다.

도망치듯 달아난 종업원은 1분도 안 되어 다시 돌아왔다. 검은 모자를 푹 눌러쓴 채 검은 마스크로 코까지 가린 키 큰 인간이 그 뒤를 따랐다.

킨은 눈을 가늘게 떠 상대를 살폈다. 후드 주머니에 두 손을 꽂고 등을 구부정하게 웅크린 자세였으나 쉽게 볼 수 없는 분위기가 감도는 자였다.

"이, 일행분 안내해 드렸습니다. 주, 주주주주문은?"

검은 모자가 종업원을 힐끔 보았다. 종업원보다 머리 하나는 큰 키에 박력이 대단했다. 당장이라도 주머니 속에 숨겨 둔 식칼을 휘두를 것처럼 날 선 공기가 흘렀다.

마스크 안쪽에서 "츳" 하고 혀 차는 소리가 들렸다. 킨의 귀엔 그것이 "죽여 버린다, 꺼져"의 줄임말로 들렸다.

"히이익! 실례했습니다!" 하며 종업원이 메뉴판을 들고 도망갔다. 주변 테이블에서 말소리가 뚝 끊겼다.

검은 모자가 보르누에게 고개를 한 번 까딱하곤 킨 옆에 자리를 틀었다. 킨은 저도 모르게 슬금슬금 엉덩이를 구석으로 뺐다.

보르누가 테이블 위에 팔꿈치를 올려 손깍지를 꼈다.

"랑퀴니에 군. 이쪽은 본 잉겔, 아, 아니지. 본 경일세. 본, 이쪽은 랑퀴니에 군. 중매 선생님과 동향 친구라고 하더군."

킨이 무의식중에 침을 꼴깍 삼키며 옆을 보았다. 킨과 엇비슷할 정도로 키가 큰 작자였다. 위로는 모자, 아래로는 마스크에 가려 날카로운 눈매만 확인할 수 있었다.

그가 익히 알던 '본 경'의 이미지와 사뭇 달랐다. 본은 시선을 피하지 않은 채 고개만 까딱했다.

"자, 잘 부탁드려용" 하는 인사에도 답이 돌아오지 않았다. 보르누가 대신 쓴웃음을 지었다.

"과묵한 친구지. 이해해 주게."

"그렇지만 본 경은, 닥터 유리의……."

"아까 말하지 않았는가."

보르누가 어깨를 으쓱했다.

"본 잉겔 경이 아니라 그냥 본이라고. 그게 무슨 뜻인지 자네라면 알겠지."

20.
따뜻하고 포근한 것, 향기롭고 풋풋한 것

젬이 익숙하게 금줄을 넘었다. 축축하고 푹신한 이끼 감촉이 부드럽게 발을 받았다.

멀리 새 우짖는 소리가 났다. 유난히 높고 하얀 절벽이 희미한 안개에 감싸 있었다. 젬이 로브를 탁탁 털곤 아이와 함께 발길을 옮겼다.

이른 아침의 냄새가 났다. 회색탑 뒷산, 약초밭. 눈감고도 찾을 만치 발에 익은 장소였다.

젬이 자리에 쪼그리고 앉아 주먹을 쥐었다 폈다 하며 "흐흐" 웃었다. 값비싼 약초를 맘껏 뜯어 갈 수 있다는 게 이보다 흐뭇할 수 없었다.

아이가 숨을 깊게 들이마셨다 뱉으며 주변을 한 바퀴 높이 날았다. 아침 해가 천천히 산을 타고 있었다.

요즘 들어 카피레가 부쩍 의젓해졌다. 삼시 세끼 약을 꼬박 비우는 것은 물론, 아침에 학교에서 운동도 한다고 했다.

카피레는 근육이 좀 커지지 않았냐며 젬 앞에서 배에 힘을 잔뜩 주기도 했다. 풍선 근육맨이 산적한 산골 마을에서 내세우기엔 조금 빈약할지 몰라도, 본래 조형이 완벽한 신체였다.

젬은 "으으음, 글쎄요" 하며 아닌 척 은근히 약을 올렸으나, 실은 카피레가 자는 동안 팔뚝이나 배를 쿡쿡 찔러 보기도 했다.

말마따나 근육이 전보다 제법 실해진 것 같기도 했다. 젬은 최근 잠에 든 카피레를 훔쳐보는 일이 늘었다.

보면 볼수록 새로웠다. 얼굴이 약간 그을린 것 같기도 했고, 전보다 표정이 풍부해 보이기도 했다. 햇볕이 강하고 센바람이 부는 기후 탓일까? 젬은 기억을 더듬었다.

이상한 일이었다. 카피레가 전만큼 잘생겨 보이지 않았다. 아니, 잘생기긴 했는데, 전만큼 멀어 보이지 않았다.

전에는 꼭 천사나 남신 같았다. 말하자면 그림이나 티비로 보는 것과 비슷한 느낌이었다. 그랬던 것이 지금은 생활감이 넘쳤다. 카피레는 잘생기긴 했으나 사람은 사람이었다.

얼굴이 타서? 마음고생을 해서 얼굴이 삭았나?

꼭 그런 건 아닌 듯했다. 젬의 제외한 모두가 이구동성으로 '천상의 미모'라 주장하는 외모였다.

카피레를 못마땅하게 보는 마틴 역시, 젬이 카피레 얼굴에 검댕 묻히는 걸 잊었을 땐 몰래 귀띔해 주기까지 했다.

숨넘어가는 사람 속출할 게 뻔하니 절대 맨 얼굴을 드러내지 말라고 말이다.

그래, 잘생겼다.

매일 신이 빚은 최고 예술품을 공짜로 감상하는 데 익숙해졌을 뿐, 카피레는 존재 자체로 눈에 이로운 존재였다.

젬은 아침에 보고 나온 카피레 얼굴을 떠올렸다. 절로 헛웃음이 터졌다. 꿈에서 뭘 먹는지 입맛을 쩝쩝 다시며 헤헤 웃던 야생 원숭이가 아직도 망막에 어른거렸다.

귀여워.

그래, 귀엽다. 젬의 약초 캐는 손짓이 한층 빨라졌다. 언제 날아왔는지 파랗고 하얀 새가 곁에서 포롱포롱 울었다. 젬이 약초 뿌리에 붙은 흙을 살살 털었다.

빨리 돌아가고 싶었다. 낯선 감정이었다. 집에 돌아가면 자신을 반기는 사람이 있었다. 일상을 얘기하고, 작은 장난을 주고받을 사람이.

가끔 투정부리긴 해도 나를 무조건 신뢰하는 눈빛, 숨김없이 드러내는 애정 표현. 칭찬받고 싶다고 온몸으로 주장하는 그 모습이 귀엽고 따뜻했다. 사랑스러웠다. 꼭 가족 같았다. 그래. 가족 같았다.

어린 나이에 집을 떠나 객지에서 홀로 공부만 한 젬이었다. 젬이 기숙사에서 기다리던 건 부모님의 편지뿐이었다. 멀리서 부모님이 돌아가신 뒤론 그조차 없었다.

젬은 줄곧 기숙사가 싫었다. 숙소에서 젬을 맞이하는 건 찌든 커피 냄새와 바퀴벌레, 그리고 빚 독촉장뿐이었으므로.

어느새 수북이 쌓인 약초를 뿌리 하나 다칠세라 곱게 갈무리해 가방에 넣었다. 카피레가 잠에서 깨기 전에 돌아갈 생각이었다.

아이가 포르르 날아와 젬의 목깃 아래 숨었다. 어느새 해가 절벽 가까이에서 빛을 뿌리고 있었다. 젬이 막 금줄을 넘어 뜀박질할 찰나였다.

"젬 님!"

"로이?"

젬이 "앗차차" 하며 나무 기둥을 짚었다. 로이가 움찔해 코앞까지 뛰어왔다. 손에 뭘 꼭 쥐고 있었다. 파릇파릇한 풀 냄새와 풋풋한 꽃향기가 코에 확 끼쳤다. 젬이 킁킁대며 고개를 들었다.

자잘한 들꽃을 한 아름 안고 선 로이가 젬에게 "괜찮으세요?" 했다. 젬이 "그럼요!" 하며 손을 털었다.

"와, 꽃향기 좋네요. 아침부터 이곳까지 무슨 일이세요?"

"마, 마음에 드시나요?"

아침노을이 내릴 시간은 한참 전에 지났건만, 로이의 얼굴이 단풍처럼 붉었다. 젬이 "하하, 꽃 싫어하는 사람이 어딨겠어요" 하며 뒤통수를 긁다가 헉, 했다. 젬은 로이의 이 얼굴을 본 기억이 있었다.

성에 와서 얼마 되지 않은 무렵, 수줍게 카피레 왕자 사진집 한정판을 내보이던 때 얼굴이 딱 이와 비슷했다.

"미스터 블랙과 닮지 않았나요?" 하는 질문에 젬의 심장은 시모 산맥 꼭대기에서 지하까지 수직 하강했다.

'사진집 속 왕자님이 훨씬 낫다, 어딜 비교하느냐'고 대꾸했더니 '초록 마녀님도 눈이 이상하다'며 입을 비죽거렸다. 역시 아무한테나 보여 주는 게 아니었다며 볼을 부풀리던 모습이 지금도 생생했다.

싱숭생숭하던 그때, 그 현장에 다시 선 기분이었다.

"이거 드릴게요!"

"네?"

"방에 장식하거나 하면, 냄새도 좋고……."

직감이 왔다. 젬과 카피레가 같은 방을 쓰는 건 주지의 사실이었다. 젬은 맹렬한 속도로 뇌를 풀가동시켰다.

이건 그러니까 '로이가 아껴 마지않는 미스터 블랙'의 방이 너무 밋밋하단 시위렷다? 틀림없었다.

젬이 떨떠름한 표정을 감추고 "가, 감사합니다" 하며 꽃을 받아 들었다. 로이의 얼굴이 칭찬받은 강아지처럼 환해졌다. 침을 꼴깍 삼킨 젬이 또박또박 답했다.

"꼭, 반드시, 방에서 가장 잘 보이는 곳에 장식하겠습니다."

"차, 참말이시지요! 기뻐요!"

꼬리가 있다면 태풍 속 바람개비처럼 돌아갔을 얼굴이었다.

이게 그리 좋단 말인가. 카피레와 내 보금자리가 그리도 칙칙했단 말인가! 젬은 남은 향수라도 방에 좀 뿌려 놔야겠다 생각했다.

젬 주변에 깔리는 어두운 공기를 눈치채지 못했는지 로이가 몸을 배배 꼬았다.

"저어, 젬 님. 실례가 되지 않는다면 한 가지 여쭤 봐도 될까요?"

"무엇이든지요."

젬이 꽃다발을 꾹 쥐었다. 로이의 수줍은 얼굴이 꼭 들꽃처럼 풋풋했다.

"저어, 가장 좋아하는 꽃이 뭔지, 알 수 있을까요."

"예? 꽃이요?"

큐빅볼처럼 반짝이는 눈망울에 젬의 머릿속이 하얗게 변했다. 오늘이 무슨 날인가 싶었다.

카피레가 좋아하는 거라곤 자기 얼굴이랑, 자기 자랑이랑, 거울 감상밖에 몰랐다. 카피레가 가장 좋아하는 꽃이라니!

젬이 "으으음, 으으음" 신음하다가 들꽃 다발에 얼굴을 푹 숙였다.

"그, 글쎄요……."

"아, 죄송합니다. 제가 너무 급작스럽게……."

형체 없는 꼬리가 시든 풀처럼 축 처지는 것이 보였다. 양심이 따끔따끔 아파 왔다. 그러나 도저히 생각나질 않았다.

상상 속의 카피레에게 물어봤으나 안 하느니만 못한 대답이 돌아왔다.

"세상에서 가장 예쁜 꽃이 바로 난데 달리 뭐가 더 필요하겠어? 훗" 하며 야생 원숭이가 세상 잘난 포즈를 취했다.

젬은 위 상상이 현실과 99% 일치하리라 보았다.

젬이 "죄송합니다" 하며 코를 쿵, 했다. 아닌 게 아니라 들꽃 냄새가 제법 향기로웠다.

그때였다. 불길한 소리가 거짓말처럼 고막을 간질였다.

응? 하며 젬이 번쩍 고개를 들었다. 위이잉 소리가 사라지지 않고 귀에 달라붙었다. 젬이 저도 모르게 아이와 로이를 번갈아 본 뒤, 다시 꽃다발을 보았다.

점차 커지는 듯한 소리와 함께 꽃다발 속에서 엄지손가락만 한 벌이 천천히 떠올랐다. 위협적인 날갯소리, 젬을 똑바로 응시하는 눈동자가 아이 못지않게 박력 넘쳤다.

젬이 저도 모르게 푸들푸들 떨었다. 꽃다발이 진동 머신처럼 달달달달 떨렸다. 벌의 심기가 한층 더 불편해졌다.

아이가 "젬!" 하고 소리 높인 순간, 벌이 젬에게 달려들었다.

"으아아아아아악!"

젬은 미친 듯이 앞으로, 앞으로 달렸다. 손에 꽃다발을 꼭 쥔 채 100m 경주하듯 성벽을 따라 뛰었다.

젬! 꽃을 버려요!

"젬 님!"

젬은 성 반 바퀴를 꼬박 뛰다가 결국 벌에게 따라잡히고야 말았다. 책상 벌레 체력이 어디 안 갔다.

벌 선생은 젬을 쫓느라 성이 머리꼭지까지 오른 상태였다. 로이와 아이의 비명을 배경으로, 젬이 몸을 잔뜩 움츠리며 얼굴을 가렸다.

명사수 벌 선생이 손을 교묘히 피해 젬의 이마에 똥침을 조준했다. 화끈한 통증과 간만에 턱이 빠져라 달린 여파로, 하늘이 빙글빙글 돌았다.

"제에에엠!" 하는 아이의 비통한 울음소리가 마지막으로 젬의 고막을 쩌렁쩌렁 울렸으나, 젬 외에 아무도 듣지 못하였다.

*　　*　　*

헉, 하고 눈뜬 젬이 가장 먼저 본 것은 세상에서 가장 아름다운 꽃이었다. 카피레가 걱정 반, 심통 반 표정으로 "정신이 들어?" 했다. 퉁명스러운 목소리에 염려가 뚝뚝 떨어졌다.

젬이 저도 모르게 베시시 웃다가 "아얏" 하고 얼굴을 찡그렸다. 카피레가 혀 차며 젬의 이마를 호호 불어 주었다. 옆에서 아이가 "바보! 우주 제일 왕 바보!" 하며 소리 높여 외쳤다.

그 뒤로 너덜너덜해진 들꽃다발이 보였다. 투명한 유리 물병에 담겨 할미꽃처럼 고개를 푹 숙이고 있었다.

젬의 시선을 따라 카피레가 뒤를 힐끔 보았다.

"저것 때문에 벌에 쏘였다며?"

"하하, 죽는 줄 알았어요."

이 바보! 우주 제일 호구!

젬은 찡찡대는 아이를 끌어안고 나란히 누웠다. 아무리 그래도 카피레 주겠다고 가져온 선물인데 내팽개칠 수 없었다.

정작 선물 받은 카피레는 심기가 매우 불편해 보였지만.

"로이가 줬다구?"

"네. 어때요? 마음에 들어요?"

카피레의 낯이 심술 고릴라가 빙의하기 직전이었다. 꿈틀꿈틀 눈썹이 요동치자 젬이 서둘러 아무 말이나 골랐다.

"카, 카피레는 무슨 꽃이 제일 좋아요?"

"……흥. 꽃 따위 아무짝에도 쓸모없는 거. 관심 없어."

반쯤 예상했던 반응이었기에 놀랍지도 않았다. 카피레가 불퉁한 표정으로 연고 뚜껑을 닫고 물수건을 정리하고 있었다. 그것만으로도 젬은 카피레가 기특해 죽을 지경이었다.

"곧 축제가 있다던데."

"저도 들었어요. 그때를 대비해서 숙취해소약을 대량 제조 중이거든요."

"……약속 잡지 마."

"같이 구경 갈까요?"

카피레가 입술을 오물거리며 말없이 고개를 끄덕였다. 젬은 좋다고 히히 웃다가 아이에게 코를 한 대 맞았다. 카피레가 자리에서 일어서서 꽃병을 힐끔 보았다.

"넌 무슨 꽃을 좋아하는데?"

예상치 못한 질문에 젬이 "예?" 하고 되물었다. 카피레가 축 처진 꽃 머리를 툭 건드리며 재차 물었다. 무슨 꽃을 가장 좋아하느냐고.

젬은 사실 꽃에 대해 잘 몰랐다. 꽃보다는 약초가, 그냥 약초보다는 값비싼 약초가 좋았다.

꽃에 대한 추억이라곤 어린 시절, 킨과 함께 뒷산에서 따먹던 빨간 겨울 꽃밖에 없었다. 좋아하느냐고 물으면 답하기 애매했다.

순간 스쳐간 생각에 젬은 혼자 웃었다. 세상에서 제일 예쁜 꽃에 자기라고 답할 카피레 때문이었다.

그렇다고 그를 달라고 할 수는 없겠지. 젬은 꿩 대신 닭으로 언젠가 본 흰 꽃을 떠올렸다.

카피레의 개인실에 장식되어 있던, 봉오리가 통통하고 잘 만든 생크림처럼 색이 고운 꽃이었다.

"이름은 모르는데, 요만한, 크림색 꽃을 본 적 있는데요. 예쁘더라고요."

"이름을 몰라?"

젬이 고개를 끄덕였다.

"사실 잘 몰라요. 제 눈에 예뻐 보이던 꽃이라면 그것밖에 생각이 안 나네요."

왕자의 개인실에 있던 꽃이 어떻게 생겼냐고 연신 묻던 카피레가 종이와 깃펜을 가져왔다. 젬이 대충 그린 그림에 미간을 찌푸린 그가 '흐음' 하더니 양피지를 바지 주머니에 쑤셔 넣었다.

"꽃은 왜요?"

"그런 게 있어. 새집 머리한텐 얘기해 놨으니까 오늘은 쉬어."

"예? 진짜요?"

카피레가 몸을 일으키려는 젬을 부드럽게 뒤로 밀었다. 그가 눈을 빠르게 깜박이며 기다란 속눈썹을 과시했다. 별 가루를 뿌린 듯한 눈동자에 버터를 잔뜩 두른 듯한 목소리가 뒤이었다.

"갔다 와서 없으면 화낼 거야. 빨리 올 테니까. 착하게 기다리고 있어."

이 인간이 갑자기 왜 목소리를 깔고 이럴까. 카피레의 은근한 미소에 아이의 표정이 가차 없이 찡그려졌다.

"카피레……" 하고 잠시 눈을 깜박이던 젬이 조심스레 물었다.

"특제 보약 아침분, 드셨어요?"

카피레는 그 자리에서 특제 보약 아침분 원샷은 물론, 점심분을 품에 장비한 뒤에야 젬에게서 풀려났다.

카피레는 문밖에 나와서 잠시 벽을 잡고 이마를 쿵쿵 찧었다.

'방금 나 좀 멋지지 않았어? 나 좀 괜찮지 않았어?'

누군가 붙잡고 묻고 싶었으나 불행히도 복도엔 찬바람만 숭숭 불었다. 카피레가 간신히 안정을 되찾았다.

생각지도 않게 로이에게 추월당할 뻔할 위기였다. 그러나 승기는 이쪽에 있었다.

카피레가 "흐흐" 웃으며 바지 주머니에서 종이를 꺼냈다. 엉성해 보이긴 해도 분명한 꽃의 형태가 그려져 있었다.

학교에 있다 보면 이것저것 주워듣는 게 많았다. 곧 있으면 열릴 트리비아 축제. 이곳에는 상대가 좋아하는 꽃을 바치며 구애하는 전통이 있다고 했다. 이날 맺어진 커플에는 요정의 축복이 내린다나 뭐라나.

보아하니 로이 놈도 넌지시 꽃을 건네 수작할 생각이었나 본데, 아까 반응으로 봐선 말짱 도루묵이 된 게 분명했다.

카피레가 종이를 곱게 접어 조끼 안쪽 주머니에 깊이 숨겼다.

칭찬과 감탄에 둘러싸인 요즘이었다. 학교에 나가고서부터 줄곧 그랬다.

선생, 학생, 남녀노소 가리지 않고 홀리는 미모, 철철 흐르는 기품, 타고난 카리스마까지! 모두 한목소리로 칭찬했다. 카피레는 절로 어깨가 올라갔다.

내면의 못된 목소리는 조금씩, 그러나 분명히 힘을 잃어 갔다. 무시무시한 머리통들도 요새는 통 보이지 않았다. 젬과의 말다툼이 전화위복이 된 셈이었다.

카피레는 종이가 든 가슴팍을 툭툭 두드린 뒤 작게 "아자 아자!" 기합을 넣었다.

머릿속에 오색찬란한 솜사탕 구름이 만개했다. 학교로 향하는 발걸음이 춤추듯 가벼웠다.

　*　　*　　*

'벌 똥침 사건' 탓에 종일 풀이 죽어 젬 님께선 괜찮으시냐 묻던 로이였다.

카피레가 무뚝뚝하게 "살아 있다"고 하자 눈물을 글썽이며 뛰쳐나가려는 바람에 "멀쩡하다! 아주 건강하다!"고 달래고 달래야 했더랬다.

젬을 벌에 쏘이게 한 것이 못마땅하긴 했으나, 또 의기소침한 꼴을 보니 친구로서 그냥 두기도 뭐했다. 아아, 우정이여, 사랑의 라이벌이여.

"아까 안소니 선생님이 찾으시던데, 뭐 약속하신 거라도 있으세요?"

카피레가 "으음" 하고 시선을 피했다. 때는 방과 후 오후, 시끄러운 아새끼들에게서 겨우 해방된 시간이었다. 카피레는 하루 한두 번 있을까 말까 한 수업으로 돈을 거저 벌고 있었다.

수업은 초보 선생치고 꽤나 호평이었다. 카피레는 그것이 아마 제 미모 탓이리라 여겼다. 그도 그럴 것이 수업을 제대로 듣는 것 같은 인물이 하나도 없었다.

수업 시간 내내 인간들이 하나같이 넋을 빼고 있기 일쑤였다. 카피레의 설명이 기도문이나 고대 주문처럼 들리는 모양이었다.

눈에는 하트 표시를 뿅뿅 달고 입을 헤 벌린 이, 뺨을 사과처럼 붉히고 입술을 자꾸 빠는 이, 입맛을 쩝쩝 다시며 눈에 게슴츠레 힘을 푼 이, 힐끔힐끔 카피레와 눈싸움을 하는 이 각양각색이었다. 그중에서도 안소니는 단연 돋보였다.

상사병, 지랄병을 말끔히 극복한 그는 카피레에게 갖은 아부와 뇌물, 끊임없는 자기 어필로 호감을 숨기지 않았다. 한 치 주저함도 없는 태도였다.

전 예법 선생으로서 신참 선생의 수업을 꼭 들어야겠다며 굳이 청강을 신청한 것만 봐도 견적이 나왔다. 학생도 양호 선생도 예전에 포기한 듯했다.

부담스럽다는 점만 빼면 안소니는 제법 좋은 학생이었다. 넋놓고 있다는 점에선 다른 학생과 다를 바 없지만, 수업 내용에 대해 질문하는 이는 그가 유일했다.

카피레는 그의 책상에서 우연히 발견한 '사랑의 기술'이니 '연애 고민 전면 타파!', '누구나 쉽게 따라 할 수 있는 러브 주문 101가지' 따위의 책에 시선을 빼앗겼다. 눈치 빠른 안소니 선생은 두말없이 책을 빌려주었다.

금화 주머니에 지지 않을 로맨틱한 사나이가 되기 위해선 갈 길이 멀었다. 안소니는 제법 괜찮은 지식 공급원이었다. 오늘의 성과는 그 탓도 있으리라 보았다.

데이트 약속을 받아 낸 지금, 카피레는 '제2의 미스터 로맨틱'이 되기 위해 스스로를 갈고 닦아야만 했다.

"먼저 가도 괜찮아. 놈과 할 말도 있고."

로이는 불안한 얼굴로 "제가 기다려도 되는데요"라고 했다. 카피레는 단호히 고개를 저었다. 놈이 자신의 미스터 로맨틱 계획을 눈치채면 곤란했다.

로이가 "진짜 먼저 가요?" 등등 뭐라 꾸물대더니 어깨를 축 늘어트린 채 터덜터덜 문을 나섰다. 요 며칠 계속된 일이었다. 손톱의 때만큼 미안하긴 했다.

그러나 사랑의 세계는 비정한 법. 카피레에겐 그보다 중요한 일이 있었다.

조용히 문이 닫히고 몇 초 뒤, 카피레가 슬그머니 개인 서랍을 열었다. 서랍 깊숙이 숨겨 두었던 '사랑의 나그네를 위한 필살 비기 베스트 5'가 카피레를 보고 방긋 웃었다.

카피레는 그것을 소중히 들어 옷 속에 숨겼다.

*　　　*　　　*

"또 추천할 만한 책 없어? 나 급해!" 하는 카피레의 말에 안소니가 "농농" 하며 고개를 흔들었다.

"미스터 블랙. 당신은 지금 그 자체로도 완벽해요. 여기서 더 로맨틱해져서 뭘 어쩔 셈이죠? 미모로 세계 정복이라도 하려는 건가요?!"

안소니가 떨리는 손으로 눈가를 훔치더니 "혹시 그럴 계획이라면 절 오른팔로 삼으셔도 좋아요. 내 기꺼이 당신을 위해 이 한 몸 바치겠어요" 했다. 카피레가 미간을 찡그리며 "필요 없어" 하고 딱 잘랐다.

카피레의 안달복달에도 안소니는 느긋하게 책을 고를 뿐이었다.

안소니가 복도 쪽을 힐끔거렸다.

"왕자님께선요? 밖에서 기다리시나요?"

"먼저 보냈는데?"

"그, 그런가요."

안소니가 후우, 한숨 쉬며 책장에서 책을 몇 권 뽑아 늘어놓았다. 카피레가 보고 고를 수 있도록 몸을 뒤로 빼는 것도 잊지 않았다. 카피레가 책 표지와 날개를 뒤적이며 중얼거렸다.

"……그 녀석 혹시 따돌림이라도 당하는 거야? 왜 친구가 하나도 안 보여?"

"아아, 왕자님 말씀이군요."

안소니가 말끝을 길게 늘이며 창밖을 살폈다. 혹시 누가 듣진 않을까, 신경 쓰이는 모양이었다.

"……따돌림 같은 건 절대 아닙니다. 마법사님이 무서워서라도 감히 그럴 순 없죠."

"근데 왜 친구가 없어?"

"그건……."

말을 잇지 못한 채 입술만 오물거리는 안소니를 보며 카피레의 눈썹이 삐딱한 곡선을 그렸다.

그 못마땅한 표정에 안소니가 양어깨를 감싸 쥐며 몸을 부르르 떨었다. "화난 얼굴도 멋져……" 하는 중얼거림을 카피레는 못 들은 척 넘겼다.

"왕자님과 퍽 가까우신 모양입니다."

"뭐어, 일단은."

"……미스터 블랙께선 이 나라가 마음에 드십니까?"

카피레가 책장을 넘기다 말고 안소니를 힐긋 보았다. 어색한 미소를 띤 얼굴이 처음 보는 사람처럼 낯설었다. 카피레가 책장을 탁 덮고 말했다.

"아침저녁으로 찬바람이 쌩쌩 불고, 싹수없는 마법사가 큰소리 떵떵치고, 학교는 쥐똥만큼 작고, 회색탑은 낡아 빠진 데다 빌어먹게 어둡지만, 뭐, 썩 괜찮은 시골이라곤 생각해."

"후후, 여기 사람들도 모두 미스터 블랙을 좋아합니다."

"내가 잘생겨서?"

"부정할 순 없네요."

안소니의 웃음이 한결 자연스러워졌다. 그가 단발을 손가락으로 꼬며 다시 한 번 복도와 창 쪽을 보았다.

"왕자님을 싫어하는 사람은 없어요. 뭐라 해도 우리의 왕자님은 그분뿐이니까요."

"놈은 그렇게 생각하는 것 같지 않던데."

"하하."

마른 웃음을 흘리던 안소니가 바닥으로 시선을 내렸다. 카피레가 중얼거리듯 말했다.

"걱정돼서 그래. 또래 애들이랑 붙어 노는 걸 본 적이 없어. 보통 저 나잇댄 다 그러고 놀지 않아? 근데 쟨 나만 졸졸 따라다닌다구."

"귀찮으신가요?"

"귀찮은 게 아니라 걱정하는 거라니까."

괜히 혀 차며 다리를 떠는 카피레를 보며, 안소니가 보일 듯 말 듯한 미소를 지었다.

"미스터 블랙께도 남 일이 아니니까요. 실은……"

안소니가 뒷말을 늘였다. 1초가 30초, 30초가 1분이 되었다. 한참을 망설이던 안소니에게 카피레가 책갈피를 던졌다. 직접 만든 듯한 나뭇잎 책갈피가 안소니의 안면에 명중했다.

안소니는 그제야 겨우 입을 열었다.

카피레는 이야기를 듣는 내내 책 귀퉁이를 접었다 폈다 하며 너덜너덜하게 만들었다.

"……그게 뭐야."

"이곳 사람이라면 누구나 알고 있는 얘깁니다. 부모님부터 할아버지, 그 할아버지의 할아버지로부터 내려오는 얘기니까요."

안소니가 조심스레 카피레의 눈치를 살폈다. 괜히 말한 건 아닌가 안절부절못하는 기색이었다.

"……백번 양보해서 그게 사실이라고 쳐도, 로이의 잘못은 아니잖아?"

한참 뒤 카피레가 뱉은 말에 안소니가 고개를 끄덕였다.

"물론 그렇죠. 누구의 잘못도 아닙니다. 하지만 아이들은 몰라요. 쉬쉬하며 어른들이 수근대는 이야기에 반은 흥미로, 반은 호승심에 덤비기도 하죠. 어른들은 왕자님과 친하게 지내라고도, 멀리하라고도 말하지 못하고요. 본래 이맘때가 가장 힘들다고 들었어요."

안소니가 코끝을 살짝 긁었다.

"그래도 미스터 블랙이 오고 나서 많이 밝아지셨어요. 그 전엔 혼자 뒷산에서 고독을 씹거나 말 못 하는 들짐승하고만 노셨거든요."

"그런 것치곤 말을 잘하던데."

"본래 어두운 성격은 아니거든요. 후후."

안소니가 멋쩍게 웃었다.

"다른 걸 모두 제쳐 놓더라도, 한 사람의 선생으로서 미스터 블랙께는 정말 감사하고 있어요."

카피레는 너덜너덜해진 종이를 대충 펴 책장을 덮었다. 그가 자리에서 벌떡 일어나 시계부터 확인했다.

헤어질 때 보았던 로이의 표정이 영 마음에 걸렸다. 혼자 집에 가는 것 정도로 호들갑이라고 여겼는데 돌이켜 보니 그게 그게 아니었다. 엉엉 우는 아이 손을 장난처럼 잡았다 놓아 버린 기분이었다.

"벌써 가시려고요?"

"책은 일주일 내로 돌려주지."

카피레가 '미스터 로맨틱이 알려 주는 오래가는 사랑 비법'을 들어 보였다. 안소니가 하하 웃었다.

"아예 가지셔도 된다니까요."

"필요 없어."

방에 숨길 곳도 마땅찮았다. 재수 없게 젬이나 로이에게 들키면 또 어쩔 것인가. 카피레가 책을 옷 속에 꾹꾹 감추며 혼잣말처럼 물었다.

"너도 왕자와 친구가 됐던 적이 있어?"

안소니가 코를 긁다 말고 어깨를 으쓱했다.

"노코멘트 하겠습니다."

*   *   *

카피레는 그대로 운동장을 가로질렀다. 머릿속에서 야생 원숭이가 소리 높여 외쳤다. '얼른 젬에게 돌아가자! 빨리 간다고 하지 않았느냐! 한시가 급하도다!' 고 말이다. 그런데 이상한 일이었다. 발이 자꾸 헛돌았다.

이따금 "꺄! 미스터 블랙!" 하는 아새끼들에게 건성으로 손을 흔들어 주며 카피레는 주변을 샅샅이 살폈다.

먼저 가겠다 했으니 로이는 이미 성에 있을지도 모르는 일이었다. 그러나 요상하게도 교문 밖으로 발이 안 떨어졌다. 카피레는 밑져야 본전이란 생각으로 학교 뒤뜰로 향했다.

예상이 들어 맞았다. 사람 하나 없이 잡초와 모래만 무성한 뒤뜰에 얇고 길쭉한 그림자가 드리워 있었다.

불타는 석양을 배경으로 끼익끼익 그네가 우는 소리를 냈다. 홀로 그네에 걸터앉은 그림자 하나가 바닥을 툭툭 발로 차고 있었다.

그 꼴이 어찌나 음침한지 반경 100m에 먹구름이 앉은 듯했다. 깍깍 우는 까마귀들만이 주변에서 모래밭을 파먹으며 이따금 날갯짓했다.

누가 봐도 친구 없어 보이는 놈이었다. 왕자는커녕 동냥 거지로 안 보면 다행이었다. 동그랗게 굽은 등이 어찌나 작아 보이는지 카피레의 미간에 절로 주름이 새겼다.

놈이 품에서 뭔갈 조몰락조몰락하더니 바닥에 흩뿌렸다. 까마귀가 아귀 떼처럼 몰려가 바닥을 쪼았다.

눈이 벌게져서 주워 먹는 꼴이 걸신들린 거지나 다름없었다. 솔직히 무서울 정도였다.

로이가 자애로운 눈으로 그 꼴을 바라보며 뭔갈 중얼중얼 읊었다. 카피레가 귀를 쫑긋 세웠다.

"후후, 내 진정한 소울 프랜드는 너희밖에 없구나. 친구 따위, 우정 따위, 사랑 따위, 후후후……."

로이 머리에 드리운 먹구름이 칠흑처럼 짙어졌다. 그에 호응하듯 아귀 떼가 까악까악 울부짖었다. 끔찍했다.

평소 같으면 "사내놈이 며칠 혼자 됐다고 징징 짜느냐! 마법사의 보물 상자를 뒤지던 패기는 엇다 버리고 왔느뇨!" 하며 호통칠 카피레였으나 아까 안소니에게 들은 말을 생각하니 차마 입이 떨어지지 않았다.

그때였다. 로이가 남은 빵 조각을 통째로 던져 버렸다. 까마귀 떼의 날갯소리를 배경으로 로이의 중얼거림이 송곳처럼 귀를 파고들었다.

"그래. 나 따위에게 친구가 생길 리 없는걸. 미스터 블랙도, 젬님도 나 같은 건……!"

카피레는 잠시 바닥을 보았다. 모래밭에 듬성듬성 솟은 풀떼기와 돌멩이들이 보였다.

카피레는 적당한 돌멩이를 발견했다. 그가 소리 없이 돌멩이를 주워 손가락 운동을 했다.

땅굴을 파도 정도가 있었다. 어쨌든 왕자 감투를 쓴 놈이 아닌가 말이다. '그러고도 네놈이 내 친구 타령을 하느냐! 젬을 좋아한다는 말도 다 허풍이렷다!' 하며 야생 원숭이가 울부짖었다. 킹콩처럼 가슴도 두들겼다.

카피레가 돌멩이를 쥔 손에 힘을 주었다. 일단 저 까마귀 떼를 쫓아내야 했다. 한두 마리면 모를까, 저 가운데 들어갈 자신이 없었다.

까마귀 떼가 놀라 흩어지기만 하면, 멋지게 등장해 로이의 정신머리를 고쳐 줄 생각이었다.

카피레가 야생 원숭이에게 몸을 맡긴 채, 있는 힘껏 돌을 던졌다. 손끝을 떠나는 감촉이 제법 묵직한 것이, 잘못 맞으면 골로 가겠구나 싶었다. 카피레가 눈을 크게 뜬 순간이었다.

예상했던 모래 소리와 까마귀 소리 대신, '깡!' 하는 소리와 '억!' 하는 신음이 허공을 날았다. 카피레가 헛숨을 들이켰다.

하필이면 그네 기둥을 맞고 튄 돌멩이가 로이의 코에 명중한 것이었다. 놀란 까마귀 떼가 하늘 높이 날았다.

까악까악 하는 울부짖음과 함께 우렁찬 날갯짓 소리가 사방을 가득 채웠다. 슬로모션처럼 허공에 코피가 점점이 흩뿌렸다.

제자리에 굳은 카피레 모자 위로 검은 까마귀 깃털이 후두둑 떨어졌다.

카피레가 로이의 이름을 외치며 달려나간 것은 몇 초 후의 일이었다.

*　　　*　　　*

"크흠. 살다 보면 그럴 수도 있는 거죠 뭐. 그쵸?"

답이 돌아오지 않았다. "일부러 그런 것도 아닌걸요" 하며 젬이 물수건을 꾹 짰다. 물 떨어지는 소리가 적막을 채웠다.

수건을 혹에 대자 카피레가 움찔하며 어깨에 힘을 잔뜩 줬다.

딱 봐도 파들파들 떨고 있었다. 우는 소리 안 내는 것만 해도 기특했다.

꿀밤 세례로 끝난 게 다행이었다. 쌍코피를 흘리고 기절한 로이를 카피레가 업고 왔을 땐, 젬도 심장이 떨어지는 줄 알았다.

마틴의 반응 역시 예상을 벗어나지 않았다. 먹이를 눈앞에 둔 식인종이 따로 없었다.

카피레는 무릎을 안고 벽난로 앞에 앉아 있었다. 잘생긴 얼굴에 불그스름한 빛이 일렁이며 음영을 그렸다.

'실수는 누구나 할 수 있다. 까짓거 어릴 땐 다 그렇게 크는 거다', '넘어지고 피도 나고 할 수도 있지 뭐 그러느냐. 카피레는 잘못한 것 없다. 대신 다음에는 살살하자' 등등 아무리 위로해 봐도 반응이 영 시원찮았다. 젬이 슬그머니 영양제 한 병을 카피레 쪽으로 밀었다.

딱, 소릴 내며 장작이 갈라졌다. 카피레가 불쑥 물었다.

"마법약으로 잃어버린 기억도 찾을 수 있어?"

"……네?"

젬이 깜짝 놀라 약병을 쳤다. 유리병이 벽난로까지 데굴데굴 굴렀다. 카피레가 무릎에서 고개를 들었다.

"뭐야, 왜 그렇게 놀라?"

"노, 놀라긴 누가 놀랐다구 그러세요? 그냥 실수죠, 실수."

젬이 무릎걸음으로 기어가 약병을 주웠다. 미지근한 감촉, 얼굴을 달구는 장작불. 심장이 쿵떡쿵떡 널뛰기를 했다. 마법약의 약자만 꺼내도 영혼이 날아가던 양반이 웬일로 먼저 이런 얘기를?

젬이 슬쩍 곁눈질했다가 깜짝 놀랐다. 카피레의 시선이 송곳처럼 날카로웠다.

"가, 갑자기 그건 왜요?"

"……왜긴 왜야. 젬의 마법약이 신통방통하니까 그냥 한번 물어본 거야. 하긴, 그런 약을 만들 수 있다면 왜 젬이 지금껏 가만히 있었겠어. 보약보다 먼저 만들어 먹였겠지. 그치?"

젬은 뜨끔하여 몸을 움츠렸다. 본드를 입술에 칠한 양 말이 떨어지지 않았다. 머릿속에 벌 떼가 돌아다니는 듯했다.

기억을 찾는 약.

젬은 입술을 깨물었다. 마주 웃어야 하는데 얼굴 근육을 조절할 수 없었다. 젬이 하하, 소리만 내고 고개를 숙였다.

그제야 깨달았다. 젬은 진짜로 몰랐던 게 아니었다. 모른 척을 하고 있었을 뿐이었다.

기억을 찾고 못 찾고는 하늘에 맡길 일이라고 생각하면서도, 끝내 카피레가 기억을 찾지 못하길 바라는 자신이 있었다.

지금처럼 젬과 함께 있기를, 이곳에서 젬이 돌아오는 것을 기다려 주기를 바라고 있었다. 저도 모르는 새 그런 생각을 하고 있던 것이다.

젬이 시선을 피해 입술을 오물거렸다.

"……확실히 만들어 본 적은 없지만요. 갑자기 왜 그런 생각이 드셨어요? 호, 혹시 뭐 기억난 거라도 있어서요?"

카피레가 뭔가를 말하려다 입을 꾹 다물었다. 대신 한숨을 푹 쉬며 고개를 설레설레 저었다.

"그냥 한번 말해 본 거야. 그런 게 있다면 얼마나 좋을까, 하고 말이야."

"……꼭 기억해야 할 일이라면, 언젠가 알아서 돌아오겠죠."

젬이 "아마도요……" 하며 말끝을 흐렸다. 약병을 내밀자 카피레가 바로 뚜껑을 땄다.

"젬은 내 기억이 돌아오면 좋아, 싫어?"

"네?"

젬이 고개를 번쩍 들었다. 소년처럼 맑고 순수한 눈동자와 눈이 마주쳤다. 벽난로 불꽃이 눈동자 속에 춤추며 젬을 홀렸다.

그 따뜻하고 포근한 시선에 젬의 마음에 가시넝쿨이 자랐다.

"저, 전 어느 쪽이든 상관없어요."

"젬은 조급해하지 마라, 건강이 우선이다, 뭐다 하지만…… 난 얼른 기억을 찾았으면 좋겠어."

"왜요? 무슨 일이 있었는지 모르는 데도요? 기억을 잃을 만치 무서운 일이 있었어도요?"

젬은 아직도 생생히 기억했다. 품을 적시던 뜨거운 눈물, 아프다 중얼대던 힘 빠진 목소리를. 카피레가 어깨를 으쓱했다.

"……내가 뭘 무서워하는지 모르는 게 더 끔찍한걸. 그리고 좀 무섭다 해도……."

카피레가 반절 작아진 목소리로 중얼거렸다. 젬은 그 소리를 놓치지 않았다.

기억을 찾아도 젬이 곁에 있어 줄 것이지 않느냐는 말이었다. 젬의 심장이 물을 가득 채운 풍선처럼 출렁거렸다.

꽃처럼 얼굴을 붉게 물들인 카피레가 "에잇! 왜 이렇게 더워!" 하며 불쏘시개로 장작을 뒤적였다.

젬이 말없이 바라보자 "에잇! 왜 이리 목이 마르담!" 하며 약병을 한입에 다 비웠다.

……젬, 무슨 생각해요?

아이가 옆에서 속삭였다. 젬이 맥없이 웃으며 품에서 연고를 꺼냈다. 손가락으로 듬뿍 떠 카피레의 정수리 혹에 곱게 펴 발라 주었다.

젬은 생각하고 또 생각했다. '옳냐 그르냐의 문제가 아니라 무엇이 더 중요하냐는 선택의 문제'라던 마틴의 말이 계속 뇌리를 맴돌았다.

*　　*　　*

매캐한 연기가 꼬리를 그리며 코를 간질였다.

좁고 긴 대신 천장이 높은 쪽방이었다. 젬은 천장 가까운 곳까지 층층이 줄을 걸어 약초를 말렸다.

밤에 보면 귀신 떼가 거꾸로 매달려 머리카락을 늘어뜨린 것처럼 보인다는 단점이 있었으나, 건조하고 서늘한 편이라 약초 말리기엔 최적의 환경이었다.

하나뿐인 가마솥은 카피레 전용이었다. 젬은 작업대에 펼친 금서를 다시금 확인하곤 약초 뿌리를 큼지막하게 뚝뚝 썰었다.

어디서 구했는지 겨울 나뭇가지처럼 빼빼 말린 두꺼비도 한 묶음 꺼내 상태를 요리조리 살폈다.

절규하듯 입을 쩍 벌린 두꺼비 얼굴에 가는 주름이 실금처럼 나 있었다. 젬은 망설임 없이 다섯 마리를 툭 떼어 가마솥에 던져 넣었다.

카피레 왕자가 제가 뭘 먹었는지 알면 기절할 때까지 토할 거예요.

"몸에 좋고, 맛있고, 싸고. 삼 박자를 고루 갖춘 식재료인데 말이지……."

내 말 들어요. 절대 말하지 마.

아이가 고개를 설레설레 저었다. 특제 보약의 주재료가 아귀 형상을 한 약초 뿌리에, 겨울바람에 바싹 말린 두꺼비, 다리가 백이십 개 달린 지네, 눈이 열두 개 달린 거미에 기타 파충류란 사실을 알면 카피레는 울면서 토할지도 몰랐다.

젬은 토막 난 아기 발처럼 생긴 것을 집게로 집어 가마솥에 넣었다.

"으, 징그럽게 생겼어."

말린 두꺼비랑은 뽀뽀도 하면서.

"그거랑 이건 다르거든?"

젬이 투덜거리며 가마솥 앞에 섰다. 매스꺼운 김이 담배 연기처럼 퍼졌다. 아직은 물처럼 묽은 상태지만 회색으로 졸아붙으면 물풀처럼 걸쭉해질 것이다.

"흐음, 흐음" 하며 허락 없이 금서를 뒤적이던 마틴이 "야" 하며 젬을 불렀다.

카피레가 자리를 비운 낮 시간, 일이 일찍 끝난 젬을 방까지 쫄레쫄레 쫓아온 마틴이었다. 천장에서 내려온 빛에 볏짚 머리가 희게 빛났다. 젬이 한숨 섞어 말했다.

"마틴. 함부로 다루지 말아요. 찢어지면 어떻게 책임질 거예요?"

"이 정도로 찢어질 금서라면 그냥 불에 태워 버리는 게 나아. 근데 너 지금 뭐 만드냐?"

아이가 계약자 이외는 책 내용을 파악할 수 없다고 속삭였다. 젬은 마틴이 활짝 펼친 페이지를 보고 입을 오물거렸다.

"뭐긴 뭐예요. 마법약이죠. 젬 특제 보약, 마틴도 먹고 싶어요?"

"누가 그거 물어봤어?"

마틴이 젬의 손가락에 감긴 붕대를 힐끔 보았다. 젬이 소매를 내려 손을 감추었다.

"마틴이 그랬잖아요. 뭘 선택할지는 제가 정할 문제라고요."

마틴이 "그래, 그랬지" 하다가 다시 물었다.

"그래서 무슨 약인데?"

"……보약이라니까요? 말이 나와서 말인데 카피레도 그렇고 로이도 그렇고, 요즘 부쩍 건강해지지 않았어요? 다 젬 특제 보약 덕분이라고요."

"그냥 보약 만드는데 손이 그 꼴이 나?"

"그냥 보약 아니거든요! 특제 보약이거든요! 불끈불끈약이거든요!"

마틴이 "뭐어" 하며 천천히 금서를 내렸다. 어딘지 풀이 죽은 인상이었다. 무슨 생각을 하는지 짐작이 가지 않았다.

그에게 이런 얘기까지 할 필요는 없겠지.

젬이 맥없이 팔랑대는 페이지를 힐끔 보았다. 어제 눈이 닳도록 노려본 제목이 보였다.

잃어버린 기억을 되찾아 주는 약. 고급편.

*　　　*　　　*

숨이 턱까지 차올랐다. 심장이 갓 잡은 잉어처럼 펄떡펄떡 뛰었다. 온몸에 혈관이 요동치는 소리가 고막을 쿵쿵 울렸다. 카피레는 선을 넘자마자 나무 기둥을 짚고 헥헥 숨을 몰아쉬었다.

"꺄악! 미스터 블랙의 땀방울이 꼭 무지개 수정 같아!", "촉촉이 젖은 머리카락! 섹시해!" 등등의 외침이 귀청을 찢었다. 소란한 것과는 별개로 듣기 싫은 소리는 아니었다.

카피레가 다분히 계산된 움직임으로 이마에 땀을 훔치며 상체를 세웠다. "꺄아아아아악!" 하는 비명이 운동장을 왕왕 울렸다.

"오늘은 구토 봉투가 필요 없었구만. 장족의 발전이야."

양호 선생이 흐뭇한 미소와 함께 수건을 건넸다. 카피레가 양호 선생의 지시 아래 여타 교사들과 아침 운동을 시작한 지도 근한 달이었다.

처음에는 반의반도 못 걷고 바닥에 아침을 쏟던 카피레는 이제 운동장 두 바퀴를 멋지게 완주하고도 두 발로 설 수 있었다.

멀리 "으랴!" 하는 기합이 들렸다. 카피레가 두 바퀴 뛸 동안 여덟 바퀴째에 돌입한 근육맨 군단이었다.

응원 하나 없이 외로이 "으랴!" 소리만 높이는 근육맨 군단이 힐끔힐끔 카피레 쪽을 훔쳐보았다.

카피레의 시선은 귀여운 응원단도, 양호 선생도 아닌, 땀이 송골송골 맺힌 풍선 근육에 고정되어 있었다. 교사들의 아침 운동 훈련량이 자체적으로 늘어난 이유가 바로 이것이었다.

근육맨 군단은 부러 근육을 꿈틀꿈틀 울끈불끈하며 어깨를 쫙 펴고 팔다리를 크게 흔들었다. 카피레의 눈동자에 동경의 빛이 아른거렸다.

"나도 언젠가는……!"

"처음엔 귀찮다고 싫다고 떽떽거리던 녀석이."

카피레가 수건으로 대충 얼굴을 훔쳤다. 아침 점심 저녁으로 먹는 젬의 특제 보약 탓일까, 카피레는 후각과 미각을 버린 대신, 인내심과 체력을 얻었다.

거기에 더해 매일같이 수련한 로맨틱 기술, 그리고 밤낮없이 연구한 젬의 취향 완전 분석. 카피레는 거대한 계획을 세우고 있었다.

"할멈. 축제가 언제라고 그랬지?"

"어린 것이 나보다 기억이 깜박깜박하면 어쩌누. 한 달 남았다니까."

"그래, 27일 남았어."

"……대체 나한테 왜 묻는 건지 이유를 모르겠구만."

양호 선생이 카피레 손에서 수건을 확 뺏었다. 카피레가 주먹을 쥐었다 폈다하며 중얼거렸다.

"후후, 27일, 후후후후후후."

그 음흉한 미소에 응원단 몇몇이 "아아" 탄식하며 쓰러졌다. "섹시해!" 하는 비명이 잇달았다. 안소니 선생 역시 '미스터 블랙 파이팅!'이라 쓴 종이를 꾸욱 안으며 다리를 꼬았다.

카피레가 씻겠다며 건물 안쪽으로 사라지자 눈이 벌게진 응원단과 산적 못지않게 근육을 키운 교사 군단이 우르르 양호 선생 주위로 몰려들었다.

"대체 미스터 블랙과 무슨 얘길 하신 겁니까?"

"한 달? 27일? 대체 뭘 생각하고 계시는 거죠?"

양호 선생이 있지도 않은 수염을 쓰다듬는 척 턱을 만지작거렸다.

"훌훌훌. 자네들 잊었는가. 한 달 뒤에 뭐가 있는지."

"왕자님 생일?"

"기말시험?"

안소니가 "아!" 하고 눈을 크게 떴다. 시선이 한데 모이자 그가 조심스레 검지를 세웠다.

"추, 축제?"

긴가민가 조심스러운 어조에 훌훌훌 웃음소리가 뒤를 이었다.

"축제 날에 누군가에게 고백을 하겠다고 하더군. 내 친절히 상담에 응해 줬지, 엣헴."

응원단과 교사 군단이 서로를 보았다. 하늘을 보다가 다시 양호 선생에게 돌렸던 시선을, 마지막으로 안소니에게 옮겼다.

안소니가 양 볼을 쥐고 입을 세로로 길게 찢은 채 말린 개구리처럼 몸을 길게 꼬았다. 소리 없는 경악에 잠시 바람 소리만 휑하니 운동장을 채웠다.

"미스터 블랙이, 고, 고고, 고백!"

안소니의 뒤늦은 탄식이 망치처럼 고막을 때렸다. 우리의 미스터 블랙이, 진짜 사랑을 하고 있었단 말인가? 그것도 먼저 고백할 만치 트루 러브를?!

충격에 빠진 이들이 석상처럼 굳은 그때, 양호 선생은 축축한 수건을 들고 운동장을 가로지르고 있었다.

뭔 놈의 사내새끼가 땀 냄새에서도 꽃향기가 나냐며 투덜거리면서 말이다.

*　　*　　*

로이는 쌍코피를, 카피레는 주먹만 한 정수리 혹을 얻은 그날. 카피레는 결심했다. 야밤에 젬의 특제 보약 두 병을 챙겨 구름다리를 건넜다.

마침 마틴이 로이의 방에서 막 나온 참이었다.

카피레는 잠시 숨을까 말까 고민했으나 망설임은 잠시였다. 낮에 안소니에게 들은 얘기를 떠올린 탓이었다. 카피레가 약병을 꾸욱 쥐곤 호기롭게 전진했다.

"이게 누구신가. 쌍코피 범죄자."

마틴이 픽, 웃으며 등불을 높이 들었다. 언젠가 그 모습에 기절한 카피레를 놀리는 듯했다. 그러나 카피레는 과거의 원숭이가 아니었다.

카피레가 거침없이 그 앞에 섰다. 둘이 마주 보는 시선에 스파크가 튀었다.

"뭘 잘했다고 야밤에 불법 침입이지? 왕족 상해죄로 감옥에 들어가고 싶지 않으면 당장 돌아가시지."

"아, 여기 감옥도 있었어? 몰랐네. 하도 낡아서 무늬만 성인 줄 알았지 뭐야."

카피레가 피식 웃으며 주머니에 두 손을 꽂았다. 삐딱한 자세에 마틴의 눈썹이 꿈틀거렸다.

"왕족 얼굴에 피멍까지 찍어 놓은 주제에 뭐가 그리 당당하지?"

"볼일 없으니까 비켜. 로이 보러 왔으니까."

"무슨 낯짝으로."

"친구 보러 오는 것도 네 허락이 있어야 하나?"

마틴이 입가가 경련했다. 카피레는 부러 어깨를 활짝 폈다.

"친구? 네가?"

"보호자 흉내는 그만해, 마법사. 마을에서 들었어. 당신, 그냥 마법사가 아니라며?"

"……무슨 뜻이지?"

카피레가 한걸음 가까이 내디디며 음성을 낮추었다.

"사람 가지고 놀 나인 지났잖아, 아저씨. 힘이 있으면 좋은데 쓰라고. 멀쩡한 사람 기억 가지고 장난치지 말고."

"영문을 모르겠군. 누구한테 무슨 헛소릴 듣고 와선……."

마틴이 짓씹듯 뱉은 말에 카피레가 바람 빠지는 소릴 냈다.

"기억 가지고 장난친다는 점은 부정 안 하네?"

"……뭘 안다고 잘난 척 지껄이지?"

"당신이야말로 뭐가 그리 당당해서……!"

"마틴? 블랙?"

의아한 목소리와 함께 복도에 긴 빛이 내렸다. 문 사이로 로이가 빼꼼 고개를 내밀었다. 코를 두껍게 덮은 반창고가 한눈에 들어왔다.

"진짜 미스터 블랙이잖아! 무슨 일 있어요? 꼭 싸우는 소리 같던데."

마틴이 "그런 거 아닙니다" 하며 서둘러 고개를 저었다.

"길을 잃었답니다. 제가 데려갈 테니 얼른 주무세요."

"길을 잃긴 누가 잃어. 로이, 좀 들어가자. 할 말 있으니까."

로이는 순순히 문을 열어 주었다. "로이!" 하고 소리치는 마틴에게 로이가 어색한 미소를 지어 보였다. 카피레가 로이 몰래 입꼬리를 올렸다.

문이 닫히며 복도에 빛줄기가 뚝 끊겼다. 침침한 등불만이 마틴의 분한 표정을 비추었다.

결과만 말하자면, 카피레는 로이에게 결투장을 날렸다. 젬의 특제 보약 한 병과 함께였다.

카피레는 다짜고짜 "젬이 나를 어떻게 보든 상관없다. 내 이번 축제에 젬에게 고백할 각오를 세웠으니 알고나 있어라!"고 소리쳤다.

로이는 주먹밥을 기대했다가 똥 구슬을 받은 사람처럼 표정이 일그러졌다.

"코피 건은 미안했다! 대신 벌침 사건은 그냥 넘어가겠다! 그러나 젬의 러브는 별개 문제다! 이제부터 정정당당히 승부다!"

멍하니 카피레를 보던 로이가 손에 힘을 주었다. 소년의 작은 손톱이 희게 물들었다.

"……역시, 미스터 블랙도 젬 님을 사모했던 거군요. 그래요, 왠지 느낌이 이상했습니다."

로이가 떨리는 손으로 약병을 땄다. 전에 없이 무거운 목소리가 카피레를 향했다.

"실은, 저도 줄곧 마음에 안 들었어요."

"뭐, 뭐가."

로이가 "이 기회에 솔직히 말씀드리지요!" 하며 입술을 잘근 씹었다. 고개 숙인 채 눈만 들어 카피레를 보는데, 안광이 보통이 아니었다.

"약 먹을 때마다 카피레가 날 보는 눈빛 말입니다! 더하기 빼기도 못하는 모지리 보듯이! 똥오줌 못 가리는 아가 보듯이! 비위가 약한 게 제 잘못도 아닌데! 아니, 물론 제 탓이지만!"

말이 길어질수록 점차 음성에 분이 서렸다. 로이가 "합!" 하는 기합 소릴 내곤 약을 병째 들이켰다.

목울대가 힘겹게 오르락내리락하며 로이의 낯에 천 살 먹은 할배 같은 주름이 들어찼다. 카피레의 표정 또한 덩달아 일그러졌다.

3분의 1 정도를 남기고 로이가 입에 병을 뗐다. 얼굴이 회색이었다. 연신 우우웁, 하며 가슴을 들썩이는 것이 금방이라도 화산

분출 쇼를 벌일 기세였다.

그러나 로이는 제 가슴을 필사적으로 쓸고 도닥여 구역질을 참았다. 잠깐 사이에 상의가 땀으로 다 젖었다.

카피레는 저도 모르게 박수를 치고야 말았다. 짝짝짝 소리가 높은 천장에 메아리쳤다.

"……잘 알았다. 너의 결의."

"후우, 후우. 포기하지 않겠습니다."

카피레가 로이의 어깨를 힘주어 두드렸다.

"그래, 승부다! 지금 이 순간부터 우리는 그냥 친구가 아니다! 사랑의 라이벌이다!"

로이가 "치, 친구! 사랑의 라이벌!" 하고 따라 말하더니 두 주먹을 불끈 쥐고 눈물을 또로록 흘렸다. 카피레가 엄지를 세워 보이며 씩 웃었다.

21.
해골의 눈동자

언제부턴가 로이가 매일 아침 꽃을 가져다주는 게 일상이 되었다. 젬은 카피레가 그것을 잘 감상하게 할 책임이 있었다.

덕분에 방에 꽃향기가 진동을 했다. 적당히 말려 방 이곳저곳에 장식하니 보기에 훨씬 좋긴 했다.

그뿐만 아니라 향수며 뭐며 이것저것 가져다주는 게 많았다. 그때마다 성에 재고가 남아서 드린다고 덧붙이곤 했는데, 젬은 이것을 마틴에게 알려야 하나 말아야 하나 고민이 많았다.

축제 날이 다가올수록 마틴에게서 풍기는 아저씨 냄새가 갈수록 심각해지고 있었다.

젬이 봤을 때, 이것이 더 필요한 사람은 안 씻어도 상큼한 카피레보다, 눈 밑에 먹구름을 달고 사는 마틴이었던 것이다.

젬은 전달자일 뿐, 선물의 주인은 카피레이므로. 젬은 애써 말을 아꼈다.

카피레는 젬이 선물을 가져올 때마다 못마땅한 눈초리를 쏘았다. 제게 온 공물을 제대로 다루는가 감시하는 듯했다.

덕분에 젬은 꽃과 기타 등등을 아주 조심스럽게, 곱게 다루었는데 카피레는 영 만족하는 눈치가 아니었다.

카피레는 첫 월급으로 젬에게 반질반질한 새 망토를 선물했다. 물론 자기 몫으로 상의, 하의, 외투를 몽땅 갖추는 김에 한 일이었다. 덕분에 월급 주머니는 고스란히 옷집 주인의 몫이 되었다.

젬은 "딴 건 몰라도 벙거지 모자는 절대 포기할 수 없다, 싫다면 치마를 입어라!"고 떼를 썼다. 카피레는 바닥을 뻥뻥 차고 입에서 불을 뿜었으나 결국은 젬에게 져 주었다.

무지개 할매 바지와 구멍 난 가죽조끼에서 벗어난 것만 해도 카피레는 퍽 행복해 보였다.

그 덕에 미모에 물이 올라 보는 사람마다 혼을 쏙 빼놓았다. 얼마나 사람을 홀리냐 하면, 카피레 얼굴에 묻은 얼룩을 독특한 화장법으로 착각할 정도였다.

아침부터 로이와 카피레에게 시달리느라 약초 캘 시간을 놓친 날이었다. 마침 카피레도 학교에서 늦는다고 했겠다, 젬은 느지막이 천 가방을 하나 메고 뒷산으로 향했다. 물론, 너덜너덜한 박쥐 코트를 입은 채였다.

카피레가 사 준 베이지색 코트는 옷장에 고이 모셔져 있었다. 무슨 천을 썼는지 색이 곱고, 부드러워 보기엔 좋았으나, 딱 봐도 때 타기 쉬운 옷감이었다.

왜 안 입느냔 말에 아까워서 그렇다 했더니 카피레는 '옷을 입으려고 사지 모시려고 사느냐!'며 이마에 핏대를 세웠다. 마지못해 몇 번 입긴 했으나 역시 작업복은 편한 것이 최고였다.

카피레는 코를 킁적이며 다음 달엔 다른 옷을 사 주겠다 했으나 젬은 그 속이 뻔히 보였다.

새 옷을 사고 싶은데 혼자만 사려니 눈치가 보이는 게 틀림없었다. 괜히 미안하니까 젬 것도 덤으로 하나 고르는 것이리라.

젬은 코만 삼켰다. 제 돈 벌어 제가 쓰겠다는데 뭐라 하리. 마틴이 돈을 제법 넉넉히 챙겨 주는 것이 그나마 다행이었다.

마틴은 요즘 들어 심기가 몹시 불편해 보였다. 로이가 어쩌고 저쩌고하던 한탄도 뚝 끊겼다.

그 대신 어디선가 못 보던 당나귀를 끌고 와선 종일 타고 다녔다. 부러 공방까지 데려오기도 했다. 그때마다 돌 바닥에 편자 부딪치는 소리가 딸깍딸깍 요란도 했다.

당나귀는 노르스름한 밤색 털에 눈이 파랗고 촉촉한 아이였는데, 걷는 것도 먹는 것도 어딘가 어설펐다. 젬이 시든 당근을 줄 때면 꼭 우는 것처럼 구슬픈 소릴 냈는데, 그러면서 먹기는 또 잘 먹었다.

이상할 정도로 마틴을 두려워하는 거로 봐서 본래 키우던 동물은 아닌 듯했다. 젬은 진정 묻고 싶었으나 마틴이 두른 공기가 워낙 무거웠다. 말 그대로 요즘 그는 먹구름을 등에 인 남자였다.

그래서 젬은 깜짝 놀랐다. 금줄을 두른 나무에 눈에 익은 당나귀가 묶여 있던 것이다. 당나귀도 젬을 알아봤는지 작게 푸르르 소릴 냈다.

마틴이 근처에 있나 본데요?

아이가 코를 킁킁거렸다. 해가 산 중턱에 걸쳐 있었다. 어두워지기까지 시간이 얼마 남지 않았다. 젬은 주변을 둘러보았다. 인기척이 하나도 없었다. 젬이 미간을 찡그렸다.

"설마 여기가 애 집인 건 아니겠지."

당나귀가 알아들은 것처럼 푸르르 고개를 흔들었다. 젬이 "옳지, 옳지" 하며 당나귀의 목과 턱 아래를 쓸어 주었다. 반응이 얌전한 것이 그간 당근을 챙겨 준 보람이 있었다.

젬, 어두워지기 전에 서둘러요.

가방을 뒤져 보니 낮에 먹고 남은 빵이 있었다. 젬은 그것을 당나귀 앞에 두고 금줄을 넘었다. 빵 하나에 눈물이 그렁그렁한 당나귀의 표정을 미처 살피지 못한 채였다.

*   *   *

석양에 손등이 붉게 물든 것도 잠시, 금세 사위가 어두워졌다.

젬이 무릎을 털고 자리에서 일어설 찰나였다.

마른 잎사귀가 부서지며 규칙적인 발소리를 냈다. 주변을 둘러본다며 사라졌던 아이가 "젬, 젬!" 하며 날아왔다. 소리 내려는 젬의 입을 쏜살같이 달려들어 막고는 옆을 곁눈질했다.

핑크색 요정 빛 가루도 숨을 죽였다. 바삭바삭 소리와 함께 키 큰 인영이 우거진 나무 사이를 지났다.

평소라면 바로 들킬 거리였으나 어둠이 장막이 되어 주고 있었다. 남자가 당나귀 끈을 풀었다. 히히힝, 하는 울음소리에 남자가 "츳" 하고 혀를 찼다. 바로 알아챘다. 마틴이었다.

"찡찡대지 말고 빠릿빠릿하게 움직여. 아니면 또 하루가 늘어날 뿐이니까."

당나귀는 찍소리도 내지 않고 마틴을 등에 태웠다. 힘없는 발굽 소리가 천천히 멀어졌다. 그제야 아이가 젬의 입에서 손을 뗐다.

"왜 그래? 마틴한테 뭐 잘못했어?"

그게 아녜요, 그게 아니라……

손짓 발짓하던 아이가 "따라와요!" 하며 높이 날았다.

"금방 깜깜해질 텐데!"

요정 됐다가 어디다 써 먹으려구 그래요? 잔말 말고 가방 챙겨요!

틀린 말은 아니었다. 아이는 등불 대신 몸을 밝혀 앞을 비추었다. 산에서 해가 지는 건 눈 깜박할 새였다. 그림자가 이불처럼 내려오고, 기다렸다는 듯이 달이 빛을 발했다.

밤에 보는 풍경이 낮과는 사뭇 달랐다. 검고 높은 침엽수림이 자신을 내려다보는 듯했다.

젬은 잰걸음으로 요정의 뒤를 따랐다. 시리고 습한 냄새가 바람에 섞여 후드를 뒤로 젖혔다. 어느 순간, 아이가 자리에 멈췄다.

여기예요.

숲과 절벽의 경계에 색깔 고운 돌밭이 깔려있었다. 절벽에서 부서진 듯 상아색 돌이 특히 많았다. 돌밭 사이를 부리로 쪼던 파랑새 몇 마리가 젬을 보고 옆으로 종종 피했다.

저기서 마틴이 나왔어요.

아이가 벽에 뻥 뚫린 동굴을 가리켰다. 젬이 "그랬어?" 하며 어깨를 으쓱했다. 덤덤한 반응에 아이가 목소리를 낮추었다.

젬, 뭔가 느껴지는 거 없어요?

"좀 춥다."

이 둔탱이! 금서를 수련하면 뭐해! 우주 제일 둔탱이인걸!

아이가 손바닥으로 젬의 코를 찰싹 때렸다. 젬이 코를 어루만지며 절벽을 높이 올려다보았다.

처음 봤을 때부터 묘한 느낌의 산이긴 했으나 특별히 생각해 본 적 없는 문제였다. 언제나 눈앞의 약초밭이 먼저였으므로.

아이는 이 산 전체를 둘러싼 기이한 마력이 이곳에서 비롯된다고 했다. 적당한 기후나 토양이 아님에도 약초가 우후죽순처럼 자라는 이유도 그 탓일 거라고 덧붙였다.

전에 들었지요? 마법석.

젬이 "으응" 하며 가까이 온 파랑새를 피해 몇 발자국 움직였다. 트리비아의 특산물이 마법석이란 얘기는 이미 들은 터였다.

제 생각에 이 안엔 마법석만 있는 게 아닌 것 같아요. 아까 마틴이 나올 때 들었다고요.

"뭐를?"

소리.

"소리?"

아이가 석고상처럼 딱딱한 낯으로 중얼거렸다.

내 착각이 아니라면 그건 분명 말소리였어요. 새 울음 같은 게 아니야.

"무슨 뜻이야?"

"그러니까 제 말은……" 하며 아이가 목소리를 낮추었다.

……이 안에 누군가 갇혀 있을지도 모른단 거라구요!

젬이 눈을 크게 뜨고 숨을 멈추었다.

아이가 "어떡해요, 젬? 그 마법사 놈이 사람을 여기다 가둬 놓는 정신병자면 어떡해요!" 하고 젬의 멱살을 잡았다.

코앞에서 벌어지는 현란한 핑크 날갯짓에 젬의 앞머리가 춤을 추었다.

젬이 두 손을 들어 아이를 진정시켰다.

"……어떡하긴 뭘 어떡해."

젬?

"확인해 봐야지."

꼴깍, 침 넘어가는 소리가 바람에 스쳤다. 젬이 아이를 잡아 제 어깨에 턱 올려놓고 후드를 고쳐 썼다.

젬은 내심 아이의 말을 믿지 않았다. 사람을 납치해 동굴에 가두다니. 마틴이 신경증 환자에 예민하고 까칠하긴 했지만, 사람을 짐승 취급할 만큼 못돼 먹은 놈은 아니었다.

그 예로 로이 왕자가 있었다. 마틴은 서툴긴 해도 로이를 위해 최선을 다하고 있었다. 사춘기 아들을 둔 엄마처럼 로이를 걱정하는 것만 봐도 그랬다.

게다가 이곳 사람들은 이러니저러니 해도 마틴을 따랐다. 손가락에 난 생채기에도 스스럼없이 마틴을 찾아 '마법사님, 약 좀 발라 달라'고 부탁할 정도였다. 무서워할지언정, 마틴을 배척하는 이는 없었다.

호기롭게 동굴 앞에 선 박쥐 코트의 뒷모습을 밝은 달이 비추고 있었다. 동굴 입구에 빨간 금줄이 쳐져 있었다. 젬이 안쪽을 향해 귀를 기울였다.

이상하리만치 고요했다. 옆에서 종종거리는 파랑새 울음만 한층 크게 들렸다.

불안한 목소리가 젬을 불렀다.

젬.

아이는 젬이 이렇게 다짜고짜 전진하자고 할 줄은 몰랐던 모양이었다. 젬이 침을 꼴깍 삼킨 뒤, 한발을 들어 금줄을 넘었다.

순간, 주변 공기가 바뀌었다.

서늘한 밤공기와 새소리, 바람이 뚝 끊기고 적막이 전신에 내렸다. 심해에 들어간 듯 귀에 가느다란 이명이 달렸다.

이게 뭐지?

젬과 아이의 눈이 마주쳤다. 돌연 아이가 "소리가 들려요!" 하며 동굴 안쪽을 보았다. 젬은 숨까지 참고 귀를 기울였으나 아무 소리도 들리지 않았다.

등줄기를 따라 솜털이 바짝 섰다. 아이가 얼른 들어가자며 젬의 목깃을 잡아당겼다. 젬은 가방을 바짝 고쳐 매고 손바닥 땀을 코트에 대충 문질러 닦았다. 내딛는 걸음걸음이 살얼음판이었다.

몇 발자국이나 뗐을까. 주변에 희미한 빛이 들어왔다. 잔잔한 파도처럼 부드럽게 밝혔다 서서히 꺼지는 그것은 분명 눈에 익은 빛이었다.

젬이 동굴 천장과 벽을 한 바퀴 둘러보았다. 아이가 시험하듯 날개에 빛을 밝히자 사방에 오색찬란한 빛이 춤을 추었다. 젬이 입을 떡 벌렸다.

종유석처럼 튀어나온 모든 것이 마법석이었다. 수정 같은 몸체에 따뜻한 빛이 서렸다 사라졌다.

"마법석이 이렇게 자라는 거구나. 꼭 살아 있는 것 같아."

버섯과 비슷한 거 아니겠어요. 젬, 이쪽, 이쪽이요!

아이가 뽀르르 날아 벽 한쪽에 붙었다. 젬이 가까이 섰다. 어둠 속에 숨어 있던 양갈래길이 드러났다.

아이가 망설임 없이 왼쪽 길 앞에 섰다. 젬이 소리가 나는 게 확실하냐고 묻자, 아이가 고개를 갸웃했다.

이 소리가 안 들린단 말이에요?

"바람 소리조차 희미해. 대체 무슨 소린데?"

아이가 입술을 오물거리더니 "따라와요" 하곤 몸에 빛을 더했다. 요정의 빛을 반사한 마법석이 굴 안쪽까지 환히 비추었다.

갑작스러운 눈부심에 젬이 미간을 찡그렸다. 천천히 시야가 돌아왔다.

"어?"

젬의 목소리가 공허히 메아리쳤다. 어슴푸레한 동굴 속, 핑크색 요정 빛이 사라지고 없었다.

"아이?"

젬이 아까보다 소리를 높였다. 무섭게 커진 메아리만 돌아왔다. 젬이 본능적으로 배에 손을 올렸다. 판판한 감촉, 금서가 느껴졌다.

젬이 "응?" 하고 배를 다시 다시 한 번 더듬었다. 뜨끈뜨끈했다.

젬이 서둘러 금서를 꺼냈다. 따뜻한 열감이 느껴졌다. 책과 혈관이 연결된 듯, 손바닥에서부터 쿵, 쿵, 쿵, 하는 진동이 울었다. 젬의 심장과 공명하는 것처럼, 진동이 점차 리듬을 맞추었다. 젬이 눈을 깜박였다.

"이게 뭐야……. 아이? 아이!"

아무리 불러 봐도 대답이 없었다. 젬이 책을 쥔 손에 힘을 주었다. 왼쪽 길을 향해 한걸음 내디뎠을 때였다.

보이지 않는 벽이 젬을 가로막았다. "억!" 하는 소리와 함께 젬이 엉덩방아를 찧었다. 바닥에 튀어나온 돌부리가 꼬리뼈를 직격했다. 젬은 잠시 엎드려 고통을 삭혔다.

젬은 아이가 말한 '소리'를 찾아 몸을 한껏 긴장시켰다. 죄 헛수고였다. 들리는 거라곤 젬의 심장 소리밖에 없었다. 젬이 금서를 쥔 손에 힘을 바짝 주었다.

닳고 닳아 사람 피부처럼 보드라워진 가죽의 감촉, 희미하게 올라오는 책 곰팡내가 젬을 진정시켰다. 그때였다.

젬이 흠칫하여 금서를 왼손에서 오른손으로 바꿔 들었다. 그러다 슬금슬금 자리를 옮겨 보았다. 착각이 아니었다.

젬이 왼쪽에 섰을 땐 다소곳하던 고동이 오른편에 서자 전쟁통 북소리처럼 휘몰아쳤다. 온몸으로 외치듯 했다.

……오른쪽으로 가란 신호인가?

젬이 시험 삼아 오른쪽 입구에 발을 디뎠다. 가느다랗고 차가운 공기가 얼굴을 스치고 지나갔다. 희미하게 바람 소리도 들렸다. 금서가 손바닥에 달라붙은 양 뜨겁게 느껴졌다. 들리지 않는 목소리가 젬을 부르는 듯했다.

젬이 한 걸음, 두 걸음 앞으로 향했다. 걸음걸음마다 벽과 천장에 박힌 마법석이 환영하듯 불을 밝혔다. 컴컴한 길이 긴 듯

짧은 듯 영원히 이어질 것처럼 보였다.

멀리서 은은한 빛이 보였다. 아까보다 선명한 바람이 불어와 쿰쿰한 냄새를 전했다. 무언가 속삭이는 소리 같은 것이 들리는 것도 같았다.

'혹시 왼쪽 길과 연결되어 있었는지도 몰라!'

젬의 발걸음이 점차 빨라졌다. 호흡이 거칠어지며 고막에 심장 소리가 요동쳤다.

울퉁불퉁한 바닥 탓에 넘어질 뻔한 젬이 겨우 벽을 짚었다. 뾰족한 마법석 탓에 손바닥에 자잘한 생채기가 남았다.

이윽고 도착한 길의 끝에서, 젬은 빠르게 눈을 깜박였다.

"이게, 뭐야……."

높고 둥근 천장 아래 널찍한 공간이 펼쳐져 있었다. 고대 유물 같은, 혹은 실험 기계 같은 것들이 한쪽에 아무렇게나 잔뜩 널려 있었다. 반대쪽엔 책장이 천장까지 빼곡했다.

젬이 한걸음 내디뎠다. 차가운 바람이 목깃에 밴 땀을 식혔다. 젬이 천장을 보았다.

꼭대기에 뚫린 둥근 구멍 사이로 새 한 마리가 지나갔다. 찌로롱거리는 소리가 냉기를 타고 내려왔다. 찌그러진 달이 그 사이로 고개를 빼꼼 내밀었다.

심장이 갈비뼈를 부술 듯 빠르게 뛰었다. 젬은 홀린 듯 먼지 낀 실험 기구의 산 앞에 섰다.

어딘가 눈에 익은 형태에 침이 절로 말랐다. 젬이 떨리는 손바닥을 가까이 댔다. 가볍게 쓸어 보았다. 먼지가 때처럼 밀렸다.

낡고 지저분하긴 했으나 틀림없는 유리관이었다. 성인 남자가 들어가도 넉넉할 사이즈. 닥터 유리의 실험실에 있던 것과 형태가 똑같았다.

'……이게 대체?'

젬이 뒷걸음질 치다 다른 기계에 다리를 부딪쳤다. 젬이 화들짝 놀라 뒤를 돌아보았다.

네모 반듯한 기계가 공사장 벽돌처럼 널려 있었다. 회색 먼지를 뒤집어썼으나 검은 몸체며 알록달록한 버튼 색은 숨길 수 없었다. 죄 눈에 익은 것들이었다.

생각이 이어지질 않았다. 물음표만 빼곡히 머릿속을 채웠다. 젬이 금서를 품에 꼭 안았다. 쿵쿵, 진동하는 금서를 안고 있자니 꼭 아이와 마주 안은 듯했다.

젬이 심호흡했다. 이 열기, 이 고동. 금서가 젬에게 뭔가를 알려 주고 싶어 한단 느낌이 들었다.

젬이 비틀비틀 자리에 섰다. 책장이 돔식 형태를 따라 벽 반쪽을 가득 채우고 있었다. 먼지 앉은 사다리가 기둥과 한 몸이 되어 있었다.

긴 실험대 옆에 작은 책상이 벽을 보고 있었다. 젬이 책상 앞에 섰다. 다른 곳에 비해 이상하리만치 빛깔이 선명했다.

젬이 책상 위를 검지로 쓸어 보았다. 묻어 나오는 먼지가 거의 없었다. 누군가 최근까지 사용했단 뜻이었다.

마틴이 이곳에서 나왔다던 아이의 말이 퍼뜩 떠올랐다. 젬이 홀린 듯 책상에 꽂힌 책과 노트 중 가장 두꺼운 것을 꺼냈다. 표지에 꼬리를 문 뱀 문양과 함께 다섯 글자가 적혀 있었다.

귀에 익은 글자가 망막에 문신처럼 박혔다. 헤이트. 젬의 전신에 솜털이 바짝 기립했다.

금서와 노트를 책상에 나란히 놓았다. 금서 표지에 닳고 닳아 가루만 남은 표지 문양과 노트에 나타난 뱀의 문양. 젬은 떨리는 손으로 노트의 첫 페이지를 펼쳤다.

게린 헤이트 실험 일지.

알아보기 힘든 필체였다. 그 옆에 쓰인 날짜는 지금으로부터 약 500여 년 전의 것이었다.

책상에 꽂혀 있던 남은 노트을 꺼내 살폈다. 책장에 꽂힌 책을 무작위로 뽑아 몇 권 휘리릭 넘겨도 보았다. 젬은 고개를 들어 방을 한 바퀴 둘러보았다.

간신히 결론 내렸다.

이곳은, 헤이트 학파의 오래된 둥지가 틀림없었다.

젬의 생각에 답하듯 금서가 뜨거운 열을 전했다. 그때였다.

젬! 젬 마키나!

젬이 벌떡 몸을 일으켰다. 희미하긴 하나 아이의 목소리가 틀림없었다.

젬! 어딨어요! 제에엠!

젬이 책상에 펼쳐 둔 금서와 노트를 같이 추슬러 품에 숨겼다. 스스로도 놀랄 만치 자연스러운 행동이었다. 다시 한 번 "제에에엠!" 하는 소리가 굴을 울렸다. 어린 목소리에 불안이 묻어 나왔다.

젬이 "아이이이!" 부르며 부리나케 입구를 빠져나갔다. 뒤돌아보고 싶었으나, 보지 않았다. 도굴꾼의 심정으로 젬은 배를 감싼 손에 힘을 주었다. 아까까지 산 것처럼 펄떡거리던 금서가 거짓말처럼 고요했다.

검은 굴 멀리 작게 반짝이는 요정의 핑크빛이 보였다. 젬이 아이를 소리 높여 부르며 바닥을 박찼다.

*　　　*　　　*

아이는 "왜 혼자 간 거예요! 위험한 일 있으면 어쩌려고!" 하며 열을 올렸다. 젬을 녹즙 인간으로 만든 날처럼 머리카락을 사방에 날렸다. 파르르 떨리는 잠자리 날개에 젬은 저도 모르게 몸을 잔뜩 움츠렸다.

"아, 아이가 왼쪽 길에 들어가서 안 나오니까, 한참 기다렸는데, 근데 금서가 막 뜨끈뜨끈……."

뭐라고요?

아이의 목소리에 의아함이 섞였다.

그럴 리가요. 젬이 따라오지 않아서 바로 뒤돌았는데, 젬은 이미 그곳에 없었어요.

"아냐! 무색투명한 벽에 한참을 돌진했다구! 계속 불렀는데 반응도 없고, 분위기는 섬뜩하고……."

물에 키운 양파처럼 솟구쳤던 아이의 머리카락이 점차 제자리를 찾았다.

아이는 고개를 갸웃거리며 젬에게 말했다. 젬이 왼쪽 길을 가지 못한 것처럼, 자신은 오른쪽 길에 들어갈 수 없었다고 말이다.

"그, 그래서 바로 돌아온 거야? 저쪽에 뭐가 있는진 결국 못 찾았고?"

아이가 고개를 저었다.

젬이 없어져서 패닉에 빠진 아이에게 왼쪽의 목소리들이 속삭였다고 했다. 오른쪽은 실험실. 못된 마법사의 실험실이라고. 젬의 낯이 핼쑥해졌다.

"지, 진짜 사람이 갇혀 있었어?"

아이가 입술을 깨물었다. 젬이 왼쪽 길 앞에서 안절부절못하자 겨우 입을 열었다.

사람이 아녜요.

"그, 그럼?"

아이가 어두컴컴한 양 갈래 길을 보았다. 깊고 깜깜한 구멍에 해골의 뻥 뚫린 두 눈이 환영처럼 겹쳤다.

아이가 말했다. 요정. 수많은 요정이 아이를 불렀다고. 어디 있다 왔느냐며 반갑게 맞아 주었다고.

분명 처음 보는 사이가 분명한데, 아이 역시 기이한 그리움을 느꼈다고 말이다.

요정?

갈림길 앞에서 발만 동동 구르던 둘 뒤에서 돌연 찬바람이 흘렀다. 바로 뒤에서 멈춘 발소리에 젬과 아이가 딱딱하게 굳었다.

"야밤에 이곳까지 무슨 일이지?"

분명 귀에 익은 목소리건만, 젬은 차마 돌아보지 못하고 바닥에 일렁이는 그림자를 보았다. 길쭉한 인영이 젬과 아이 사이에 뿔처럼 서 있었다.

미세하게 일렁이는 등불과 그림자 뒤로 마법석이 은은한 빛을 뿌렸다.

"핑크 요정이랑 사이좋게 담력 시험이라도 하냐? 응?"

젬이 간신히 고개를 돌렸다. 역광으로 표정을 읽을 수 없었다. 마틴이었다.

"……헤이트, 헤이트 시끄럽더니 여길 찾았군 그래."

"마, 마틴. 하하. 혹시 여, 여기가 뭐하는 덴지 물어봐도 될까요?"

마틴이 등불을 천천히 내리며 무뚝뚝하게 대꾸했다.

"보면 몰라? 마법석 채취장이잖아."

"아니, 그거 말고요. 이 안쪽에……."

"안쪽 어디?"

젬이 "어라?" 하고 저도 모르게 동굴 벽을 짚었다. 감각이 썰물처럼 밀려갔다가 다시 돌아왔다. 솜털이 바짝 서며 공기가 긴장했다.

이 비슷한 기운을 젬은 느껴 본 바 있었다. 닥터 유리의 미소가 뇌리를 스치고 지나갔다.

젬이 무심결에 고개를 털며 손짓했다.

"아니, 저 갈림길 안쪽에 있는 것 말이에요."

"야밤에 헛거라도 봤냐? 뭔 소린지 모르겠네."

마틴이 픽 바람 빠지는 소릴 내며 어깨를 으쓱했다. 어두운 가운데서도 비뚤게 올라간 입꼬리가 선명히 보였다.

"여기 어디 갈림길이 있는데?"

젬이 "네?" 하고 뒤돌았다. 조금 전까지 뻥 뚫려 있던 두 갈래 길이 감쪽같이 사라지고 없었다. 마틴이 등을 올려 벽을 비추었다. 빽빽이 들어찬 마법석이 따스한 무지개 빛을 흩뿌렸다.

"어? 분명 조금 전까진⋯⋯."

"야."

"마틴. 진짜예요. 아까 여기에⋯⋯."

아이가 젬의 목깃 안쪽으로 뽀르르 숨었다. 마틴이 성큼 다가와 젬 앞에 섰다. 목을 꺾어 올려 봐야 하는 높이였다.

역광 탓일까. 마틴의 얼굴에 찬 그림자가 평소보다 짙었다. 빛을 받은 탓인지 머리카락이 꼭 은발처럼 반짝였다.

"여긴 관계자 외 출입 금지 구역이야. 함부로 침범하면 곤란해요. 이거 하나에 얼마씩 하는 줄 알아?"

"미안해요, 마틴. 그치만……."

"그치만이고 저치만이고 내가 허가한 건 약초밭까지야, 약장수. 여긴 아니지."

마틴이 어깨를 으쓱했다.

"이 동네 밥줄이 여기 달렸다 해도 과언이 아니거든. 눈이 있으면 알 것 아냐. 이게 다 마법석이라구. 너네 유라레인이 특히나 환장하는."

닥터 유리가 창안한 마법과학은 마법석을 매개로 하는 경우가 많았다. 트리비아의 마법석은 타지역과 마력 보유량이 차원이 달랐기에 수입량도 남달랐다. 젬이 손바닥을 코트에 문질러 땀을 닦았다.

"마틴, 전에 헤이트 이름을 들어 본 적 있다고 했죠?"

"내가 언제?"

"……마틴."

젬은 부러 목을 빳빳이 세우고 마틴의 시선을 똑바로 받아쳤다.

"마틴. 뭔가 알고 있는 거죠? 혹시 이곳에……."

"야. 적당히 해라 진짜."

차게 식은 목소리에 젬이 반사적으로 입을 다물었다. 마틴의 얼굴에 표정이 사라지고 없었다.

"너한테 말해 줄 것 따위 없어."

"마, 마틴······."

"돌아가."

아이가 작게 젬을 불렀다. 평소 빛 가루와 요정 킥을 남발하던 아이였으나, 그도 눈치란 게 있었다. 마틴 주위로 검고 무거운 안개가 퍼지는 듯한 착각이 일었다.

젬이 저도 모르게 시선을 바닥으로 돌렸다. 마틴이 다시 한 번 말했다.

"돌아가라고."

젬이 시선을 바닥에 박은 채 천천히 발을 옮겼다. 마틴의 곁을 스치는 순간, 닭살이 전신을 뒤덮었다. 오한까지 들었다.

발이 저절로 움직이는 것 같았다. 꼭두각시 인형에 빙의한 듯, 감각이 멀게 느껴졌다.

뒤에서 가느다란 한숨이 들린 것도 같았다.

금줄을 넘어 돌밭에 선 뒤에야 현실감이 돌아왔다. 시린 밤바람이 젬의 얼굴을 때렸다. 높고 밝은 달빛에 절벽과 돌밭이 상앗빛으로 은은히 빛났다. 파랑새는 사라지고 없었다.

젬, 일단 돌아가요.

아이가 후드를 덮어 주며 속삭였다 젬이 퍼뜩 놀라 배를 감싸 쥐었다.

젬? 어디 아파요?

"아니, 그게 아니라······."

젬이 품을 뒤져 그것을 꺼냈다. 분명 헛것이 아니었다. 증거가 있었다.

낡고 두꺼운 노트. 헤이트의 이름이 적힌 노트가 금서와 함께 있었다.

*　　*　　*

젬이 소스라치게 놀라 잠에서 깨었다. 보글보글 약 끓는 소리가 귀를 간지럽혔다. 매콤하고 따끈한 연기가 코에 스몄다.

"잠꼬대하곤 진짜. 야, 너 방금 얼마나 웃겼는지 알아? 자다가 발을 쾅쾅 구르고, 갓 잡은 닭처럼 푸드덕거렸어."

"……사과가 웃으면 풋사과요."

마틴이 뒤돌아 어깨를 떨며 배꼽을 잡았다. 최근 알아낸 비장의 주문이었다. 말하기 싫을 땐 마틴 수준의 말장난을 돌려주면 좋아 죽었다.

젬이 대충 소매로 이마를 닦았다. 마틴은 그날 일이 없었던 것처럼 젬을 대했다. 덕분에 요 며칠, 젬은 여기가 꿈인지 생신지 곧잘 헷갈리곤 했다.

젬이 습관적으로 배에 손을 올렸다. 천 너머로 두껍고 판판한 감촉이 느껴졌다. 금서와 노트였다.

해골의 눈동자, 악몽과도 같았던 그 밤의 증거는 지금도 젬과 함께 있었다.

잼이 손톱만 한 눈곱을 툭툭 떼며 마틴을 곁눈질했다. "아이고, 잘 웃었다" 하며 입을 만지작거리는 얼굴이 평소와 똑같았다. 잼이 불쑥 물었다.

"당나귀는 어디 갔어요?"

뒷산에서 빵을 준 것을 마지막으로, 당나귀는 모습을 감추었다. 공방까지 끌고 와 타고 있을 정도로 아끼던 것이 하루아침에 하늘로 솟았는지 땅으로 꺼졌는지 자취가 뚝 끊겼다.

마틴이 귀를 후비며 "아, 그거……" 했다.

"먹어 버렸어."

"네?"

"먹어 버렸다구우. 네 그 끝내주는 보약처럼 이것저것 넣고 팔팔 끓여 잡쉈단 말씀이야. 왜, 정들었어?"

잼이 "아니, 그럼 처음부터 잡아먹으려고 그렇게 끌고 다녔단 말이에요?" 하자 마틴이 "그래. 뭐 불만 있냐?" 하며 코웃음을 날렸다.

잼이 "미리 말을 했어야지요!" 하며 바닥을 찼다.

"그럼 시든 당근 말고 약초를 줬을 거 아녜요! 잡아먹기 전에 먹는 게 얼마나 중요한지 몰라요? 세상에, 아까워라! 한 마리를 혼자 다 드셨어요?"

마틴이 입을 꾹 다물더니 뒤돌아 앉아 버렸다. 대답 안 하는 걸 보니 혼자 다 먹었구나! 잼은 얄미운 뒤통수를 째려보았다.

아무렇지 않게 대꾸하는 와중에도 심장 한쪽이 불안했다.

헤이트와 마틴이 무슨 관련이 있는지 짐작조차 가지 않았다. 동굴에 있다던 요정들은 아이의 착각이 아니었을까, 하는 의심도 들었다.

젬의 복잡한 속내를 아는지 모르는지 마틴이 불퉁한 목소리로 얼른 재고나 정리하라며 퉁박을 줬다. 어찌 됐든 마틴은 의식주와 금화 주머니를 한 손에 쥔 고용주였다.

젬은 투덜투덜 일어나 잔업에 몰두했다. 방으로 돌아가기 전, 홀쩍 나갔다 돌아온 마틴이 묵직한 바구니를 하나 건넸다.

"이게 뭐예요?"

마틴은 "흥" 코웃음만 치곤 젬을 내쫓았다. 아이가 코를 킁킁대더니 "고기네요" 했다. 아닌 게 아니라 고기가 맞았다. 그것도 아주 실한 놈이었다. 젬의 얼굴에 화색이 돌았다.

"저 인간이 웬일이라니!"

오늘은 바비큐 파티합시다!

생각해 보니 성에서 고기 잔치를 벌이면 자연히 마틴과 로이를 부를 수밖에 없었다. 나보고 저녁 준비하라는 뜻이었구나. 젬이 조심스레 종이 포장을 뜯어 보곤 활짝 웃었다.

아무렴 어때. 장정 열이 덤벼도 남을 양이었다. 젬은 발걸음도 가볍게 방으로 향했다.

아, 혹시 이거 그 당나귀 고기 아네요?

아이의 말에 젬은 자리에 멈춰 약 3초간 묵념했다. 당나귀야. 천국에서 행복하렴. 네 피와 살은 헛되이 버리지 않으마.

며칠간 자취를 감췄던 안소니가 돌아왔다. 며칠 새 해골처럼 삐삐 말라선 낯이 시체처럼 핼쑥했다.

양호 선생은 "단순 유급 휴가"라고 했으나 아무리 봐도 어디 노예선에 팔렸다 귀환한 몰골이었다.

카피레가 너덜너덜해진 책을 건네며 "정말 뭐하다 온 거야?" 물어도 어색하게 "하하" 웃을 뿐, 눈까지 피했다. 얼굴 마주 본 뒤 처음 있는 일이었다.

언제나 카피레의 시선 한 줌 얻고자 몸부림치던 인간이었건만, 영문을 알 수 없었다.

그러나 지금 아쉬운 쪽은 카피레였다. 카피레가 "저기, 지난번에 말해 준 로이와 마법사 일 말인데……" 하고 운을 뗐을 때였다.

"끄어어어! 허리가! 우으윽, 허리가 너무 아파! 안 되겠습니다. 미스터 블랙. 저는 이만 양호실에……."

"뭐? 너 방금 전까지 멀쩡히 체조했잖아!"

"그때 잘못됐나 봅니다. 책은 아무거나 알아서 뽑아 가셔도 됩니다. 그럼, 아듀."

안소니가 꽁지에 불붙은 당나귀처럼 헐레벌떡 도망쳤다. 누가 봐도 피하는 게 분명했다. 카피레가 불만 가득한 낯으로 책장을 보았다.

결전이 코앞이건만, 책 제목이 눈에 들어오지 않았다. 묻고 싶은 게 잔뜩 있었는데, 말짱 도루묵이었다.

카피레는 안소니와 지난 대화를 떠올렸다. 처음으로 로이에 관해 들었던 때였다.

"다 잊어버린다니, 그게 무슨 뜻이야?"

"말 그대로의 의밉니다. 로이 왕자님은 태엽 시계나 마찬가지예요. 태엽 돌리는 시계공은 마법사님이시고요."

옛날이야기를 듣는 것처럼 현실감이 없었다. 안소니의 담담한 어투도 한몫했다.

"로이 왕자님의 시간은 보통 3년에서 5년을 주기로 순환해요. 가장 길게 지속된 경우가 15년이라 들었어요. 이 시간이 지나면 왕자님의 시간을 돌리는 겁니다. 이 나라에 왕이 없는 이유가 바로 그거예요. 우리의 왕자님은 영원한 소년이거든요."

영원한 소년.

카피레는 로이를 떠올렸다. 수수한 인상에 철사 인형처럼 깡마르고 볼품없는 몸. 어딜봐도 덜 자란 소년이었다.

안소니는 할아버지의 할아버지 대부터 전해 내려오는 이야기라고 했다.

아무리 친해져도, 사랑해도 시계는 어김없이 돌아간다는 것이다. 어른들의 충고를 무시하고 로이와 가까이 지냈던 이들도 있

었지만, 극히 소수라고 했다.

카피레는 이 사실을 로이가 알고 있느냐 물었다. 안소니는 "아마 모르실 겁니다"고 했다. 자신도 모르는 새 멈출 수 없는 쳇바퀴에 갇힌 생쥐 꼴이었다.

말을 잃은 카피레에게 안소니가 말했다.

"말하지 마세요."

"이게, 이게 말이 돼? 본인은 알아야 할 것 아냐?"

"로이가 그런 걸 견딜 수 있을 것 같습니까?"

안소니가 처음으로 언성을 높였다. 카피레는 바로 대답하지 못했다. 속에서 분만 끓었다.

어쩌면 로이의 상황에 기억 잃은 자신을 대입했는지도 모를 일이었다.

카피레가 책장에서 아무 책이나 집어 뒤돌았다. 이것도 저것도 다 마틴 때문인 것 같았다.

기억약에 관해 물어본 것도 로이 탓이 컸다. 그전까진 생각도 못 했던 약이었다.

가장 가까운 사람이 자신의 기억을 지운다라.

카피레는 언젠가 로이에게 물어본 적이 있었다. 왕족이란 사람이 왜 삭막한 성에 마틴과 단둘이 사느냐고 말이다. 로이는 "글쎄요" 하며 쓴웃음을 지었더랬다.

"잘 모르겠어요. 마틴과 손을 잡은 게 제 첫 기억이거든요. 아시다시피 트리비아의 왕족은 세습제가 아니니까요. 저는 마틴에게 운 좋게 선택받은 것뿐이에요. 본래 저는 부모님 얼굴도 기억안 나는 고아니까."

그러면서 덧붙였다. 마틴은 제게 가족 같은 사람이라고. 유일한.

카피레는 무엇이 최선인지 알 수 없었다. 안소니 꼴을 보니 이에 관해 더 깊게 얘기하기도 텄다. 한숨만 깊어졌다.

카피레가 습관처럼 품을 뒤졌다. 평소엔 피로회복약을 애용했지만, 오늘은 재고가 떨어졌다며 비타민폭탄을 대신 받은 참이었다. 막 물약을 꺼냈을 때였다.

"미스터 블랙?"

주인 찾은 강아지처럼 달려오던 로이가 점차 발걸음을 늦추었다. 카피레가 태연한 척 "왔냐" 하며 뚜껑을 땄다. 호랑이도 제 말 하면 온다더니, 옛말 하나 틀린 게 없었다.

로이가 "그거……" 하며 병을 손가락질했다. 카피레가 약을 반쯤 비우곤 입술을 닦았다.

"먹을래? 이건 그래도 꽤 맛있다."

"……젬 님이 주신 건가요?"

카피레가 고개를 끄덕였다 로이가 혼잣말처럼 "그렇구나……" 하고는 왔던 길을 돌아 뛰었다.

"야. 왜 불렀다가 그냥 가!"

"아무것도 아녜요!"

로이는 뒤돌아보지 않고 그대로 사라졌다. 비타민폭탄에 안 좋은 추억이라도 있나? 카피레가 입맛을 쩝 다셨다. 이상한 일이었다. 젬이 만든 것 중 손꼽히게 맛있는 약인데 말이다.

카피레가 뒤숭숭한 마음을 달래려 주머니를 뒤졌다. 구깃구깃한 종이를 조심스레 폈다. 엉성한 꽃 그림이 카피레를 반겼다. 카피레 표정이 헤 벌어지며 주변에 꽃가루가 날렸다.

온갖 시름이 날아가며 '세상만사 어떻게든 되겠지' 싶은 긍정 마인드가 전신을 채웠다. 카피레가 주변을 살피곤 종이에 코를 살짝 댔다. 젬이 방에 뿌리는 향수 냄새가 났다.

이것이야말로 요즘 카피레의 생활 활력소였다. 복도에 뿌리는 햇빛과 민들레 홀씨처럼 떠다니는 먼지, 희미한 나무 냄새. 모든 것이 새롭게 다가왔다.

카피레가 다시 종이를 곱게 접어 주머니에 숨겼다. 할 일이 많았다. 카피레가 성큼성큼 복도를 가로질렀다. 목적지는 양호실이었다.

멀리 와자지껄한 소리가 들렸다. 트리비아 축제까지 불과 일주일밖에 남지 않은 시점이었다.

* * *

젬이 불 세기를 조절한 뒤 마지막으로 금가루를 조금 뿌렸다. 타다닥, 터지는 소리와 함께 솥에서 보라색 연기가 펑하고 솟았다. 축제 날까지 얼추 시간이 맞을 것 같았다.

젬이 손을 탁탁 털며 금서를 확인했다.

> **기억을 찾아 주는 약. 고급편.**
>
> **복용자의 기억을 찾아 주는 약. 가장 강렬했던 기억부터 차례로 돌아온다. 심신이 편안한 상태에서 마실 것. 흥분은 금물.**
>
> **부작용. 기억하지 않아도 될 것까지 돌아올 수 있음. '선택적 기억상실약' 참고.**

젬이 고급약에 서슴없이 손을 댄 지도 시간이 꽤 지났다. 젬의 특제 보약이 그중 하나였다.

처음 만든 불끈불끈약을 시작으로 몇 가지 보약을 성공시킨 젬은, 노하우를 모아 금서 없이도 제법 괜찮은 보약 레시피를 만드는데 성공했다.

처음엔 긴가민가했으나, 카피레와 로이의 경과로 보아 약 효과가 전보다 월등히 좋아진 듯했다. 아이는 물론, 마틴도 인정한 솜씨였다.

금서를 수련한 결과일까?

젬이 금서 옆에 놓인 노트를 보았다. 세월에 비해 보존이 잘 되었다곤 하나 그래 봐야 다 떨어진 노트였다. 금방이라도 먼지가 되어 파사삭 부서질 것 같아 한 장, 한 장 넘기기도 조심스러 웠다.

게린 헤이트. 젬 마키나 왈, 하늘이 내린 악필.

노트의 주인은 헤이트 학파의 한 사람이 분명했다. 이 두꺼운 노트는 남자의 일기이자 실험 일지였다. 그야말로 마법 전성시대의 생생한 기록이나 다름없었다.

마지막 장까지 독파한 게 바로 어젯밤 일이었다. 젬은 처음보다 더 찜찜한 마음으로 노트를 보았다. 게린이란 남자의 사고방식이 영 거북했기 때문이었다.

게린 헤이트란 이름으로 보아 헤이트 학파는 성을 물려받는 1인 학파일 가능성이 컸다. 동료 얘기가 없는 것도 추측에 신빙성을 더했다.

때는 마법 전성시대. 말 그대로 선천적 마법사가 발에 채던 시절이었다. 당시 금서는 마법적 재능이 모자라는 이들의 편법 수단처럼 여겨진 듯했다.

저자 게린은 일찍이 마법적 재능이 전무에 가까워 동료 마법사들에게 괄시받았던 모양이었다.

게다가 마법을 효율적으로 사용할 수 있게 해 주는 금서에도 재능에 따른 한계가 있었다. 아이가 말했던 운명의 실과 비슷한 이야기였다.

노트를 쓸 당시, 게린은 그 한계를 극복하기 위해 실험에 몰두하고 있었다. 요정을 금서에 봉인하는 법에 관한 연구였다. 일기는 중간에 끊겨 있었다.

왼쪽에 갇혀 있던 요정들과 뭔가 관련이 있을지도 몰라요.

"그치만 확실하지 않잖아. 다시 들어갈 수도 없고."

동굴에서 달밤의 생쇼를 벌였던 기억이 아직도 생생했다. 마틴에게 대놓고 물을 수도 없었다. 별다른 방도 없이 끙끙 속만 앓을 뿐이었다.

젬이 걸쭉하게 끓어 가는 마법약에 두 손으로 국자를 휘저었다. 로이가 문을 두드린 것은 그때였다.

살짝 열린 문틈으로 로이가 어색한 미소를 지었다. 젬이 문을 활짝 열었다.

"아, 마틴은 지금 없는데요……."

"아뇨. 한참 바쁠 때니까요. 축제도 코앞이고…… 저, 제, 젬 만나러 온 거예요!"

높은 천장을 타고 목소리가 공명하듯 퍼졌다. 마틴이 아닌 척 나를 피한 건 아니었나 보군. 젬은 내심 안심했다.

젬이 로이를 안쪽으로 안내했다. 마틴 전용 나무 의자가 있는 곳이었다.

"후후. 마틴이 들으면 섭섭해할 거예요. 안 그래도 얼마나 투덜거리는데요. 로이 님이 컵프, 가 아니라 미스터 블랙하고만 논다고요."

로이가 "하하" 하고 어색한 웃음을 흘렸다. 영 관심 없는 눈치였다. 진짜 사춘긴가? 젬이 고개를 갸웃했다.

카피레의 귀가 시간이 늦어진 요즘이었다. 그사이에 로이는 젬을 종종 찾곤 했다. 어찌나 궁금한 게 많은지 말도 못 했다. 그간 미스터 블랙에게 묻고 싶었던 것을 젬에게 죄 쏟아붓는 듯했다.

지금까지 어떻게 참았을꼬. 아닌 척 넌지시 묻는 태도가 젬의 취향에 관해 묻던 카피레와 똑 닮아 있어 웃음이 나올 정도였다.

그런데 오늘은 태도가 퍽 이상했다. 평소엔 안달 난 강아지 같던 사람이 비 온 날 안개처럼 착 가라앉은 분위기였다. 젬이 고개를 갸웃하며 선반을 살폈다.

"맞다, 전에 이거 좋아하셨죠?"

젬이 건넨 비타민 폭탄에 로이가 "예에" 하며 애써 입꼬리를 올렸다. 영 복잡한 기색이었다. 젬이 의아해할 새도 없이 로이가 물었다.

"저 약은 뭔가요? 처음 보는 색인데."

젬이 확인차 조금 덜어 놓은 기억약이었다. 로이가 병을 들어 요리조리 살폈다.

"……독버섯 먹고 죽은 사람 입술 색이 딱 이랬던 것 같아요."

"독약 같은 거 아녜요! 귀한 약이라구요! 얼마나 정성이 들어 갔는데요!"

"또 보약 같은 건가요?"

로이가 쓴웃음을 짓더니 병을 입에 대려했다. 젬이 대경실색해 그를 말렸다. 급한 바람에 둘의 얼굴이 코가 스칠 정도로 맞닿았다. 약병을 쥔 소년의 손을, 젬이 두 손으로 감싼 자세였다.

로이의 손에서 힘이 빠진 틈을 타 젬이 약병을 앗았다. 로이가 꿈에서 깬 듯 눈을 빠르게 깜박였다.

"아, 아직 미완성이라서요! 잘못 먹으면 큰일이거든요."

"그럼 완성되면 말해 주세요. 저 이제 약 잘 먹으니까……."

로이가 한 손으로 가슴 위를 꾹 눌렀다. 젬이 약병을 선반 위에 올려놓으며 "하하" 웃었다.

"다른 약을 드릴게요. 이건 미스터 블랙 전용이라서요."

로이가 입술을 씹었다.

"제가 약을 잘 못 먹어서요? 아니면……."

"로이? 미안해요, 방금 무슨 말 했어요?"

젬이 뒤 돌았을 때, 로이는 평소와 다름없는 얼굴로 돌아가 있었다.

"아뇨. 아무것도 아닙니다."

"맞다. 로이, 저 한 가지만 물어봐도 될까요?"

"무엇이든지요."

젬이 입술을 핥았다. 약을 만드는 내내 뇌리에 맴돌던 질문이었다.

"혹시 마틴의 성이 뭔지 아세요?"

"네?"

뜬금없는 질문에 로이가 눈을 고개를 기울였다. 젬이 태연한 척 눈을 빠르게 깜박였다.

게린 헤이트.

유리 헤이트 잉겔.

젬이 아는 헤이트 학파 인물들은 모두 헤이트의 이름을 잇고 있었다. 만약 마틴이 헤이트 학파의 인물이라면…….

"마틴 리."

"네?"

로이가 젬을 따라 눈을 빠르게 깜박였다.

"마틴의 풀 네임이요. 마틴 리에요. 그런데 왜요?"

"아아아뇨, 아뇨. 제가 뭘 착각했나 봐요."

젬이 뒤통수를 긁었다. 속으로 리, 리 되뇌며 입술을 깨물었다. 다시 원점이었다. 예상이 빗나간 탓에 몸에 힘이 빠졌다. 다행인 한편 의문이 거세졌다. 머리가 빠르게 회전했다.

"실은 저도 젬 님께 부탁하고 싶은 게 있어요."

로이가 젬을 똑바로 보았다. 젬이 비타민 약 뚜껑을 따며 "말씀하세요" 했다. 로이의 시선이 공방을 한 바퀴 돌았다.

"……축제 첫날, 공연이 있어요."

"공연이요?"

젬이 퍼뜩 고개를 들었다. 이건 또 처음 듣는 이야기였다. 젬이 건넨 레몬색 약병을 로이가 두 손으로 감싸 쥐었다.

"학교에서 하는 건데, 아, 그냥 짧은 연극이지만요. 노래도 하고, 연기도 하고……."

"로이도 나가는 거예요?"

"어쩌다 보니……."

젬이 "와아!" 하며 손뼉 쳤다. 공연이라니. 아카데미에선 꿈도 못 꿨던 일이었다. 한 학기 계획이 수업과 시험과 아르바이트로 가득 차 있던 젬 입장에선 더욱 그랬다.

"걱정 마세요! 꼭 보러 갈게요!"

"아뇨, 그게 아닙니다."

로이가 얼굴을 진지하게 굳혔다. 낯선 표정에 젬이 "네?" 하고 되물었다. 로이가 천천히 고개를 저었다.

"제가 부탁드리고 싶은 건 그쪽이 아닙니다. 반대예요. 절대 축제 첫날, 정오 무렵에 학교에 오지 말아 주세요."

"로이?"

"그리고 제발 부탁드리는데, 마틴이 절대 모르게 해 주세요. 학교 근처에 오지도 못하게 해 주시면 더 좋고요."

로이가 앉은 채 고개를 꾸벅 숙였다.

"부탁드립니다."

로이는 무거운 얼굴로 돌아갔다. 비타민폭탄도 반이나 남겼다. 젬이 속이 안 좋으냐 걱정하자, 그건 아니라며 고개를 저었다. 젬은 로이의 손에 특제 보약을 억지로 쥐여 보냈다.

젬은 대체 무엇 때문에 그러느냐고 물었으나 로이는 아무튼 안 된다고만 할 뿐, 이유를 말해 주지 않았다. 대신 조심스레 한마디를 덧붙였다.

"실은 그날, 젬에게 꼭 하고 싶은 말이 있어요. 잠시 시간을 내 주신다면 정말 감사할 거예요."

젬은 어쩔 수 없이 고개를 끄덕였다. 로이가 떠난 공방에서 젬이 홀로 중얼거렸다.

"대체 왜 오지 말라는 걸까?"

뻔하죠, 뭐. 공연이 부끄러우니까 그런 것 아니겠어요? 사춘기래잖아요, 사춘기.

"공연이라……."

호기심이 일긴 했으나, 어려운 일은 아니었다. 요즘 좀 서먹해진 마틴을 어떻게 꾀어내느냐가 관건이었다.

젬은 미처 알지 못했다.

방에서 기다리고 있던 카피레가 직접 그린 크림색 꽃이 그려진 카드를 내밀 줄은.

거기에 손수 작성한 '미니 공연 초대장'을 쥐어 주며 "약속했지? 첫째 날 통째로 비워 둬" 하며 한쪽 눈을 찡긋거릴 줄은 말이다.

〈다음 권에서 계속〉